LA SEÑORA DALLOWAY

ALMA CLÁSICOS ILUSTRADOS

VIRGINIA WOOLF

LA SEÑORA DALLOWAY

Traducción de Itziar Hernández Rodilla

Ilustrado por
Gala Pont

Título original: *Mrs Dalloway*

© de esta edición:
Editorial Alma
Anders Producciones S.L., 2022
www.editorialalma.com

  @almaeditorial

© de la traducción Itzia Hernández Rodilla, 2021

© de las ilustraciones: Gala Pont

Diseño de la colección: lookatcia.com
Diseño de cubierta: lookatcia.com
Maquetación y revisión: LocTeam, S.L.

ISBN: 978-84-18395-81-9
Depósito legal: B10147-2022

Impreso en España
Printed in Spain

Este libro contiene papel de color natural de alta calidad que no amarillea (deterioro por oxidación) con el paso del tiempo y proviene de bosques gestionados de manera sostenible.

La señora Dalloway dijo que iría ella por las flores.

Pues Lucy tenía ya de más que hacer. Había que descolgar las puertas; iban a venir los hombres de Rumpelmayer. Y además, pensó Clarissa Dalloway, ¡qué mañana! Como para que la estrenasen unos niños en la playa.

¡Qué gozo! ¡Qué trance! Pues era eso lo que siempre había sentido cuando, con un leve chirrido de las bisagras, que aún le parecía oír, abría de par en par las puertas acristaladas y se lanzaba en Bourton al aire libre. Qué espléndido, qué tranquilo, más calmoso que este, por supuesto, era el aire temprano de la mañana; como el batir de una ola; como el beso de una ola; fresco y cortante y, sin embargo, (para una muchacha de dieciocho años como ella tenía entonces) solemne, pues sentía, allí ante el ventanal abierto, que algo horrible estaba a punto de suceder; mirando las flores, los árboles con el humo deshilándose de ellos y los grajos elevándose, cayendo; mirando nada más hasta que Peter Walsh dijo:

—¿Meditando entre las hortalizas? —¿Fue eso?—. Yo prefiero los hombres a las coliflores. —¿Fue eso?

Debió de decirlo durante el desayuno, una mañana en la que ella había salido a la terraza... Peter Walsh. Volvería de la India un día de estos, junio o julio, había olvidado cuándo, pues sus cartas eran tediosas; eran sus ocurrencias lo que una recordaba; sus ojos, su cortaplumas, su sonrisa, lo gruñón que era y, cuando millones de cosas se habían desvanecido por completo —¡qué extraño resultaba!—, unas pocas ocurrencias como aquella de las coliflores.

Se crispó un poco en el borde de la acera, esperando que pasase el furgón de Durtnall. Una mujer encantadora, pensó Scrope Purvis de ella (conociéndola como uno conoce a sus vecinos en Westminster); con un punto de pájaro, de arrendajo turquesa, ligero, vivaz, aunque había pasado la cincuentena y encanecido mucho desde su enfermedad. Allí estaba, encaramada, sin verlo siquiera, esperando para cruzar, muy erguida.

Pues habiendo vivido en Westminster —¿cuántos años ya?; más de veinte—, una siente incluso en medio del tráfico, o al despertarse durante la noche, a Clarissa no le cabía duda, un peculiar silencio, o solemnidad; una pausa indescriptible; una zozobra (aunque eso bien podría ser su corazón, afectado, le habían dicho, por la gripe) hasta que el Big Ben suena. ¡Ahí estaba! Estalló. Primero un carrillón, musical; luego la hora, irrevocable. Las ondas plúmbeas se disolvieron en el aire. Seremos bobos, pensó, cruzando Victoria Street. Pues solo el Cielo sabe por qué la adoramos así, cómo la vemos así, inventándola, construyéndola alrededor de nosotros, derribándola, levantándola de nuevo a cada instante; pero hasta el mayor de los adefesios, la más abatida de las miserias sentada en los umbrales (bebiendo su perdición), hace lo mismo: un problema imposible de resolver, no le cabía duda, mediante leyes del parlamento, justo por eso: adoran la vida. En los ojos de la gente, en el contoneo, la fuerza y el cansancio de la pisada; en el bramar y el alborotar; los carruajes, los automóviles, los ómnibus, los furgones, los hombres anuncio arrastrando los pies en su contoneo; bandas de viento; organillos; en el triunfo y el júbilo y el tintineo y la extraña cantinela aguda de algún aeroplano en el cielo estaba lo que ella adoraba; la vida; Londres; este momento de junio.

Pues mediaba junio. La Guerra había terminado, salvo para algunos, como la señora Foxcroft en la embajada la noche anterior, consumiéndose por la muerte de aquel agradable muchacho y porque ahora heredaría la mansión un primo; o lady Bexborough, que había inaugurado una tómbola benéfica, decían, con aquel telegrama en la mano: John, su favorito, caído en combate; pero había terminado; gracias al Cielo... terminado. Era junio. El rey y la reina estaban en palacio. Y por todas partes, aunque aún era muy temprano, había un ir y venir, una agitación de ponis al galope, el golpeteo de los bates de críquet; los partidos de Lord's, las carreras de Ascot, el campo de Ranelagh y todo lo demás; recogido en la sutil red del aire azul grisáceo de la mañana que, a medida que avanzase el día, se desovillaría y depositaría en sus pastos y campos a los saltarines ponis, cuyas patas delanteras apenas tocaban el suelo antes de brincar de nuevo, a los arremolinados jóvenes y las risueñas muchachas vestidas de transparentes muselinas que, incluso a esa hora, después de pasar la noche bailando, sacaban a sus absurdos perros lanudos a pasear; e incluso a esa hora, en ese preciso instante, ancianas y discretas viudas salían disparadas en sus automóviles con recados llenos de misterio; y los tenderos trasteaban en sus escaparates con sus estrás y sus diamantes, sus lindos broches verdemar en antiguos engarces dieciochescos para tentar a los americanos (pero hay que ahorrar, no comprar a lo loco cosas para Elizabeth), y ella también, que lo adoraba todo con una pasión absurda y fiel, siendo como era parte de ello, pues los suyos habían sido cortesanos en época de los Jorges, ella también iba esa misma noche a prenderse e iluminar; a dar una fiesta. Pero qué extraño, al entrar en el parque, el silencio; la neblina; el zumbido; los alegres patos nadando sin prisa; los pelícanos anadeando; y quién podía venir dejando los edificios del Gobierno a su espalda, de lo más digno, en la mano una valija con el escudo real, quién sino Hugh Whitbread; su viejo amigo Hugh... ¡el admirable Hugh!

—Te deseo muy buenos días, Clarissa —dijo Hugh, de manera un tanto obsequiosa, visto que se conocían desde niños—. ¿Adónde te diriges?

—Adoro pasear por Londres —dijo la señora Dalloway—. En realidad, es mejor que pasear por el campo.

Ellos acababan de volver —por desgracia— para unas visitas médicas. Otros venían a ver exposiciones; para ir a la ópera; presentar a sus hijas en sociedad; los Whitbread venían para «visitas médicas». Era imposible contar las veces que había ido Clarissa a ver a Evelyn Whitbread a una clínica. ¿Volvía a estar enferma Evelyn? Evelyn estaba muy pachucha, dijo Hugh, insinuando con una especie de puchero o hinchazón de su cuerpo muy bien cubierto, viril, extremadamente apuesto, perfectamente ataviado (iba siempre casi demasiado bien vestido, pero seguramente tenía que ir así, dado su puestito en la corte), que su esposa sufría cierto achaque, nada serio que, como vieja amiga, Clarissa Dalloway sabría entender sin pedirle que especificase. Ah, sí, por supuesto que lo entendía; qué fastidio; y se sintió muy fraternal y extrañamente consciente, al mismo tiempo, de su sombrero. No era un sombrero adecuado para la mañana, ¿verdad? Pues Hugh siempre la hacía sentir, mientras se ponía de nuevo apresuradamente en marcha, levantando el sombrero de manera un tanto obsequiosa y asegurándole que podría pasar por una joven de dieciocho, y que claro que iba a ir a su fiesta esa noche, Evelyn insistía en ello, solo que tal vez llegaría un poco tarde tras la fiesta en palacio a la que tenía que llevar a uno de los chicos de Jim... siempre se sentía un poco insuficiente junto a Hugh; como una colegiala; aunque le tenía afecto, en parte porque lo conocía desde siempre, pero también porque lo encontraba un buen tipo a su manera, aunque a Richard casi lo volvía loco y, en cuanto a Peter Walsh, nunca hasta hoy le había perdonado que a ella le gustase.

Le venían a la memoria una escena tras otra en Bourton: Peter furioso; aunque Hugh no era, por supuesto, rival para él en ningún sentido, si bien tampoco un imbécil integral como Peter pretendía; en absoluto un cabeza hueca. Cuando su anciana madre quiso que dejase la caza o que la acompañase a Bath, él lo hizo sin rechistar; era en verdad desinteresado y, en cuanto a decir, como Peter hacía, que no tenía corazón ni cerebro, nada salvo las formas y la buena educación de un caballero inglés, eso era solo su querido Peter sacando lo peor de sí; y podía ser insufrible; podía ser imposible; pero adorable para salir a pasear con él en una mañana como esta.

(Junio había hecho brotar hasta la última hoja de los árboles. Las madres de Pimlico amamantaban a sus criaturas. La Armada despachaba mensajes al Almirantazgo. Arlington Street y Piccadilly parecían recocer hasta el aire del parque y levantaban sus hojas con el calor, llenas de brillo, en olas de aquella divina vitalidad que Clarissa adoraba. Bailar, cabalgar, había adorado todo aquello.)

Pues no importaba que pasaran cientos de años separados, Peter y ella; ella nunca le escribía y las cartas de él eran como ramas secas; pero de pronto se le venía a la mente: Si estuviera ahora conmigo, ¿qué diría?... Algunos días, algunas vistas se lo devolvían con calma, sin la antigua amargura; lo que tal vez era la recompensa por haber querido a los demás: volvían en medio del parque de St James una bonita mañana... ¡vaya si lo hacían! Aunque Peter —por hermoso que fuese el día, y los árboles y la hierba, y esa niñita de rosa— Peter nunca veía nada de todo aquello. Se ponía los anteojos, si ella se lo pedía; echaba un vistazo. Era el estado del mundo lo que lo interesaba: Wagner, la poesía de Pope, el carácter de la gente todo el tiempo, y los defectos del alma de ella. ¡Cómo la regañaba! ¡Cómo discutían! Se casaría con un primer ministro y recibiría en lo alto de la escalera: la perfecta anfitriona la llamó (y ella había llorado por ello en su cuarto), tenía madera de perfecta anfitriona, dijo.

Así que ella no dejaría de encontrarse arguyendo en el parque de St James, aún pareciéndole que había hecho bien —y había hecho bien— en no casarse con él. Pues en el matrimonio debe haber cierta licencia, cierta independencia entre las personas que conviven día sí y día también en la misma casa; lo que Richard le daba, y ella a él. (¿Dónde estaba esta mañana, por ejemplo? Con algún comité, nunca le preguntaba cuál.) Pero con Peter había que compartirlo todo; había que contarlo todo. Y era insufrible y, cuando llegaron a aquella escena en el jardincito junto a la fuente, tuvo que romper con él o se habrían destruido, se habrían arruinado los dos, de eso estaba convencida; aunque había llevado consigo durante años como una flecha clavada en el corazón la pena, la angustia; y luego el horror del momento en el que alguien le había dicho en un concierto que él se había casado con una mujer a la que había conocido en el barco que lo llevaba a la India. ¡Nunca olvidaría todo aquello! Fría, cruel, mojigata, la había llamado. Nunca pudo entender lo que a él le importaba. Pero aquellas mujeres indias seguramente lo entendían: sinsorgas, lindas, bobaliconas insustanciales. Y ella desperdiciaba su lástima. Pues él era bastante feliz, le aseguraba...

perfectamente feliz, aun sin haber hecho nunca nada de lo que solían hablar; toda su vida había sido un fracaso. Y eso aún la enfadaba.

Había llegado a las puertas del parque. Se detuvo por un instante y miró los ómnibus de Piccadilly.

De nadie del mundo diría ahora que fuera esto o fuera lo otro. Se sentía muy joven; al mismo tiempo, indescriptiblemente anciana. Incidía en todo como un cuchillo; al mismo tiempo, estaba fuera, mirándolo. Tenía la sensación perpetua, observando los taxis, de estar fuera, lejos, muy lejos mar adentro; siempre había tenido la sensación de que era muy muy peligroso vivir incluso un solo día. No es que se creyese lista, o por encima del montón. No llegaba a hacerse una idea de cómo había conseguido desenvolverse en la vida con las pocas ramitas de conocimiento que les había proporcionado Fräulein Daniels. No sabía nada; nada de lengua, nada de historia; apenas leía libros ya, excepto memorias en la cama; y, sin embargo, para ella era absolutamente absorbente; todo esto; los taxis pasando; y no diría de Peter, no diría de ella misma, soy esto, soy lo otro.

Su único don era conocer a las personas casi por instinto, pensó, mientras seguía caminando. Si la dejabas en una sala con alguien, se le erizaba el espinazo como a un gato; o ronroneaba. La casa Devonshire, la casa Bath, la casa de la cacatúa de porcelana, las había visto todas iluminarse antaño; y recordaba a Sylvia, a Fred, a Sally Seton... a un sinfín de personas; y bailar toda la noche; y los carros traqueteando hacia el mercado; y atravesar el parque en coche de vuelta a casa. Recordaba que una vez había lanzado un chelín al estanque Serpentine. Pero todo el mundo recordaba; lo que adoraba era esto, aquí, ahora, ante ella; la señora gorda del taxi. ¿Importaba, entonces, se preguntó caminando hacia Bond Street, importaba que ella fuese a dejar de existir inevitablemente por completo?; todo esto continuaría sin ella; ¿le molestaba?; ¿o no era hasta un consuelo creer que la muerte era un fin absoluto?, pero que en cierta manera en las calles de Londres, en el flujo y reflujo de las cosas, aquí, allí, ella sobrevivía, Peter sobrevivía, vivían el uno en el otro, ella siendo parte, no le cabía duda, de los árboles de casa; de esa casa de ahí, fea, desperdigada toda en fragmentos como estaba; parte de gente a la que nunca había conocido; desplegada como una neblina entre

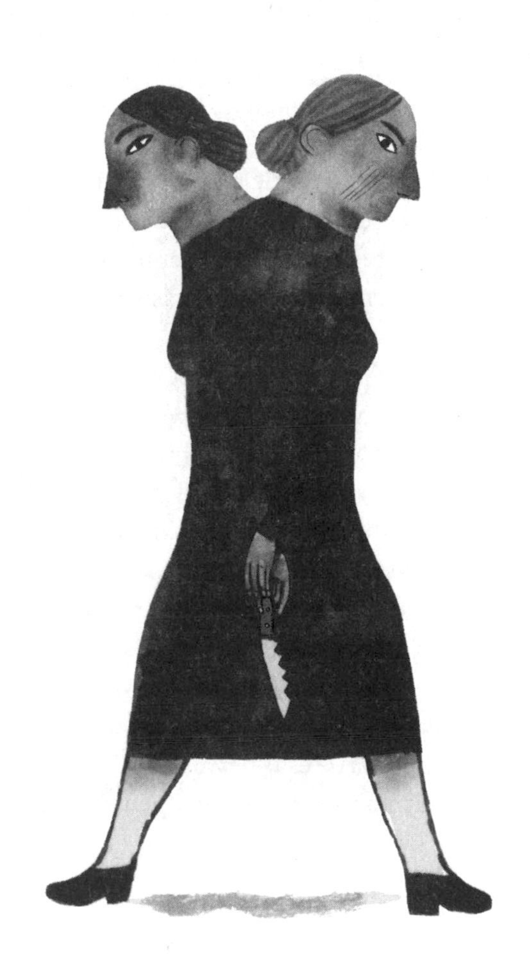

la gente que conocía mejor, que la elevaba en sus ramas como había visto a los árboles hacer con la neblina, pero cuánto se extendía, su vida, ella misma. Pero ¿qué andaba soñando mientras miraba el escaparate de la librería Hatchards? ¿Qué estaba intentando recuperar? Qué imagen de un albo amanecer en el campo, mientras leía en las páginas abiertas de un libro:

> No temas ya el calor del sol
> ni la furia de la ira invernal.[1]

Esta edad tardía de la experiencia del mundo había hecho brotar en todos ellos, hombres y mujeres, un manantial de lágrimas. Lágrimas y dolor; valor y resistencia; un porte perfectamente erguido y estoico. No había más que pensar, por ejemplo, en la mujer que más admiraba, lady Bexborough, inaugurando la tómbola benéfica.

Allí estaban las *Jiras y jolgorios de Jorrock*; allí estaban *Soapy Sponge* y las *Memorias* de la señora Asquith y *Caza mayor en Nigeria*,[2] en abierta exhibición. Estos y muchos otros libros; pero ninguno que pareciese del todo adecuado para llevarle a Evelyn Whitbread a la clínica. Nada que pudiera servir para entretenerla y hacer que aquella mujeruca indescriptiblemente reseca se mostrase, al entrar Clarissa, por un solo instante cordial; antes de que se acomodaran para la habitual charla interminable sobre los achaques de las mujeres. Cuánto deseaba aquello... ver a la gente contenta de que ella entrase, pensó Clarissa, y se volvió caminando hacia Bond Street, molesta porque era una bobada tener razones añadidas para hacer las cosas. Habría preferido con mucho ser una de esas personas que, como Richard, hacía las cosas por las cosas mismas, mientras que, pensó esperando para cruzar,

---

1 De una canción de la obra *Cimbelino*, de Shakespeare, acto 4, escena 2. [N. de la T.]

2 *Jorrocks' Jaunts and Jollities*, de Robert Smith Surtees (1805-1864), una popular serie de historias cómicas protagonizadas por el Sr. John Jorrock, tendero vulgar y astuto, publicadas en la revista *New Sporting Magazine* entre 1831 y 1834, y más tarde en forma de libro, salió en nueva edición en 1911 y es esta, posiblemente, la que ve Clarissa Dalloway; *Soapy Sponge*, literalmente «Esponja Jabonosa», es también un personaje cómico de Surtees, protagonista de *Mr. Sponge's Sporting Tour* (La gira deportiva del Sr. Esponja), publicado en 1852; Margot Asquith (1864-1945), condesa de Oxford y Asquith, y esposa del primer ministro H. H. Asquith, publicó sus volúmenes autobiográficos en 1920 y 1922; por su parte, *Caza mayor en Nigeria* es el título inventado de lo que sería un ejemplo del género de viajes inspirado por los grandes safaris en África y Sudamérica de la clase acomodada, muy popular en la época. [N. de la T.]

la mitad de las veces ella hacía las cosas no sin más, no por las cosas mismas; sino para que la gente pensase esto o aquello; una perfecta idiotez, era consciente (y ahora el policía levantó la mano), pues no era posible engañar a nadie ni por un segundo. ¡Ah!, si hubiese podido tener de nuevo toda la vida ante sí, pensó, subiendo a la acera, ¡habría podido hasta tener otro aspecto!

Habría sido, para empezar, morena como lady Bexborough, con una tez como de piel curtida y hermosos ojos. Habría sido, como lady Bexborough, sosegada y solemne; más bien grande; interesada en política como un hombre; con una casa en el campo; muy digna, muy sincera. En vez de eso, tenía la figura estrecha de una guía de huerta; una carita ridícula, picuda como la de un pájaro. Que tenía buena postura era cierto; y tenía las manos y los pies bonitos; y sabía vestir, considerando lo poco que gastaba en ello. Pero a menudo este cuerpo que portaba (se detuvo a mirar un cuadro holandés), este cuerpo, con todas sus habilidades, no parecía nada, nada en absoluto. Tenía la extrañísima sensación de que no la veían; de ser invisible; de ser desconocida; no habiendo ya posibilidad de casarse, de tener niños ya, sino solo este avance sorprendente y bastante solemne al paso de todos los demás, Bond Street arriba, este ser la señora Dalloway; ni siquiera ya Clarissa; este ser la señora de Richard Dalloway.

Bond Street le fascinaba; Bond Street temprano por la mañana durante la temporada; sus banderas al viento; sus tiendas; sin bombo; sin lustre; un rollo de *tweed* en la tienda en la que su padre había comprado sus trajes durante cincuenta años; unas perlas, salmón sobre un bloque de hielo.

—Eso es todo —dijo mirando la pescadería—. Eso es todo —repitió, deteniéndose un momento ante el escaparate de una guantería en la que, antes de la Guerra, se podían comprar guantes casi perfectos. Y el anciano tío William solía decir que se reconoce a una señora por sus zapatos y sus guantes. En medio de la Guerra, una mañana, el tío se había dado la vuelta en la cama. Había dicho:

—Hasta aquí he llegado.

Guantes y zapatos; ella tenía debilidad por los guantes; pero a su hija, a su Elizabeth, no le importaban un bledo ninguna de las dos cosas.

Ni un bledo, pensó, subiendo aún por Bond Street hasta la tienda en la que encargaba las flores cuando daba una fiesta. Lo que le importaba a Elizabeth, por encima de todo, era su perro. Toda la casa esta mañana olía a brea. Aun así, mejor el pobre Grizzle que la señorita Kilman; mejor el moquillo y la brea y todo lo demás que recluirse en un dormitorio mal ventilado con un devocionario. Mejor cualquier cosa, se sentía tentada a decir. Pero tal vez fuese solo una fase, como decía Richard, como las que pasan todas las chicas. Tal vez se estaba enamorando. Pero ¿por qué de la señorita Kilman?, a la que habían tratado mal, estaba claro; había que concederle eso, y Richard decía que era muy capaz, que tenía una mente en verdad histórica. Sea como fuere, eran inseparables, y Elizabeth, su hija, iba a misa; y no le importaba un bledo cómo se vestía, cómo trataba a la gente que venía a comer, pues, en su experiencia, el éxtasis religioso hacía a la gente insensible (como las causas); embotaba sus sentidos, pues la señorita Kilman haría lo que fuese por los rusos, se dejaría morir de hambre por los austríacos, pero en privado sometía a la gente a una auténtica tortura, así de insensible era, con su impermeable verde puesto. Año tras año se ponía aquel gabán; sudaba; no pasaban nunca cinco minutos desde que entraba en una habitación hasta que te hacía sentir su superioridad, tu inferioridad; lo pobre que era; lo rica que eras tú; cómo vivía en un tugurio sin un jergón o una cama o una alfombra o lo que fuera, su alma entera corroída por ese agravio clavado en ella, que la habían echado de la escuela durante la Guerra... pobre criatura desafortunada y amargada. Pues no era ella la odiada, sino su concepto, que indudablemente había recogido en sí un montón de cosas que no eran la señorita Kilman; se había convertido en uno de esos espectros con los que nos debatimos en la noche; uno de esos espectros que se colocan a horcajadas sobre nosotros y nos chupan la sangre, dominantes y tiranos; pues sin duda, con otra tirada de los dados, si el negro se hubiese impuesto al blanco, ¡ella habría querido a la señorita Kilman! Pero no en este mundo. No.

La irritaba, no obstante, tener agitándose en ella ¡a este bestial monstruo!, oír las ramitas crujir y sentir las pezuñas plantadas en las profundidades de ese bosque estorbado de hojas, el alma; no estar nunca satisfecha del todo, o segura del todo, pues en cualquier momento la bestia se agitaría, este odio que, en especial desde su enfermedad, tenía el poder de hacerla sentir arañada, herida en la columna; que le infligía dolor físico y hacía que todo el placer de la belleza, de la amistad, de estar bien, de ser querida y hacer de su hogar un delicioso refugio se tambalease, y se combase como si de hecho hubiese un monstruo arrancando las raíces, como si toda esa panoplia no fuese otra cosa que amor hacia una misma, ¡este odio!

¡Pamplinas, pamplinas!, se gritó, empujando las puertas batientes de Mulberry's, los floristas.

Avanzó, leve, esbelta, muy erguida, para ser recibida de inmediato por una señorita Pym de cara pimpolluda, cuyas manos estaban siempre coloradas, como si hubiesen estado un rato en agua fría con las flores.

Había flores: candelillas, arvejillas, ramos de lilas; y claveles, montones de claveles. Había rosas; había iris. Ay, sí... inspiró el dulce aroma del jardín terroso mientras hablaba con la señorita Pym, que le debía un favor y la encontraba amable, pues amable había sido hacía años; muy amable, pero se la veía mayor, este año, volviendo la cabeza de un lado a otro entre los iris y las rosas e inclinándola hacia los copetes de lilas con los ojos entornados, aspirando, tras el ajetreo de la calle, el delicioso aroma, la exquisita frescura. Y entonces, al abrir los ojos, qué frescas, como volantes de lino recién lavados reposando en bandejas de mimbre, se veían las rosas; y remilgados y oscuros los claveles rojos, con las cabezas bien erguidas; y todas las arvejillas desparramadas en sus cuencos, teñidas de violeta, níveas, pálidas... como si a la tardecita las muchachas saliesen, con sus vestidos de muselina, a recoger arvejillas y rosas al final de un soberbio día de verano, con su cielo azul casi negro, sus candelillas, sus claveles, sus calas; y fuese el momento entre las seis y las siete en que cada flor —rosas, claveles, iris, lilas— reluce; blanco, violeta, rojo, naranja oscuro; todas las flores parecen arder, suave, puramente en los lechos cubiertos de gotitas; y cómo adoraba las polillas blanco grisáceo bailando adentro y afuera, sobre el pastel de cereza, sobre las onagras.

Y yendo con la señorita Pym de jarro en jarro, escogiendo, pamplinas, pamplinas, se decía, cada vez con más amabilidad, como si esta belleza, este

aroma, este color y gustarle a la señorita Pym, que esta confiase en ella, fuese una ola que dejaba que se le echase encima venciendo aquel odio, aquel monstruo, venciéndolo todo; y elevándola más y más arriba cuando... ¡Ah! Un disparo sonó en la calle.

—¡Madre mía!, esos automóviles... —dijo la señorita Pym, acercándose al escaparate a mirar, y volviendo con una sonrisa de disculpa y las manos llenas de arvejillas, como si aquellos automóviles, aquellos neumáticos de automóvil, fuesen todos culpa suya y solo suya.

La violenta explosión que sobresaltó a la señora Dalloway y atrajo a la señorita Pym al escaparate disculpándose venía de un automóvil que se había aproximado al encintado de la acera justo frente al escaparate de Mulberry's. Los transeúntes que, por supuesto, se pararon a mirar, tuvieron el tiempo justo de ver una cara de la mayor importancia contra la tapicería gris perla, antes de que una mano de hombre echase la cortinilla y no hubiera nada que ver salvo un cuadrado de gris perla.

Sin embargo, los rumores se habían puesto en circulación de inmediato desde el centro de Bond Street a Oxford Street por un lado, y hasta la tienda de perfumes Atkinson por el otro, pasando sin ser vistos, sin ser oídos, como una nube, ligeros, como un velo sobre las colinas, cayendo de hecho con algo de la calma y sobriedad repentina de una nube sobre las caras que un segundo antes habían estado del todo alborotadas. Pero ahora el misterio las había rozado con sus alas; habían oído la voz de la autoridad; el espíritu de la religión vagaba libre con los ojos fuertemente vendados y los labios muy abiertos. Pero nadie sabía de quién era la cara que habían visto. ¿Era la del príncipe de Gales, la de la reina, la del primer ministro? ¿De quién era la cara? Nadie lo sabía.

Edgar J. Watkiss, con su tubería de plomo alrededor del brazo, dijo en tono audible y marcando con gracia su acento londinense:

—El coche del primer ministro.

Septimus Warren Smith, que no podía pasar, lo oyó.

Septimus Warren Smith, de unos treinta años de edad, cara pálida, nariz picuda, llevaba zapatos marrones y un sobretodo andrajoso, tenía los ojos color avellana con esa mirada de aprensión que provoca aprensión también en los completos desconocidos. El mundo ha alzado su látigo; ¿dónde caerá?

Todo se había paralizado. La vibración de los motores sonaba como un pulso que tamborilea irregular atravesando el cuerpo. El sol se hizo extraordinariamente cálido porque el automóvil se había parado al otro lado del escaparate de Mulberry's; las ancianas en lo alto de los ómnibus desplegaron sus parasoles negros; aquí un parasol verde, aquí uno rojo, se abrieron con un suave «pop». La señora Dalloway, acercándose al cristal con los brazos llenos de arvejillas, miró fuera con su carita rosada fruncida de curiosidad. Todo el mundo miraba el automóvil. Septimus miraba. Pasaron disparados unos muchachos en bicicleta. El tráfico se acumuló. Y allí estaba el automóvil, con las cortinillas echadas, y sobre ellas un curioso estampado, como un árbol, pensó Septimus, y este acumularse gradual de todo en un centro ante sus ojos, como si algún horror hubiese surgido casi a la superficie y estuviese a punto de estallar en llamas, lo aterrorizó. El mundo oscilaba y temblaba y amenazaba con estallar en llamas. Soy yo quien bloquea el paso, pensó. ¿No estaban mirándolo y señalándolo?; ¿no estaba clavado allí, enraizado en la acera, por un propósito? Pero ¿qué propósito?

—Sigamos, Septimus —dijo su esposa, una mujer menuda, con grandes ojos en un rostro cetrino puntiagudo; una muchacha italiana.

Pero la propia Lucrezia tampoco podía evitar mirar el automóvil y el estampado del árbol en las cortinillas. ¿Estaba en él la reina?... ¿Iba la reina de compras?

El chófer, que había estado abriendo algo, girando algo, cerrando algo, volvió a ocupar su asiento.

—Vamos —dijo Lucrezia.

Pero su marido, pues llevaban casados cuatro, cinco años ya, dio un brinco, sobresaltado, y dijo:

—¡De acuerdo! —enojado como si ella lo hubiese interrumpido.

La gente debe de notarlo; la gente debe de verlo. La gente, pensó Lucrezia, mirando a la multitud que observaba el automóvil; los ingleses, con sus niños y sus caballos y su ropa, que ella admiraba en cierto sentido; pero ahora eran «gente», porque Septimus había dicho: «Me mataré»; una cosa horrible que decir. ¿Supongamos que lo hubiesen oído? Miró a la multitud. ¡Socorro, socorro!, quería gritar a los mozos de las carnicerías y a las mujeres. ¡Socorro! Tan solo el otoño pasado Septimus y ella estaban en el Embankment, abrigados con la misma capa y, como Septimus leía un periódico en vez de hablar, ella se lo había arrancado de las manos y se había reído a la cara del anciano que los miraba. Pero una oculta el fracaso. Tenía que llevárselo a algún parque.

—Crucemos —dijo.

Tenía derecho al brazo de su esposo, aunque fuese sin sentimiento. Él se lo prestaría a ella, que era tan sencilla, tan impulsiva, con solo veinticuatro años, sin amigos en Inglaterra, que había dejado Italia siguiéndolo a él, un pedazo de hueso.

El automóvil con sus cortinillas echadas y un aire de reserva inescrutable se puso en marcha hacia Piccadilly, aún seguido por las miradas, aún frunciendo ceños a ambos lados de la calle con el mismo oscuro aliento de veneración por la reina, el príncipe o el primer ministro, nadie sabía quién. La cara solo la habían visto tres personas una vez durante unos segundos. Se discutía ya incluso el sexo. Pero no cabía duda de que la grandeza iba sentada en su interior; la grandeza recorría, oculta, Bond Street, a solo un palmo de la gente llana, que se encontraría así, por primera y última vez, a un tiro de voz de la majestad de Inglaterra, el símbolo perdurable del estado que descubrirán los anticuarios curiosos, tamizando las ruinas del tiempo, cuando Londres sea un camino en el que crece la hierba y todos los que se apresuran a lo largo de la acera en esta mañana de miércoles no sean más que huesos con unas cuantas alianzas de boda mezcladas en su polvo y los empastes de oro de innumerables dientes cariados. Se sabrá, entonces, a quién pertenece el rostro del automóvil.

Seguro que es la reina, pensó la señora Dalloway, saliendo de Mulberry's con sus flores; la reina. Y por un segundo lució un aspecto de extrema dignidad junto a la puerta de los floristas, a la luz del sol, mientras el coche pasaba a ritmo de a pie, con las cortinillas echadas. La reina de camino a algún hospital; la reina que va a inaugurar alguna tómbola benéfica, pensó Clarissa.

La aglomeración era terrible para esa hora del día. Lord's, Ascot, el campo de Hurlingham, ¿de qué se trataba?, se preguntó, pues la calle estaba atestada. Las clases medias británicas, sentadas de lado en lo alto de los ómnibus con paquetes y paraguas, sí, incluso pieles en un día como aquel, eran, pensó, de lo más ridículas, de lo que no hay ni es posible concebir; y hasta la reina estaba parada; ni siquiera la reina podía pasar. Clarissa estaba detenida a un lado de Brook Street; sir John Buckhurst, el viejo juez, al otro, con el coche entre los dos (a sir John, que había impuesto la ley durante muchos años, le gustaba una mujer bien vestida), cuando el chófer, inclinándose apenas, dijo o mostró algo al policía, que saludó y levantó el brazo y sacudió la cabeza y movió el ómnibus a un lado para que el coche pasara. Despacio y muy en silencio, siguió su camino.

Clarissa adivinó; Clarissa lo sabía, por supuesto; había visto algo blanco, mágico, circular, en la mano del lacayo, un disco con un nombre inscrito —¿el de la reina, el del príncipe de Gales, el del primer ministro?— que, por la fuerza de su propio lustre, se abría camino como a fuego (Clarissa vio como el coche se hacía más pequeño, desaparecía), para arder entre candelabros, estrellas fulgurosas, pecheras erguidas de hojas de roble,[3] Hugh Whitbread y todos sus colegas, los señores de Inglaterra, esa noche en el palacio de Buckingham. Y Clarissa, también ella, daba una fiesta. Se irguió un poco más; así esperaría en lo alto de su escalera.

El coche se había ido, pero había dejado tras de sí una ligera ondulación que fluyó a través de las guanterías y las sombrererías y las sastrerías a ambos lados de Bond Street. Durante treinta segundos todas las cabezas se giraron al mismo lado... hacia las ventanas. Escogiendo un par de guantes —¿debían llegar al codo o más arriba?, ¿mejor color limón o gris claro?— las señoras se detuvieron; al terminar la frase, había pasado algo. Algo tan insignificante en instancias únicas que no había instrumento matemático, por capaz que fuese de captar temblores en China, que pudiese registrar la vibración; y, sin embargo, en su plenitud, bastante formidable y, en su atracción común, emotivo; pues en todas las sombrererías y sastrerías los

3 Las hojas de roble son una condecoración a excombatientes (aquí, posiblemente, de la Primera Guerra Mundial) que no se han distinguido de ninguna forma en batalla. [N. de la T.]

desconocidos se miraron unos a otros y pensaron en los caídos; en la bandera; en el Imperio. En una taberna de un callejón, alguien de las colonias insultó a la Casa de Windsor, lo que llevó a palabras mayores, vasos de cerveza rotos y una bronca general, que resonó extrañamente hasta los oídos de las muchachas que compraban al otro lado de la calle prendas de ropa blanca, con lazos de blanco puro, para su boda. Pues la agitación en la superficie que produjo el coche al pasar rozó algo muy profundo al sumergirse.

Deslizándose por Piccadilly, el coche giró por St James's Street. Hombres altos, hombres de físico robusto, hombres bien vestidos con sus fracs y sus chalecos blancos y el pelo repeinado hacia atrás que, por razones difíciles de distinguir, se asomaban al mirador de White's[4] con las manos tras los faldones de sus chaquetas, percibieron por instinto que la grandeza pasaba, y la pálida luz de la presencia inmortal cayó sobre ellos como había caído sobre Clarissa Dalloway. De inmediato se irguieron aún más y soltaron las manos y parecieron dispuestos a servir a su soberana, si hacía falta, al pie del cañón, como sus ancestros habían hecho antes que ellos. Los bustos blancos y las mesitas del fondo, cubiertas con ejemplares de *Tatler* y sifones de agua carbonatada, parecieron aprobarlo; parecieron señalar los campos de cereales y las casas solariegas de Inglaterra; y devolver el delicado zumbido de las ruedas de motor como las paredes de una galería de susurros devuelven una única voz expandida y resonante por el poder de toda una catedral. Moll Pratt, envuelta en su chal y con sus flores en el suelo, le deseó lo mejor al buen muchacho (seguro que era el príncipe de Gales) y habría lanzado el precio de una jarra de cerveza —un ramo de rosas— a St James's Street de puro contento y desprecio de la pobreza si no hubiese visto los ojos de un agente sobre ella, desalentando la lealtad de una vieja irlandesa. Los centinelas de St James's[5] saludaron; el policía de la reina Alejandra lo aprobó.

Un pequeño gentío, mientras tanto, se había congregado a las puertas del palacio de Buckingham. Lánguida, pero confiadamente, personas

4 El club de caballeros más antiguo y prestigioso de Londres. [N. de la T.]

5 El palacio de St James's fue durante más de tres siglos una de las principales residencias de la familia real inglesa. El príncipe de Gales es el futuro Eduardo VIII. La reina Alejandra era la reina madre en el momento en que Virginia Woolf escribe. Si el policía comenzó a servir bajo el reinado de Alejandra (consorte de Eduardo VII), debe de ser mayor. [N. de la T]

pobres todas ellas esperaban; miraban al palacio mismo en el que flameaba la bandera; a Victoria, majestuosa en su montículo, admiraban el agua corriente de sus escalones, sus geranios; elegían, de entre los automóviles del Mall, primero este, luego aquel; concedían su afecto, vanamente, a plebeyos que habían salido a dar una vuelta; retiraban su homenaje para no gastarlo mientras pasaban este coche y el otro; y todo el tiempo dejaban que el rumor se acumulase en sus venas y excitase los nervios de sus piernas ante el pensamiento de que la realeza los mirase; la reina inclinase la cabeza; el príncipe saludase; ante el pensamiento de la vida celestial concedida por voluntad divina a los reyes; de los caballerizos y las profundas reverencias; de la vieja casa de muñecas de la reina;[6] de la princesa María casada con un inglés, y del príncipe: ¡ay!, ¡el príncipe!, que se parecía muchísimo, según decían, al viejo rey Eduardo, pero que era mucho mucho más delgado. El príncipe vivía en St James's; pero podría ser que fuese de mañana a visitar a su madre.

Eso dijo Sarah Bletchley con su rorro en brazos, meciendo el pie como a la vera de su guardafuegos en Pimlico, pero con los ojos fijos en el Mall, mientras Emily Coates recorría con la mirada las ventanas de palacio y pensaba en las doncellas, el sinfín de doncellas, los dormitorios, el sinfín de dormitorios. Con la llegada de un caballero entrado en años con un terrier escocés, de hombres sin empleo, el gentío aumentó. El menudo señor Bowley,[7] que vivía en el Albany y había sellado con cera las fuentes más profundas de la vida, pero podía romper su sello repentina, indecorosa, sentimentalmente, por esta clase de cosas —mujeres pobres esperando para ver a la reina

6 En 1921 la princesa María Luisa encargó a sir Edwin Lutyens, considerado por muchos el mejor arquitecto británico de principios del siglo xx, que construyese para su amiga, la reina María, una casa de muñecas. Para hacer una casa de muñecas digna de su alteza, Lutyens formó un comité de 250 artesanos, 60 decoradores y 700 artistas de todo género. Con el diseño de una residencia típica de la época, la casa tenía de todo, desde agua corriente y electricidad, hasta una biblioteca con exactamente 578 volúmenes encuadernados en piel, de la Biblia a una historia de Sherlock Holmes escrita por Arthur Conan Doyle específicamente para la casita. También pidieron a Woolf que contribuyese a la biblioteca, pero no pudo hacerlo debido a la enfermedad y a la oposición de Leonard. Quien sí contribuyó con una historia fue Vita Sackville-West, quien escribió *A Note of Explanation* (Una nota de explicación, 1922), la historia de un espíritu que viaja a través del tiempo como habitante de la casa de muñecas, muy a la manera del *Orlando* que más tarde le dedicaría Woolf. [N. de la T.]

7 El señor Bowley aparece también en *El cuarto de Jacob* (1922) y está invitado a la fiesta de la señora Dalloway. [N. de la T.]

pasar; mujeres pobres, lindos niños, huérfanos, viudas, la Guerra: ¡vaya!—, tenía de verdad lágrimas en los ojos. Una brisa que se pavoneaba muy cálida Mall abajo entre los árboles flacos, por delante de los héroes de bronce, elevó alguna bandera que ondeaba en el pecho británico del señor Bowley y este se quitó el sombrero cuando el coche entró en el Mall y lo sostuvo en alto mientras se acercaba; y permitió que las madres pobres de Pimlico se apretujaran contra él y se mantuvo muy erguido. El coche siguió su camino.

De pronto la señora Coates miró al cielo. El sonido de un aeroplano taladró ominosamente los oídos de la multitud. Por ahí venía sobre los árboles, dejando tras de sí una estela de humo blanco que se curvaba y retorcía, ¡en realidad escribiendo algo!, ¡formando letras en el cielo! Todo el mundo miró hacia arriba.

Tras caer en picado, el aeroplano remontó el vuelo, giró en un lazo, aceleró, se hundió, se elevó e, hiciera lo que hiciese, fuera donde fuese, tras de sí aleteaba una densa línea rizada de humo blanco que se curvaba y entretejía en letras sobre el cielo. Pero ¿qué letras? ¿Era eso una C?, una E y luego ¿una L? Solo por un momento se mantuvieron quietas; luego oscilaron y se desvanecieron y se borraron en el aire, y el aeroplano siguió adelante alejándose y, de nuevo, en un pedazo limpio de cielo, comenzó a escribir una K, una E, ¿puede que una Y?

—Glaxo[8] —dijo la señora Coates con una voz tensa, llena de asombro, mirando directamente hacia arriba, y su rorro, pálido y tieso en sus brazos, siguió su mirada.

—Kreemo —murmuró la señora Bletchley como una sonámbula.

Con el sombrero perfectamente inmóvil en la mano, el señor Bowley miró directamente hacia arriba. A lo largo de todo el Mall, la gente parada miraba al cielo. Mientras miraban, el mundo quedó en perfecto silencio, y una bandada de gaviotas cruzó el cielo, primero una gaviota en cabeza, luego otra, y en este silencio y esta paz extraordinarios, en esta palidez, en esta pureza, las campanas sonaron once veces y el sonido se fue diluyendo allí entre las gaviotas.

---

8 Conocida marca de leche de fórmula en la época. [N. de la T.]

El aeroplano dio la vuelta y aceleró y se lanzó en picado exactamente donde quiso, veloz, libre, como un patinador...

—Eso es una E —dijo la señora Bletchley...

o un bailarín...

—Es tofe —murmuró el señor Bowley...

(y el coche cruzó el portón sin que nadie lo mirase) y, cortando el humo, se alejó más y más volando, y el humo se difuminó y se acumuló en torno a las amplias formas blancas de las nubes.

Se había ido; estaba tras las nubes. No había sonido. Las nubes a las que se habían unido las letras E, G o L se movieron libremente, como destinadas a cruzar de oeste a este en una misión de la mayor importancia que nunca se revelaría y, sin embargo, de seguro era así: una misión de la mayor importancia. Luego, de pronto, como un tren surge de un túnel, el aeroplano volvió a salir volando de entre las nubes, el sonido taladrando los oídos de toda aquella gente en el Mall, en Green Park, en Piccadilly, en Regent Street, en Regent's Park, y la línea de humo se curvó tras él y este cayó en picado, y remontó el vuelo y escribió una letra tras otra... pero ¿qué palabra escribía?

Lucrezia Warren Smith, sentada junto a su marido en un banco de Regent's Park, en aquel amplio paseo, el Broad Walk, que lo cruzaba, miró al cielo.

—¡Mira, mira, Septimus! —gritó. Pues el doctor Holmes le había dicho que hiciese que su marido (que no tenía nada realmente serio, pero estaba un poco decaído) se interesara por cosas más allá de sí mismo.

Así que, pensó Septimus, mirando hacia arriba, me están haciendo señales. No en palabras de verdad, claro; es decir, no podía leer aún el idioma; pero estaba bastante clara, esta belleza, esta exquisita belleza, y se le llenaron los ojos de lágrimas mientras miraba las palabras de humo languidecer y fundirse en el cielo y concederle, en su inagotable caridad y su bondad risueña, una forma tras otra de belleza inimaginable y señalarle su intención de proporcionarle, a cambio de nada, para siempre, por mirar solo, belleza, ¡más belleza! Las lágrimas le rodaron por las mejillas.

Era tofe; estaban anunciando caramelos, le dijo una niñera a Rezia. Juntas comenzaron a deletrear t… o… f…

—K… R… —dijo la niñera, y Septimus la oyó decir «ka, erre» cerca de su oído, sonora, suavemente, como un órgano melodioso, pero con una aspereza en la voz como la de un saltamontes que raspaba su espinazo con delirio y enviaba a su cerebro oleadas de sonido que, al romper, produjeron una conmoción. Un descubrimiento maravilloso, la verdad: que la voz humana en ciertas condiciones atmosféricas (pues hay que ser científico, sobre todo científico) puede insuflar vida en los árboles. Feliz, Rezia le puso la mano con un peso tremendo sobre la rodilla, y eso lo lastró, lo sujetó, o la excitación de los olmos elevándose y cayendo, elevándose y cayendo con todas sus hojas encendidas y el color diluyéndose y espesando del azul al verde de una ola hueca, como los penachos en el testuz de los caballos, las plumas en el de las señoras, tan orgullosamente se elevaban y caían, tan soberbiamente, lo habría vuelto loco. Pero no se volvería loco. Cerraría los ojos; no vería ya nada más.

Pero le hacían señas; las hojas estaban vivas; los árboles estaban vivos. Y las hojas, conectadas por millones de fibras con su propio cuerpo, allí en aquel banco, lo atizaban arriba y abajo; cuando la rama se estiraba, él se exponía con ella. Los gorriones aleteando, elevándose y cayendo en surtidores irregulares, eran parte del patrón: blanco y azul, enrejado de ramas negras. Los sonidos formaban armonías con premeditación; los silencios entre ellos eran tan significativos como los sonidos. Un niño lloró. Bien a lo lejos, sonó una bocina. Tomado todo en su conjunto significaba el nacimiento de una nueva religión…

—¡Septimus! —dijo Rezia.

Él se sobresaltó. La gente debe de notarlo.

—Voy a dar un paseo hasta la fuente y de vuelta —dijo.

Pues ya no lo soportaba más. El doctor Holmes bien podía decir que no tenía nada. Pero ella preferiría con mucho que estuviese muerto. No podía quedarse sentada a su lado cuando él perdía la mirada así, sin verla, haciéndolo todo horrible; el cielo y los árboles, los niños jugando, arrastrando carretas, soplando silbatos, cayéndose; todo era horrible. Y él no se mataría; y ella no podía contárselo a nadie. «Septimus ha estado trabajando demasiado», era todo lo que podía decirle a su propia madre. El amor la hace a una solitaria, pensó. No podía contárselo a nadie, ni siquiera ya a Septimus y, mirando a su espalda, lo vio sentado solo con su sobretodo andrajoso, en el banco, encorvado, con la mirada perdida. Y era cobarde en un hombre decir que se mataría, pero Septimus había combatido; era valiente; es que ahora no era ya Septimus. Se había puesto el cuello de encaje. Se había puesto el sombrero nuevo y él ni lo había notado; y estaba feliz sin ella. Nada podría hacerla a ella feliz sin él. ¡Nada! Era un egoísta. Todos los hombres lo son. Pues no estaba enfermo. El doctor Holmes decía que no tenía nada. Extendió la mano ante sí. ¡Mirad! Su alianza bailaba... ¡se había quedado tan delgada! Era ella la que sufría... pero no tenía a nadie a quien contárselo.

Lejos quedaban Italia y las casas blancas y el cuarto en el que sus hermanas hacían sombreros, y las calles atestadas de gente paseando al atardecer, riendo sonoramente, no vivos a medias como la gente aquí, amontonados en sus sillones de ruedas, contemplando unas pocas flores feas en macetones.

—Pues tendrían ustedes que ver los jardines de Milán —dijo en voz alta.

Pero ¿a quién?

No había nadie. Sus palabras se desvanecieron. Como se desvanece un cohete. Sus chispas, tras haber rasgado la noche, se rinden a ella, la oscuridad desciende, se vierte sobre el perfil de las casas y las torres; las inhóspitas laderas se suavizan y caen. Pero, aunque se han ido, la noche está llena de ellas; robadas de color, sin ventanas, existen con más énfasis, emiten lo que la sincera luz del día no consigue transmitir: el apuro y la zozobra de las cosas conglomeradas en la oscuridad; amontonadas en la oscuridad; despojadas del alivio que la aurora les trae cuando, pintando las paredes de blanco y gris, salpicando cada hoja de ventana, levantando la neblina de los campos, mostrando las vacas rubias pastando tranquilamente, lo compone todo una vez más para el ojo humano; vuelve a existir. Estoy sola; ¡estoy sola!, chilló, junto a la fuente de Regent's Park (mirando fijamente al indio y su cruz[9]), como tal vez a medianoche, cuando todos los límites se han perdido, el campo vuelve a su antigua forma, la de cuando los romanos lo vieron, yaciendo nuboso, al atracar, y las colinas no tenían nombre y no sabían dónde fluían los ríos... tal era la oscuridad que sentía; cuando, de pronto, como si lanzasen hacia delante una tarima y ella se subiese encima, dijo que era su esposa, casados hacía años en Milán, su esposa, y que nunca jamás le diría que estaba loco. Al volverse, la tarima cayó; abajo, más abajo, cayó ella. Pues él se había ido, pensó... ido, como amenazaba, a matarse... ¡a arrojarse bajo un carro! Pero no; ahí estaba; aún sentado solo en el banco, con su sobretodo andrajoso, las piernas cruzadas, la mirada perdida, hablando solo.

Los hombres no deben talar árboles. Hay un Dios. (Anotaba estas revelaciones en el reverso de los sobres.) Cambiar el mundo. Nadie mata por odio. Haz que se sepa (escribió). Esperó. Escuchó. Un gorrión posado en la verja de enfrente gorjeó: Septimus, Septimus, cuatro o cinco veces y luego se fue, alargando sus notas, a cantar nueva y estridentemente en griego[10] que no hay delito y, uniéndose a él otro gorrión, cantaron ambos en voces prolongadas y estridentes en griego, desde los árboles en el prado de la vida tras un río por el que caminan los muertos, que no existe la muerte.

Estaba su mano; allí los muertos. Objetos blancos se agrupaban tras las verjas de enfrente. Pero no se atrevía a mirar. ¡Evans estaba tras las verjas!

—¿Qué dices? —dijo Rezia de pronto, sentándose a su lado.

¡Interrumpiendo de nuevo! Siempre lo estaba interrumpiendo.

Lejos de la gente... tenían que ir lejos de la gente, dijo (levantándose de un salto), de inmediato a ese otro lado, donde había sillas bajo un árbol y la larga pendiente del parque descendía como una extensión de verde con un

---

9 La fuente de agua potable Readymoney de Regent's Park es una construcción con planta de cruz [la cruz], regalo de sir Cowasji Jehangir Readymoney, un rico industrial parsi de Bombay [el indio], a la princesa María en agradecimiento por la protección que les proporcionaba el Imperio británico en la India. [N. de la T.]

10 Durante una de sus crisis nerviosas, en 1904, Woolf creyó «que los pájaros [le] cantaban coros griegos» mientras guardaba cama. Tras otra crisis en 1915, una vez que había tenido tiempo de reflexionar sobre lo que había creído ver, utilizó el recuerdo de sus alucinaciones para dar forma a la locura de Septimus. Mientras escribía esta escena, además, estaba aprendiendo griego para un ensayo de *El lector común*, y el borrador de *La señora Dalloway* está salpicado de sus ejercicios. [N. de la T.]

cielo raso de tela azul y vapor rosa en lo alto, y había un terraplén de casas lejanas, irregulares, borrosas por el humo, el tráfico zumbaba en círculo y, a la derecha, animales de color pardo estiraban el largo cuello sobre la empalizada del zoo, ladrando, aullando. Y allí se sentaron bajo un árbol.

—Mira —le rogó ella señalando a una tropilla de niños con paletas de críquet, y uno arrastraba los pies, giraba sobre los talones y arrastraba los pies de nuevo, como imitando a un payaso de cabaret.

—Mira —le rogó ella, pues el doctor Holmes le había dicho que lo hiciera fijarse en cosas reales, ir al cabaret, jugar al críquet... ese era el juego adecuado, había dicho el doctor Holmes, un agradable juego al aire libre, el juego adecuado para su marido.

—Mira —le repitió.

Mira, le ordenó lo invisible, la voz que ahora se comunicaba con él, que era el más grande de los humanos, Septimus, recientemente arrancado de la vida a la muerte, el Señor que había venido a renovar la sociedad, que yacía como una sobrecama, una manta de nieve castigada solo por el sol, por siempre intacta, sufriendo por siempre, la cabeza de turco, el eterno sufriente, pero no quería, gimió, alejando de sí con un gesto de la mano ese eterno sufrimiento, esa eterna soledad.

—Mira —le repitió Rezia, pues él no debía hablar solo fuera de casa.

—Ay, mira —le imploró.

Pero ¿qué había que mirar? Unas cuantas ovejas. Eso era todo.

El camino a la estación de metro de Regent's Park —¿podrían indicarle el camino a la estación de metro de Regent's Park?—, era lo que Maisie Johnson quería saber. Hacía solo dos días que había llegado de Edimburgo.

—No por aquí... ¡Por allí! —exclamó Rezia alejándola con un gesto de la mano para evitar que viese a Septimus.

Parecían raros esos dos, pensó Maisie Johnson. Parecía todo muy raro. En Londres por primera vez, venía a ocupar un puesto en la empresa de su tío en Leadenhall Street, y ahora, cruzando Regent's Park a pie por la mañana, esta pareja de las sillas le daba un buen susto: la joven porque parecía extranjera, el hombre porque miraba raro; de manera que, si llegaba a viejita, recordaría aún y haría tintinear entre sus recuerdos cómo había cruzado Regent's Park a pie en una agradable mañana de verano hacía cincuenta años. Pues solo tenía diecinueve y se había salido por fin con la suya al venir a Londres; y ahora qué raro todo, esta pareja a la que había preguntado el camino, y la muchacha se había sobresaltado y sacudido la mano, y el hombre... parecía terriblemente extraño; discutían, tal vez; se despedían para siempre, tal vez; algo pasaba, lo sabía; y ahora toda esta gente (pues había vuelto al Broad Walk), las tazas de piedra de la fuente, las remilgadas flores, los ancianos y ancianas, inválidos la mayoría en sus sillones de ruedas... todo parecía, en comparación con Edimburgo, muy raro. Y Maisie Johnson, mientras se unía a aquella compañía que avanzaba con lenta dificultad, mirando sin intención, besada por la brisa —ardillas atusándose sobre las ramas, surtidores de gorriones aleteando en busca de migas, perros ocupados con las verjas, ocupados unos con otros, mientras el suave aire cálido rompía sobre ellos y daba a la mirada fija sin sorpresa con la que recibían la vida algo de caprichoso y apaciguado—, Maisie Johnson sintió sin duda que debía gritar ¡Ah! (pues aquel joven de la silla le había dado un buen susto. Algo pasaba, lo sabía).

¡Horror! ¡Horror!, quería gritar. (Había dejado a los suyos; ellos le habían advertido que aquello sucedería.)

¿Por qué no se había quedado en casa?, lloró, retorciendo el pomo de la verja de hierro.

Esa chica, pensó la señora Dempster (que guardaba cortezas de pan para las ardillas y solía comer su almuerzo en Regent's Park), no sabe aún na de la vida; y, la verdad, le pareció mejor ser algo rechoncha, algo floja, algo moderada en las propias expectativas. Percy bebía. En fin, mejor tener un hijo, pensó la señora Dempster. Ella lo había tenido difícil, y no pudo evitar sonreír a una chica como aquella. Te casarás, pues eres lo bastante bonita, pensó la señora Dempster. Cásate, pensó, y sabrás de lo que hablo. Ah, los guisos y todo lo demás. Cada hombre tiene sus manías. Pero ¿lo habría yo elegido si hubiese sabido?, pensó la señora Dempster, y no pudo evitar el deseo de susurrarle unas palabras a Maisie Johnson; de sentir en la arrugada faltriquera de su ajada cara vieja el beso de la compasión. Porque ha sido una vida difícil, pensó la señora Dempster. ¿Qué no había puesto ella de su parte? Las rosas de sus mejillas; su figura; también sus pies. (Escondió aquellas protuberancias llenas de bultos bajo la falda.)

Rosas, pensó sardónica. Todo basura, bonita. Porque, en realidad, con lo de comer, beber y reproducirse, los días malos y los buenos, la vida no había sido un lecho de rosas, y lo que era más, si se me permite decirlo, ¡Carrie Dempster no deseaba cambiar su suerte con la de ninguna otra en Kentish Town! Pero, imploró, compasión. Compasión, por la pérdida de las rosas de sus mejillas. Compasión pidió a Maisie Johnson, parada junto a los arriates de jacintos.

¡Ah, pero ese aeroplano! ¿No había ansiado la señora Dempster siempre ver otras tierras? Tenía un sobrino, misionero. El aeroplano subió y salió disparado. Ella siempre salía a navegar en Margate, sin llegar a perder de vista la costa, pero no tenía paciencia con las mujeres a las que les daba miedo el agua. El aeroplano barrió el cielo y cayó. Se le subió el estómago a la garganta. Arriba de nuevo. Hay un tipo joven y apuesto a los mandos, se apostó la señora Dempster, y lejos lejos se fue, se esfumó veloz, lejos lejos salió disparado el aeroplano; elevándose sobre Greenwich y todos sus mástiles; sobre la islita de grises iglesias, la de San Pablo y todas las demás, hasta que, a los lados de Londres, se extendieron los campos y los bosques marrón oscuro en los que zorzales aventureros, con saltos valientes y miradas rápidas, atrapaban al caracol y lo aplastaban contra una piedra, una, dos, tres veces.

Lejos y más lejos salió disparado el aeroplano, hasta que no fue nada más que una chispa brillante; una aspiración; una concentración; un símbolo (eso le pareció al señor Bentley, que apisonaba su tira de césped con vigor en Greenwich) del alma humana; de su determinación, pensó el señor Bentley, rodeando el cedro, de salir de su cuerpo, más allá de su casa, mediante el pensamiento, Einstein, especulación, matemáticas, la teoría de Mendel... y el aeroplano se alejó disparado.

Entonces, mientras un hombre anodino, de aspecto sórdido, con una bolsa de piel al hombro, se paraba en los escalones de la catedral de San Pablo, y dudaba, pues dentro había qué bálsamo, qué gran bienvenida, qué cantidad de tumbas con banderolas ondeando sobre ellas, muestras de victorias no sobre ejércitos, sino sobre, pensó, aquel fastidioso espíritu perseguidor de la verdad que me deja hoy sin colocación, y más que eso, la catedral ofrece compañía, pensó, te invita a ser miembro de la sociedad; grandes hombres pertenecen a ella; mártires han muerto por ella; por qué no entrar, pensó, dejar su bolso de piel repleto de panfletos ante un altar, una cruz, el símbolo de algo que se ha alzado más allá de la búsqueda y la persecución y el impacto de las palabras juntas y ha pasado a ser todo espíritu, incorpóreo, fantasmal... ¿por qué no entrar?, pensó y, mientras dudaba, el aeroplano se elevó sobre el cruce de calles en Ludgate Circus.

Fue extraño; todo callaba. Ni un sonido se oía por encima del tráfico. Parecía sin guía; acelerado por su libre albedrío. Y ahora, curvándose más y más hacia arriba, en vertical, como algo que asciende en éxtasis, de puro gozo, vertió por detrás lazos de humo blanco, y escribió una T, una O, una F.

—¿Qué es lo que están mirando? —dijo Clarissa Dalloway a la doncella que le abrió la puerta.

El recibidor de la casa estaba frío como una cripta. La señora Dalloway se llevó una mano a los ojos y, cuando la doncella cerró la puerta y ella oyó el frufrú de las faldas de Lucy, se sintió como una monja que abandona el mundo y siente cómo la envuelven los velos familiares y la respuesta a las antiguas devociones. La cocinera silbaba en la cocina. Oyó el tecleo de la máquina de escribir. Era su vida e, inclinando la cabeza sobre la mesa del recibidor, se sometió a su influencia, se sintió bendecida y purificada, diciéndose, mientras tomaba el bloc con el mensaje de teléfono en él, que los instantes como este son brotes en el árbol de la vida, flores de oscuridad son, pensó (como si una adorable rosa hubiese florecido solo para sus ojos); no creyó en Dios ni por un instante; pero, por eso mismo, pensó tomando el bloc, hay que pagar en vida cotidiana a los criados, sí, a los perros y a los canarios, sobre todo a Richard, su marido, que era el fundamento de todo —de los sonidos alegres, de las luces verdes, de la cocinera incluso silbando, pues la señora Walker era irlandesa y no dejaba de silbar en todo el día—, hay que pagar para devolver este depósito secreto de instantes exquisitos, pensó, levantando el bloc, mientras Lucy llegaba a su lado, intentando explicar que...

—El señor Dalloway, señora...

Clarissa leyó en el bloc del teléfono: «Lady Bruton desea saber si el señor Dalloway almorzará hoy con ella».

—El señor Dalloway, señora, me dijo que le dijera que iba a almorzar fuera.

—¡Vaya! —dijo Clarissa, y Lucy compartió, como ella había querido, su decepción (aunque no la punzada); sintió la concordia entre ellas; se hizo cargo de la indirecta; pensó en cómo ama la gente de plaza; doró su propio futuro de calma; y, tomando el parasol de la señora Dalloway, lo manejó como un arma sagrada de la que una Diosa, habiéndose comportado con honor en el campo de batalla, se despoja, y lo colocó en el paragüero.

—No temas ya —dijo Clarissa.

No temas ya el calor del sol; pues el golpe de lady Bruton invitando a Richard a almorzar sin ella hizo temblar el instante en el que se encontraba, como una planta en el lecho del río siente el golpe de un remo al pasar y tiembla: así osciló; así tembló.

Millicent Bruton, cuyos almuerzos tenían fama de ser extraordinariamente divertidos, no la había invitado. Unos vulgares celos no podían separarla de Richard. Pero temía al tiempo en sí, y leyó en la cara de lady Bruton, como si fuese el cuadrante de un reloj tallado en piedra impasible, el menguar de la vida; cómo año tras año se reducía su porción; qué poco podría ya el margen que quedaba extenderse, absorber, como en los años de la juventud, los colores, sales, tonos de la existencia, de manera que ella llenase la habitación en la que entraba, y sentía a menudo, dudando un instante en el umbral de su saloncito, una exquisita zozobra, como la que debía de tener un saltador antes de zambullirse mientras el mar se oscurece y brilla a sus pies, y las olas que amenazan con romper, aunque solo parten suavemente la superficie, baten y encubren e incrustan de nácar, al retirarse, las algas.

Dejó el bloc sobre la mesa del recibidor. Comenzó a subir despacio las escaleras, con la mano en el barandal, como si hubiese abandonado una fiesta en la que ora esta amiga, ora aquella otra le hubiesen devuelto reflejada su cara, su voz; hubiese cerrado la puerta, hubiese salido y estuviese sola, única figura frente a la pavorosa noche, o más bien, para ser precisa, frente a la mirada implacable de esta prosaica mañana de junio; suave como el rubor de los pétalos de rosa para algunos, lo sabía, y lo sintió, cuando se detuvo un momento ante la ventana del descansillo abierta que dejaba entrar el aleteo de la persiana, el ladrido de los perros, dejaba entrar, pensó, sintiéndose de pronto marchita, envejecida, despechada, el florecimiento agotador, arrogante del día, fuera en la calle, fuera de la ventana, fuera de su cuerpo y su cerebro que ahora fallaba, pues lady Bruton, cuyos almuerzos tenían fama de ser extraordinariamente divertidos, no la había invitado.

Como una monja que se retira, o una niña explorando una torre, subió las escaleras, se detuvo ante la ventana, entró en el baño. Había linóleo verde y un grifo que goteaba. Había un vacío en torno al corazón de la vida; un altillo. Las mujeres han de despojarse de su rico atuendo. A mediodía han de desvestirse. Apuñaló el acerico y dejó el sombrerito amarillo de plumas sobre la cama. Las sábanas estaban limpias, bien estiradas en un ancho embozo blanco de lado a lado. Su cama se haría cada vez más estrecha. La vela estaba medio consumida y había avanzado mucho en la lectura de las *Memorias* del barón Marbot.[11] Había leído hasta bien entrada la noche sobre la retirada de Moscú. Pues las sesiones de la Cámara se alargaban tanto que Richard insistió, tras su enfermedad, en que debía dormir sin que la molestase. Y, en realidad, ella prefería leer sobre la retirada de Moscú. Él lo sabía. Así que su cuarto era un altillo; la cama, estrecha; y tumbarse en ella leyendo, pues dormía mal, no conseguía disipar una virginidad conservada a pesar del parto, que se adhería a ella como una sábana. Amorosa en su juventud, de pronto llegó un momento —por ejemplo, en el río bajo los bosques de Cliveden— en el que, por cierta contracción de este

11 El general Marcellin Marbot (1782-1854) sirvió en la invasión de Rusia de 1812 y combatió a las órdenes de Napoleón en la batalla de Waterloo. Sus memorias en tres volúmenes se publicaron en 1891 en París y, traducidas al inglés por A. J. Butler, en 1892. En uno de sus ensayos *(Hablando de memorias),* Woolf afirmaba que leer memorias era un entretenimiento adecuado para señoras «por la mañana cuando el día es húmedo y en las horas entre el té y la cena cuando ya ha oscurecido». [N. de la T.]

frío espíritu, ella le había fallado. Y luego en Constantinopla, y otra vez y otra vez. Podía ver de qué carecía. No era belleza; no era inteligencia. Era algo central que permeaba; algo cálido que hacía trizas las superficies y vibrar el contacto frío entre hombre y mujer, o entre dos mujeres. Pues eso lo percibía vagamente. La ofendía, tenía un escrúpulo adquirido el Cielo sabía dónde o, tal como ella sentía, enviado por la Naturaleza (que era sabia sin excepción); y, sin embargo, no podía evitar a veces rendirse al encanto de una mujer, no una muchacha, de una mujer que confesaba, como a ella a menudo le confesaban, algún lío, alguna locura. Y, si era compasión por ellas, o su belleza, o que ella era mayor, o algún accidente... como una leve fragancia, o un violín en la casa vecina (así de extraño es el poder de los sonidos en ciertos momentos), sentía entonces, sin ninguna duda, lo que sentían los hombres. Solo por un instante; pero era suficiente. Era una revelación repentina, un matiz como un rubor que una intentaba contener y luego, cuando se extendía, una se rendía a su expansión, y se apresuraba al confín más lejano y allí temblaba y sentía el mundo acercarse, henchido de cierta significancia asombrosa, cierta presión de arrobamiento, que rasgaba la delgada piel y borboteaba y se derramaba con un extraordinario alivio por las grietas y las llagas. Luego, durante ese instante, había visto una iluminación; un fósforo ardiendo en un azafrán; un significado interno casi expresado. Pero la cercanía se alejaba; la dureza se suavizaba. Y el instante... había pasado. Contra esos instantes (con las mujeres también), contrastaban (mientras dejaba allí su sombrero) la cama y el barón Marbot y la vela medio consumida. Yacía despierta, el suelo crujía; la casa iluminada se oscurecía de pronto y, si levantaba la cabeza, podía llegar a oír el clic de la manilla que Richard soltaba con tanto cuidado como le era posible, a Richard deslizándose escaleras arriba en calcetines y luego, la mitad de las veces, se le caía la botella de agua caliente y blasfemaba. ¡Cómo se reía ella!

Pero lo del amor (pensó, guardando el abriguito), lo de enamorarse de mujeres. Mira Sally Seton: la relación que había tenido con Sally Seton. ¿No había sido aquello, al fin y al cabo, amor?

Estaba sentada en el suelo —esa era su primera impresión de Sally—, estaba sentada en el suelo, abrazándose las rodillas, fumando un cigarrillo.

¿Dónde había sido? ¿En casa de los Manning? ¿En la de los Kinloch-Jones? En alguna fiesta (del lugar no estaba segura), pues tenía un claro recuerdo de decirle al hombre con el que estaba: «¿Quién es esa?». Y él se lo había dicho, y le había dicho que los padres de Sally no se entendían (cómo le había chocado aquello... ¡que los padres de una pudiesen discutir!). Pero no había podido apartar los ojos de Sally en toda la velada. Era una belleza extraordinaria, de la clase que ella más admiraba, morena, de ojos grandes, con esa cualidad que, puesto que ella no la tenía, siempre había envidiado: una suerte de abandono, como si pudiese decir cualquier cosa, hacer cualquier cosa; una cualidad mucho más común en las extranjeras que en las mujeres inglesas. Sally siempre decía que le corría sangre francesa por las venas: un antepasado suyo había estado con María Antonieta, le habían cortado la cabeza, había dejado un anillo de rubíes. Tal vez fue aquel el verano que fue a pasar a Bourton, presentándose de manera bastante inesperada sin un penique en el bolsillo, una noche después de cenar, y dando tal disgusto a la pobre tía Helena que esta nunca la perdonó. Había habido una gresca terrible en casa. No tenía literalmente ni un penique aquella noche cuando llegó: había empeñado un broche para poder ir. Se había dirigido allí por un impulso. Estuvieron hablando hasta altas horas de la madrugada. Sally fue quien la hizo sentir, por primera vez, lo protegida que vivía en Bourton. No sabía nada sobre sexo... Nada sobre los problemas sociales. Una vez había visto a un anciano caer sin vida en un campo... Había visto vacas que acababan de parir a sus terneros. Pero a la tía Helena nunca le gustaron los debates (cuando Sally le pasó el libro de William Morris[12] tuvo que ser envuelto en papel de estraza). Allí estuvieron, hora tras hora, hablando en su dormitorio, en lo alto de la casa, hablando sobre la vida, sobre cómo iban a cambiar el mundo. Iban a fundar una sociedad que aboliese la propiedad privada y, de hecho, escribieron una carta, aunque nunca la enviaron.

12 William Morris (1834-1896), arquitecto, diseñador y maestro textil, traductor, poeta y novelista, fue un socialista activo, con un importante papel en la propaganda y difusión —mediante escritos, mítines y conferencias— del incipiente movimiento socialista británico. En la década de 1890, cuando Sally Seton le da a Clarissa el libro de Morris, este se encontraba en la cumbre de su fama como socialista y era lo suficientemente infame para la generación mayor como para que los jóvenes se lo pasaran forrado en papel de estraza. [N. de la T.]

Las ideas eran de Sally, por supuesto —pero muy pronto ella estaba igual de emocionada—, que leía a Platón en la cama antes del desayuno; leía a Morris; leía a Shelley[13] durante horas.

El talento de Sally era asombroso, su don, su personalidad. Lo que hacía con las flores, por ejemplo. En Bourton siempre colocaban austeros jarroncitos a lo largo de la mesa. Sally salía, recogía malvaviscos, dalias —todo tipo de flores que no se habían visto nunca juntas—, los descabezaba y los hacía flotar en cuencos de agua. El efecto era extraordinario... al entrar a cenar en la luz del ocaso. (Por supuesto, la tía Helena opinaba que era una perversidad tratar así las flores.) Luego olvidaba su esponja y corría por el pasillo desnuda. Aquella vieja criada adusta, Ellen Atkins, no dejaba de refunfuñar: «¿Y si uno de los señores la hubiese visto?». Lo cierto es que escandalizaba a la gente. Papá decía que era desaliñada.

Lo extraño, al recordarlo ahora, era la pureza, la integridad, de lo que sentía por Sally. No era lo que se sentía por un hombre. Era completamente desinteresado y, además, tenía una cualidad que solo podía existir entre mujeres, entre mujeres apenas adultas. Era protector por su parte; surgido de la sensación de estar confabuladas, del presentimiento de algo que iba a separarlas (hablaban siempre del matrimonio como de una catástrofe), lo que conducía a esta caballerosidad, este sentimiento protector que existía mucho más por su parte que por la de Sally. Pues, en aquellos días, era del todo temeraria; hacía las cosas más idiotas por pura baladronada; recorría en bici el parapeto de la terraza; fumaba cigarros puros. Absurda, era... muy absurda. Pero el hechizo resultaba embriagador, para Clarissa al menos, así que se recordaba de pie en el dormitorio, en lo alto de la casa, con el calientapiés en la mano y chillando: «Está bajo este techo... ¡Ella está bajo este techo!».

No, las palabras ya no le provocaban absolutamente nada. No sentía siquiera un eco de su antigua exaltación. Pero recordaba estremecerse de entusiasmo y peinarse en una especie de éxtasis (ahora el antiguo sentimiento

13 Algunas obras del poeta romántico Percy B. Shelley (1792-1822), especialmente *La reina Mab* (1813), *Prometeo liberado* (1820) y varios ensayos políticos y panfletos, fueron una influencia formativa del desarrollo del socialismo en Gran Bretaña. [N. de la T.]

comenzaba a volver a ella mientras se quitaba las horquillas, las dejaba en el tocador, comenzaba a atusarse el cabello), con los grajos exhibiéndose arriba y abajo en la luz rosicler del ocaso, vestirse y bajar y sentir, mientras cruzaba el recibidor: «Si hubiese de morir ahora, mi felicidad sería extrema».[14] Eso era lo que sentía, lo que sentía Otelo, y lo sentía, estaba convencida, con tanta intensidad como Shakespeare había pretendido que lo sintiese Otelo, todo porque bajaba a cenar, vestida de blanco, ¡con Sally Seton!

Ella vestía gasa rosa... ¿era posible? Y parecía, no sabía cómo, que ardía, toda luz, como un pájaro o un globo de seda que ha entrado volando y se ha enganchado por un instante en una zarza. Pero nada es tan extraño cuando una se enamora (¿y qué era aquello si no estar enamorada?) como la completa indiferencia de los otros. La tía Helena se retiró sin más tras la cena; papá leía el periódico. Puede que ahí estuviesen también Peter Walsh y la anciana señorita Cummings; Joseph Breitkopf estaba, desde luego, pues iba todos los veranos, pobre viejo, a pasar semanas y semanas, y fingía leer alemán con ella, aunque en realidad tocaba el piano y cantaba Brahms sin tener ni pizca de voz.

Todo aquello era solo un escenario para Sally. Estaba de pie junto a la chimenea hablando, con aquella hermosa voz que hacía sonar todo lo que decía como una caricia, con papá, que había comenzado a rendirse aun contra su voluntad (nunca se había recuperado de haberle prestado uno de sus libros y haberlo encontrado empapado en la terraza), y dijo de pronto: «¡Qué lástima estar sentados aquí dentro!», y todos salieron a la terraza y pasearon por ella arriba y abajo. Peter Walsh y Joseph Breitkopf no dejaban de hablar de Wagner. Sally y ella se quedaron un poco rezagadas. Entonces llegó el momento más exquisito de toda su vida, al pasar un macetón de piedra lleno de flores. Sally se detuvo; arrancó una flor; la besó a ella en los labios. ¡Fue como si el mundo se hubiese puesto patas arriba! Los demás desaparecieron; y quedó ella sola, con Sally. Y sintió que le habían dado un regalo, envuelto, y le habían dicho que lo tomase nada más, sin mirarlo —un diamante, algo infinitamente precioso, envuelto, que, mientras paseaban

14 Son palabras de Otelo a Desdémona en el acto 2, escena 1 de *Otelo*. [N. de la T.]

(arriba y abajo, arriba y abajo), ella desenvolvió, o el resplandor acabó traspasando, ¡la revelación, el sentimiento religioso!—, cuando el viejo Joseph y Peter se volvieron hacia ellas:

—¿Soñando con las estrellas? —dijo Peter.

Fue como chocarse de cara contra una pared de granito en la oscuridad. Fue espantoso; ¡fue horrible!

No para ella misma. Ella solo sintió que estaban atacando a Sally, maltratándola; sintió la hostilidad de Peter; sus celos; su determinación de irrumpir en su camaradería. Todo esto lo vio como se ve un paisaje en la luz de un relámpago... y a Sally (nunca la había admirado tanto) siguiendo con valentía su camino invicta. Se rio. Pidió al viejo Joseph que le dijese los nombres de las estrellas, algo que él adoraba hacer con seriedad. Se detuvo allí: escuchó. Oyó los nombres de las estrellas.

«¡Ah! ¡Qué horror!», se dijo Clarissa, como si hubiese sabido todo el tiempo que algo interrumpiría, envenenaría aquel momento suyo de felicidad.

Y, sin embargo, cuánto iba a deber a Peter Walsh más tarde. Siempre que pensaba en él pensaba, por alguna razón, en las discusiones que tenían; quizá porque ella ansiaba su aprobación. Le debía palabras: «sentimental», «civilizado»; comenzaban cada día de su vida como si él la protegiese. Un libro era sentimental; una actitud hacia la vida, sentimental. «Sentimental» era ella, tal vez, pensando en el pasado. ¿Qué pensaría Peter, se preguntó, cuando volviese?

¿Que estaba vieja? ¿Lo diría, o vería ella que lo estaba pensando cuando volviese, que estaba vieja? Era cierto. Desde la enfermedad, tenía el pelo casi blanco.

Al dejar su broche en la mesa, tuvo un espasmo repentino, como si, mientras meditaba, las garras heladas hubiesen tenido la oportunidad de clavarse en ella. No era aún vieja. Acababa de estrenar su quincuagésimo segundo año de vida. Aún le quedaban muchos meses intactos. Junio, julio, agosto. Cada uno estaba aún casi entero y, como para atrapar la gota que caía, Clarissa (cruzando al tocador) se sumergió en el corazón mismo del momento, lo sujetó ahí: el momento de esta mañana de junio que contenía la presión de todas las demás mañanas, viendo el espejo, el tocador y todos los frascos de nuevo, recogiendo todo su ser en un punto (mientras se miraba en el espejo), viendo la delicada cara rosada de la mujer que iba a dar una fiesta esa misma noche; de Clarissa Dalloway; la suya.

Cuántos millones de veces había visto esa cara y siempre con la misma contracción imperceptible. Fruncía los labios al mirarse en el espejo. Era para dar ángulo a su cara. Esa era ella: angulosa; como un dardo; definida. Esa era ella cuando cierto esfuerzo, cierta instancia a ser ella, aunaba las partes, solo ella sabía lo diferente, lo incompatible y compuesta para el mundo solo en un centro, en un diamante, que era una mujer que hacía de su saloncito un punto de reunión, un resplandor sin duda en ciertas vidas aburridas, un refugio al que podían acudir los solitarios, tal vez; había ayudado a jóvenes, que le estaban agradecidos; había intentado ser siempre la misma, nunca mostrar un signo de todos sus otros lados: sus defectos, sus celos, sus vanidades, sus suspicacias, como esta de que lady Bruton no la había invitado a almorzar; que, pensó (pasándose por fin el peine), es de lo más básica. Pero ¿qué había hecho con el vestido?

Sus vestidos de noche estaban colgados en el armario. Clarissa, sumergiendo la mano en la suavidad, sacó con delicadeza el vestido verde y lo llevó hasta la ventana. Le había hecho un siete. Alguien había pisado la falda. Había sentido cómo se rasgaba en la fiesta de la embajada, en la parte de arriba, entre los pliegues. El verde brillaba en la luz artificial, pero perdía su color ahora al sol. Lo remendaría ella. Sus criadas tenían demasiado que hacer. Se lo iba a poner esta noche. Bajaría sus hilos de seda, sus tijeras, su —¿cómo se llamaba?—, su dedal, cierto, al saloncito, pues también tenía que escribir, y comprobaría que todo estaba más o menos en orden.

Qué extraño, pensó, deteniéndose un momento en el descansillo e invocando aquella forma de diamante, aquella persona única, qué extraño cómo una mujer conoce el estado exacto, el humor exacto de su casa. Leves sonidos se elevaban en espiral por el hueco de la escalera; el frufrú de una rodilla fregando el suelo; golpecitos; llamaban; un estrépito cuando se abrió la puerta principal; una voz que repetía un mensaje en el sótano; el tintineo de la plata en una bandeja; plata limpia para la fiesta. Todo era para la fiesta.

(Y Lucy, entrando en el saloncito con la bandeja en las manos, puso los gigantescos candelabros en la repisa de la chimenea, el cofre de plata en el centro, giró el delfín de cristal hacia el reloj. Llegarían; se repartirían por la habitación; hablarían en los tonos remilgados que ella sabía imitar, las damas y los caballeros. De todos, su señora era la más encantadora: señora de la plata, del lino, de la porcelana, pues el sol, la plata, las puertas descolgadas, los hombres de Rumpelmayer, le daban la sensación, mientras dejaba la plegadera sobre la mesa de taracea, de algo conseguido. «¡Miradme bien!», dijo hablando con sus viejas amigas de la panadería, donde había empezado a servir en Caterham, escudriñando en el espejo. Era lady Angela, acompañando a la princesa María, cuando entró la señora Dalloway.)

—¡Ah, Lucy! —dijo—. ¡Qué linda se ve la plata! Y —dijo girando el delfín de cristal para que estuviese derecho—, ¿les gustó la obra de anoche?

—Ay, tuvieron que irse antes de que acabase —dijo—. Tenían que estar de vuelta a las diez —dijo—. Así que no saben lo quc pasó —dijo.

—¡Qué mala suerte! —dijo (pues sus criados podían quedarse hasta más tarde si se lo pedían)—. Parece una verdadera pena —dijo agarrando el cojín viejo y raído del centro del canapé y poniéndoselo a Lucy en los brazos, y dándole un ligero empujoncito y gritando—: ¡Lléveselo! Déselo a la señora Walker de mi parte. ¡Lléveselo! —gritó.

Y Lucy se paró en la puerta del saloncito, con el cojín entre los brazos, y dijo muy tímidamente, sonrojándose un poco: ¿No quería que le remendase el vestido?

Pero, dijo la señora Dalloway, tenía bastante ocupación ya, demasiado entre manos sin ocuparse también de eso.

—Pero gracias, Lucy, ¡ay!, gracias —dijo la señora Dalloway, y gracias, gracias, siguió diciendo (mientras se sentaba en el canapé con el vestido sobre las rodillas, las tijeras, los hilos de seda), gracias, gracias, continuó diciendo con gratitud general hacia sus criados por ayudarla a ser así, a ser lo que quería, amable, generosa de corazón. Sus criados la querían. Y, ahora, este vestido suyo; ¿dónde estaba el siete? Tenía que enhebrar la aguja.

Era uno de sus vestidos favoritos, uno de Sally Parker, casi el último que hizo, en realidad, pues Sally se había retirado ya, vivía en Ealing, y a ver si encuentro el momento, pensó Clarissa (pero nunca encontraría ya el momento) de ir a verla, a Ealing. Pues era un personaje, pensó Clarissa, una auténtica artista. Tenía ideas más bien poco corrientes; pero sus vestidos no habían sido nunca peculiares. Se podían llevar en Hatfield;[15] en el palacio de Buckingham. Ella los había llevado en Hatfield; en el palacio de Buckingham.

La calma descendió sobre ella, serena, satisfecha, mientras su aguja, tensando la seda con suavidad hasta su amable pausa, recogía los pliegues verdes y los cosía, muy levemente, a la cinturilla. Como en un día de verano se recogen las olas hasta que pierden el equilibrio y caen; se recogen y caen; y todo el mundo parece estar diciendo «eso es todo», cada vez más pesadamente, hasta que incluso el corazón en el cuerpo tendido al sol sobre la playa lo dice también: Eso es todo. No temas ya, dice el corazón. No temas ya, dice el corazón, entregando su carga a cierto mar, que suspira colectivamente por todas las penas, y renueva, comienza, recoge, deja caer. Y el cuerpo solo escucha la abeja que pasa; la ola que rompe; el perro que ladra, a lo lejos ladra y ladra.

—¡Cielo santo, es el timbre! —exclamó Clarissa deteniendo la aguja.

Aguzando el oído, escuchó.

—La señora Dalloway me recibirá —dijo un señor mayor en el recibidor—. Ya lo creo que me recibirá —repitió, haciendo a Lucy a un lado con mucha benevolencia y apresurándose escaleras arriba—. Sí, sí, sí —dijo entre dientes, mientras corría escaleras arriba—. Me recibirá. Después de cinco años en la India, Clarissa me recibirá.

—¿Quién puede... qué puede? —se preguntó la señora Dalloway (pensando que era un escándalo ser interrumpida a las once de la mañana en el día en que iba a dar una fiesta), oyendo los pasos en la escalera. Oyó una mano en la puerta. Hizo por esconder el vestido, como una virgen que protege su castidad, que respeta la intimidad. La manilla de bronce se deslizó. Se

---

15 Hatfield era (y sigue siendo) la residencia de los marqueses de Salisbury. [N. de la T.]

abrió la puerta y entró... ¡Por un segundo no recordó cómo se llamaba!, tan sorprendida estaba de verlo, tan contenta, tan tímida, tan absolutamente estupefacta de que Peter Walsh hubiese ido a verla sin avisar esa mañana. (Clarissa no había leído su carta.)

—Pero ¿cómo estás? —dijo Peter Walsh temblando de verdad, tomándola de las manos; besándole las manos.

Se la ve mayor, pensó al sentarse. No le diré nada, pensó, pero se la ve mayor. Me está mirando, pensó, con cierto embarazo repentino invadiéndolo aunque le había besado las manos. Metiendo una mano en el bolsillo, sacó un cortaplumas grande y medio abrió la hoja.

El mismo de siempre, pensó Clarissa; la misma mirada peculiar; el mismo traje de cuadros; su cara un poco jocosa, algo más delgado, más seco, quizá, pero tiene un aspecto excelente, y está exactamente igual.

—¡Es divino verte de nuevo! —exclamó.

Él había sacado la navaja. Es tan propio de él, pensó Clarissa.

Acababa de llegar a la ciudad la noche anterior, dijo Peter; tendría que irse al campo enseguida; y ¿cómo iba todo?, ¿cómo estaban todos? ¿Richard? ¿Elizabeth?

—¿Y qué es todo esto? —dijo señalando con el cortaplumas su vestido verde.

Va muy bien vestido, pensó Clarissa; pero siempre me critica a mí.

Aquí está remendándose el vestido; remendándose el vestido como de costumbre, pensó Peter; aquí ha estado sentada todo el tiempo que he estado en la India; remendando su vestido; retozando; yendo a fiestas; apresurándose a la Cámara y de vuelta y todo eso, pensó, enfadándose cada vez más, agitándose cada vez más, pues no hay nada en el mundo peor para algunas mujeres que el matrimonio, pensó; y la política; y tener un marido Conservador, como el admirable Richard. Así es, así es, pensó cerrando la navaja con un ruido seco.

—Richard está estupendo. Está en un comité—dijo Clarissa.

Y abrió sus tijeras, y dijo: ¿Le importaría que terminase lo que estaba haciendo con el vestido? Es que daban una fiesta esa noche.

—A la que no te pediré que vengas —dijo—. ¡Mi querido Peter! —dijo.

Qué delicioso era oírle decir aquello: ¡mi querido Peter! De hecho, era todo delicioso: la plata, las sillas; ¡todo delicioso!

¿Por qué no iba a pedirle que fuese a la fiesta?, preguntó.

Desde luego, pensó Clarissa, ¡es encantador!, ¡perfectamente encantador! Ahora recuerdo lo imposible que me resultaba decidir… y ¿por qué decidí… no casarme con él, se preguntó, aquel terrible verano?

—Pero ¡es tan extraordinario que hayas venido esta mañana! —chilló ella, poniendo las manos una encima de otra sobre su vestido—. ¿Recuerdas —dijo— el ruido de las persianas en la brisa de Bourton?

—Sí que lo hacían —dijo él; y recordó desayunar solo, muy incómodo, con el padre de ella; que había muerto; y él no había escrito a Clarissa.

Pero nunca se había llevado bien con el viejo Parry, aquel anciano pusilánime y quejumbroso, el padre de Clarissa, Justin Parry.

—A menudo desearía haberme llevado mejor con tu padre —dijo.

—Pero a él nunca le gustó nadie que… nuestros amigos —dijo Clarissa; y se habría mordido la lengua por recordar así a Peter que había querido casarse con ella.

Por supuesto que quise, pensó Peter; y casi me rompió el corazón, pensó; y lo invadió su propia tristeza, que se elevó como una luna que se contempla desde una terraza, funestamente hermosa a la luz del día que cae. Fui más infeliz de lo que lo he sido nunca después, pensó. Y, como si en verdad estuviese allí sentado en la terraza, se acercó un poco a Clarissa; extendió la mano; la elevó; la dejó caer. Allí, sobre ellos, colgaba esa luna. Ella también parecía estar sentada con él en la terraza, al claro de su luz.

—Ahora es de Herbert —dijo ella—. Ya no voy nunca —dijo.

Entonces, igual que pasa en una terraza al claro de la luna, cuando uno comienza a sentirse avergonzado de estar ya aburrido y, sin embargo, mientras la otra persona sigue sentada en silencio, muy callada, mirando con tristeza a la luna, no quiere hablar, mueve el pie, carraspea, repara en una voluta de hierro en la pata de la mesa, toquetea una hoja, pero no dice nada… eso fue lo que Peter Walsh hizo ahora. Pues ¿por qué volver así al pasado?, pensó. ¿Por qué recordárselo de nuevo? ¿Por qué hacerlo sufrir cuando lo había torturado tan infernalmente? ¿Por qué?

—¿Recuerdas el lago? —dijo ella con voz brusca, oprimida por un estremecimiento que le encogió el corazón, le agarrotó los músculos de la garganta y le contrajo los labios en un espasmo al decir «lago». Pues era una niña, que lanzaba pan a los patos, entre sus padres, y al mismo tiempo una mujer adulta que se dirigía hacia ellos de pie junto al lago, con su vida en los brazos que, según se acercaba, se iba haciendo más y más grande en ellos, hasta que se convirtió en toda una vida, una vida completa, que les ofreció diciendo: «Esto es lo que he hecho de ella. ¡Esto!». ¿Y qué había hecho de ella? ¿Qué, en realidad?, sentada allí cosiendo esta mañana con Peter.

Miró a Peter Walsh; su mirada, atravesando todo aquel tiempo y aquella emoción, lo alcanzó dudosa; se posó sobre él llorosa; y se elevó y aleteó alejándose, como un pájaro toca una rama y se eleva y aletea alejándose. Con toda sencillez, se enjugó los ojos.

—Sí —dijo Peter—. Sí, sí, sí —dijo como si ella sacase a la superficie algo que lo hería físicamente al surgir. ¡Para! ¡Para!, quería gritar. Pues él no era viejo; su vida no había acabado; de ninguna de las maneras. Acababa de pasar los cincuenta. ¿Se lo digo, pensó, o no? Le habría gustado no quedarse con nada en el pecho. Pero es demasiado fría, pensó; cosiendo, con sus tijeras; Daisy parecería pedestre junto a Clarissa. Y pensará que soy un fracaso, y lo soy en el sentido que ellos le dan, pensó; en el sentido de los Dalloway. Ay, sí, no tenía dudas de ello; era un fracaso, en comparación con todo esto —la mesa de taracea, la plegadera engarzada, el delfín y los candelabros, las fundas de las sillas y las antiguas y valiosas láminas inglesas coloreadas—, ¡era un fracaso! Detesto la suficiencia de todo esto, pensó; es cosa de Richard, no de Clarissa; salvo porque ella se casó con él. (En esto, Lucy entró en la habitación, llevando plata, más plata, pero encantadora, esbelta, grácil, pensó él, cuando ella se inclinó para dejarla.) Y esto ha estado pasando todo este tiempo, pensó; semana tras semana; la vida de Clarissa; mientras que yo... pensó; y de pronto todo pareció irradiar de él; los viajes; las cabalgadas; las peleas; las aventuras; las partidas de *bridge;* los amoríos; el trabajo; trabajo, ¡trabajo! Y sacó su navaja bastante a las claras —su vieja navaja de cachas de carey que Clarissa podría haber jurado que era la misma de hace treinta años— y apretó el puño en torno a ella.

Qué hábito extraordinario era aquel, pensó Clarissa; jugar siempre con una navaja. Hacerla a una sentirse siempre, también, frívola; casquivana; una mera parlanchina, como él solía hacer. Pero yo también, pensó y, tomando su aguja, convocó, como una reina cuyos guardias se han quedado dormidos y la han dejado sin protección (esta visita la había dejado bastante estupefacta: la había alterado), de forma que cualquiera puede entrar y echarle un vistazo allí yaciendo con las zarzas en torno a ella, convocó a su ayuda las cosas que hacía; las cosas que le gustaban; a su marido; a Elizabeth; a ella misma, en resumen, a la que Peter apenas conocía ya, para que todos la rodeasen y venciesen al enemigo.

—Bien, y ¿qué ha sido de tu vida? —dijo.

Como, antes de comenzar una batalla, los caballos piafan; sacuden la cabeza; la luz reluce en sus flancos; sus cuellos se curvan. Así Peter Walsh y Clarissa, sentados uno junto al otro en el canapé azul, se retaron. Las potencias de él se crisparon y sacudieron en su interior. Reunió de diferentes lugares toda clase de cosas; elogios; su carrera en Oxford; su matrimonio, del que ella no sabía nada en absoluto; cómo había amado; y hecho, en suma, su trabajo.

—¡Millones de cosas! —exclamó él y, urgido por la reunión de potencias que cargaban ora en esta dirección, ora en la otra y le daban la sensación a la vez terrorífica y exhilarante de estar impulsándolo por el aire a lomos de gente a la que ya no veía, se llevó las manos a la frente.

Clarissa estaba sentada muy erguida; contuvo el aliento.

—Estoy enamorado —dijo Peter; no a ella, sin embargo, sino a alguien erguido en la oscuridad de manera que no podías tocarla, y tenías que dejar tu guirnalda sobre la hierba en la oscuridad.

—Enamorado —repitió, dirigiéndose ahora, más bien seco, a Clarissa Dalloway—. Enamorado de una chica en la India.

Había depositado su guirnalda. Que Clarissa hiciese con ella lo que quisiera.

—¡Enamorado! —dijo ella.

Que se dejase atrapar por ese monstruo a su edad, con su corbatín. Y tiene el cuello fláccido; tiene las manos rojas; y ¡es seis meses mayor que yo!, le dijo su ojo sagaz; pero en el corazón lo sintió, de todas formas: está enamorado. Hay que reconocerlo, sintió: está enamorado.

Pero el egotismo indomable que atropella todo el tiempo a los anfitriones que se oponen a él, el río que dice adelante, adelante, adelante; si bien, reconoce, tal vez no exista objetivo alguno para nosotros, aun así adelante, adelante; este egotismo indomable cargó sus mejillas de color; la hizo parecer muy joven; muy lozana; muy brillantes los ojos sentada con su vestido en el regazo, y la aguja sostenida al final del hilo verde, temblando un poco. ¡Estaba enamorado! Y no de ella. De una mujer más joven, por supuesto.

—¿Y quién es ella? —preguntó.

Ahora hay que bajar esta estatua de su pedestal y acomodarla entre ellos.

—Una mujer casada, por desgracia —dijo él—. La esposa de un comandante del ejército del Raj.

Y con una curiosa dulzura irónica sonrió al ponerla de esta forma ridícula ante Clarissa.

(A pesar de ello, está enamorado, pensó Clarissa.)

—Tiene —continuó él muy razonable— dos hijos pequeños; un niño y una niña; y he venido a consultar a mis abogados en cuanto al divorcio.

¡Ahí los tienes!, pensó. Haz con ellos lo que quieras, Clarissa. ¡Ahí los tienes! Y segundo tras segundo le pareció que la esposa del comandante del ejército del Raj (su Daisy) y sus dos hijos pequeños se hacían cada vez más amorosos a medida que los miraba Clarissa; como si él hubiese prendido fuego a una bolita de pólvora en una bandeja y de ella hubiese surgido un amoroso árbol en la brisa fresca y salada de mar de su intimidad (pues, en cierta manera nadie lo entendía, sentía con él, como Clarissa), su exquisita intimidad.

Lo adula; lo engaña, pensó Clarissa; dando forma a la mujer, a la esposa del comandante del ejército del Raj, con tres golpes de cuchillo. ¡Qué desperdicio! ¡Qué disparate! Peter se había tragado toda la vida cosas así; primero cuando lo expulsaron de Oxford; luego cuando se casó con la chica del barco que lo llevaba a la India; ahora la esposa de un comandante del ejército del Raj... Gracias al Cielo que se había negado a casarse con él. Aun así, estaba enamorado; su viejo amigo, su querido Peter, estaba enamorado.

—Pero ¿qué vas a hacer? —le preguntó.

Ah, lo harían los abogados y procuradores de Hooper y Grateley en Lincoln's Inn, dijo. Y se puso a cortarse las uñas con su cortaplumas.

Por amor del Cielo, ¡deja la navaja!, se gritó ella en silencio con un enojo incontenible; era la tonta originalidad de Peter, su debilidad; su carencia del menor indicio de lo que los demás sentían lo que la enfadaba, siempre la había enfadado; y ahora, a su edad, ¡qué tonto!

Lo sé todo, pensó Peter; sé a lo que me enfrento, pensó, pasando un dedo por la hoja de su navaja, a Clarissa y a Dalloway y a todo el resto; pero le demostraré a Clarissa... y entonces, para su total sorpresa, empujado de pronto por aquellas fuerzas incontrolables, empujado a través del aire, estalló en lágrimas; lloró; lloró sin la más mínima vergüenza, sentado en el canapé, las lágrimas resbalándole por las mejillas.

Y Clarissa se había inclinado hacia delante, lo había tomado de la mano, lo había atraído hacia ella, lo había besado; en realidad, había sentido su cara en la de ella antes de poder reprimir las plumas con reflejos de plata de su pecho ondeando como carrizos de la Pampa en una tormenta tropical que, al amainar, la dejó sosteniendo la mano de Peter, dándole golpecitos en la rodilla y sintiendo mientras se arrellanaba extraordinariamente cómoda con él y alegre, todo en un abrir y cerrar de ojos la invadió: Si me hubiese casado con él, esta alegría habría sido mía todos los días.

Todo había terminado para ella. La sábana estaba estirada y la cama era estrecha. Había subido a la torre sola y los había dejado recogiendo moras al sol. La puerta se había cerrado y allí, entre el polvo de la escayola caída y la porquería de los nidos de pájaro, qué distante le había parecido la vista, y los sonidos llegaban flojos y fríos (una vez en la colina de Leith, recordó), y Richard, ¡Richard!, gritó, como alguien que duerme se sobresalta en medio de la noche y estira la mano en la oscuridad en busca de ayuda. Almorzando con lady Bruton, se acordó. Me ha dejado; estoy sola para siempre, pensó, juntando las manos en el regazo.

Peter Walsh se había levantado y cruzado hasta la ventana y se había quedado allí de espaldas a ella, moviendo de un lado a otro un pañuelón de seda. Diestro y seco y desolado, su aspecto, sus delgados omóplatos elevando la chaqueta levemente; sonándose la nariz con violencia. Llévame contigo, pensó Clarissa con un impulso, como si él estuviese a punto de emprender un gran viaje; y entonces, al momento, era como si los cinco actos de una obra de teatro que había sido muy emocionante y conmovedora hubiesen acabado, y ella hubiese vivido toda una vida en su transcurso y hubiese huido, hubiese vivido con Peter, y ahora todo hubiese acabado.

Era el momento de moverse y, como una mujer recoge sus cosas, su capa, sus guantes, sus impertinentes, y se levanta y sale del teatro a la calle, ella se levantó del canapé y se acercó a Peter.

Y era terriblemente extraño, pensó él, cómo aún tenía el poder, al acercarse tintineando, haciendo frufrú, aún tenía el poder al cruzar la habitación, de hacer que la luna, que él detestaba, se elevase sobre la terraza de Bourton en el cielo del verano.

—Dime —le dijo mientras la agarraba por los hombros—: ¿eres feliz, Clarissa? ¿Richard te...?

Se abrió la puerta.

—Aquí está mi Elizabeth —dijo Clarissa, emotiva, histriónica quizá.

—Encantada de saludarle —dijo Elizabeth acercándose.

El sonido del Big Ben dando la media sonó entre ellos con extraordinario vigor, como si un joven, fuerte, indiferente, poco considerado, columpiase unas pesas de un lado a otro.

—¡Hola, Elizabeth! —gritó Peter metiendo de cualquier forma el pañuelo en el bolsillo, acercándose rápidamente a ella, diciendo «Adiós, Clarissa» sin mirarla, saliendo de la habitación rápidamente y corriendo escaleras abajo y abriendo la puerta del recibidor.

—¡Peter! ¡Peter! —gritó Clarissa, siguiéndolo al descansillo—. ¡Mi fiesta! ¡Recuerda mi fiesta de esta noche! —gritó, teniendo que elevar la voz contra el rugido de la calle y, sobrepasada por el tráfico y el sonido de todos los relojes dando la hora, su voz gritando «¡Recuerda mi fiesta de esta noche!» sonó frágil y floja y muy lejos mientras Peter Walsh cerraba la puerta.

Recuerda mi fiesta, recuerda mi fiesta, dijo Peter Walsh mientras bajaba por la calle, hablando para sí con ritmo, al compás del sonido, el sonido directo y categórico del Big Ben dando la media. (Los círculos de plomo se disolvieron en el aire.) Ah, estas fiestas, pensó; las fiestas de Clarissa. ¿Por qué da estas fiestas?, pensó. No es que la culpase a ella ni a esta efigie de frac con un clavel en el ojal que le venía al encuentro. Solo una persona en el mundo podía estar como él, enamorado. Y ahí estaba, aquel hombre afortunado, él mismo, reflejado en la hoja de vidrio del escaparate de un fabricante de automóviles en Victoria Street. Toda la India yacía a su espalda; llanuras, montañas; epidemias de cólera; una provincia dos veces tan grande como Irlanda; decisiones que había tomado él solo... él, Peter Walsh; que estaba ahora en realidad por primera vez en su vida enamorado. Clarissa se había vuelto dura, pensó; y un ápice sentimental, para colmo, sospechó mirando los grandes automóviles capaces de recorrer... ¿cuántas millas con cuántos litros? Pues se le daba bien la mecánica; había inventado un arado en su provincia, había hecho traer carretillas de Inglaterra, pero los culis se empeñaban en no usarlas, de todo lo cual Clarissa no sabía nada en absoluto.

La forma en que había dicho: «Aquí está mi Elizabeth», eso lo había enfadado. ¿Por qué no «Aquí está Elizabeth» sin más? Era insincero. Y a Elizabeth tampoco le había gustado. (Los últimos temblores de la gran voz resonante aún sacudían el aire a su alrededor; la media; aún temprano; solo las once y media aún.) Pues él entendía a los jóvenes; le gustaban. Siempre hubo algo frío en Clarissa, pensó. Siempre había tenido, incluso de niña, una especie de timidez, que en la edad madura se convierte en convencionalismo, y luego todo acaba, todo acaba, pensó mirando con cierto tedio las profundidades vidriosas, y preguntándose si visitándola a aquella hora la había molestado; invadido de pronto por la vergüenza de haber hecho el tonto; de haber llorado; de haberse dejado llevar; de habérselo dicho todo, como de costumbre, como de costumbre.

Como una nube se cruza por delante del sol, el silencio cae sobre Londres; y cae sobre la mente. Cesa el esfuerzo. El tiempo aletea en su asta. Ahí nos paramos; ahí nos quedamos. Rígidos, solo el esqueleto del hábito sostiene el cuerpo humano. Donde no hay nada, se dijo Peter; sintiéndose hueco, completamente vaciado. Clarissa me rechazó, pensó. Parado allí pensando: Clarissa me rechazó.

Ay, repicó Santa Margarita, como una anfitriona que entra en su salón justo al dar la hora, y encuentra ya allí a sus invitados. No llego tarde. No, son exactamente las once y media, dice. Sin embargo, aunque tiene toda la razón, su voz, siendo la voz de la anfitriona, es reacia a imponer su individualidad. Cierto dolor por el pasado la retiene; cierta preocupación por el presente. Son las once y media, dice, y el sonido de Santa Margarita se desliza en los recovecos del corazón y se entierra en anillo tras anillo de sonido, como algo vivo que quiere desahogarse, dispersarse, dejarse, con un estremecimiento de placer, descansar: como la propia Clarissa, pensó Peter Walsh, bajando las escaleras al dar la hora vestida de blanco. Es la propia Clarissa, pensó con profunda emoción, y un recuerdo extraordinariamente claro y, no obstante, desconcertante de ella, como si esta campana hubiese entrado en la sala hacía años, cuando estaban sentados en algún momento de gran intimidad, y hubiese ido del uno al otro y se hubiese marchado, como una abeja con miel, cargada del momento. Pero ¿qué sala? ¿Qué momento? Y ¿por qué había sido tan profundamente feliz cuando el reloj daba la hora? Entonces, cuando el sonido de Santa Margarita languideció, pensó: Ha estado enferma, y el sonido expresó languidez y sufrimiento. Había sido el corazón, recordó; y el repentino estrépito de la última campanada tocó a muerte que sorprende en medio de la vida, Clarissa cayó fulminada, en su saloncito. ¡No! ¡No!, gritó Peter. ¡No está muerta! No soy viejo, gritó, y subió decidido Whitehall,[16] como si allí bajase rodando hacia él, vigoroso, infinito, su futuro.

No era viejo, ni inflexible, ni reseco en lo más mínimo. En cuanto a lo que dijesen de él —los Dalloway, los Whitbread y su ralea—, no le importaba un bledo, ni un bledo (aunque era cierto que tendría, en algún momento, que ver si Richard le podía ayudar a encontrar trabajo). De zancada en zancada, de hito en hito, miró la estatua del duque de Cambridge. Lo habían expulsado de Oxford: cierto. Había sido socialista, en cierta manera un fracaso:

16 La calle de Londres que une Trafalgar Square con el Parlamento, en la que tienen su sede numerosas oficinas gubernamentales y, por tanto, sinónimo de autoridad. [N. de la T.]

cierto. Aun así el futuro de la civilización está, pensó, en las manos de hombres jóvenes así; de hombres jóvenes como él era hacía treinta años; con su amor por los principios abstractos; encargando a Londres libros que debían enviarles a un pico del Himalaya; leyendo ciencia; leyendo filosofía. El futuro está en las manos de hombres jóvenes así, pensó.

Un ruido como de las hojas de un bosque le llegó desde atrás y, con él, un sonido susurrante, de rítmicos golpes secos, que, cuando lo rebasó, tamborileó en sus pensamientos, en un compás rígido, a lo largo de Whitehall, sin intervención suya. Chicos de uniforme, armados, marchaban, la mirada al frente, marchaban, las armas al hombro, y en sus rostros una expresión como las letras de una leyenda escrita en torno a la base de una estatua en honor del deber, la gratitud, la fidelidad, el amor a Inglaterra.

Están, pensó Peter Walsh comenzando a llevar su paso, muy bien instruidos. Pero no parecían robustos. Eran, en su mayor parte, esmirriados, chicos de dieciséis años que quizá, mañana, estuvieran tras cuencos de arroz, pastillas de jabón en mostradores. Ahora llevaban en sí, sin mezclar con el placer sensual o las preocupaciones diarias, la solemnidad de la corona que transportaban desde el paseo de Finsbury Pavement a la tumba vacía.[17] Habían hecho voto. El tráfico lo respetaba; los furgones habían parado.

No puedo seguirles el paso, pensó Peter Walsh, mientras subían Whitehall marchando y, efectivamente, marchando lo rebasaron, rebasaron a todo el mundo, con su paso constante, como si una sola voluntad dirigiese las piernas y los brazos al unísono, y la vida, con sus variedades, sus irreticencias, hubiese quedado enterrada bajo una calzada de monumentos y coronas, narcotizada hasta convertirla en un cadáver rígido, de mirada fija, por la disciplina. Había que respetarlo; uno podía reírse; pero tenía que respetarlo, pensó. Ahí van, pensó Peter Walsh, deteniéndose un momento al borde de la calzada; y todas las estatuas exaltadas, Nelson, Gordon, Havelock,[18] las siluetas negras, espectaculares, de grandes militares se erguían mirando

---

17 La tumba vacía es el Cenotafio, el monumento a los caídos erigido entre 1919 y 1920 en memoria de los «gloriosos caídos» de la Primera Guerra Mundial, que hoy recuerda a todos los soldados de la Commonwealth caídos en combate. [N. de la T.]

18 Las tres estatuas estaban en Trafalgar Square. [N. de la T.]

al frente, como si ellos también hubiesen hecho la misma renuncia (Peter Walsh sintió que él, también, la había hecho la gran renuncia), avanzado firmes bajo las mismas tentaciones, para alcanzar al fin una mirada de mármol. Pero, esa mirada, Peter Walsh no la quería para sí en lo más mínimo; aunque la respetase en los demás. La respetaba en los muchachos. No saben aún de las tribulaciones de la carne, pensó, mientras los muchachos desaparecían marchando en dirección al Strand: todo lo que he pasado, pensó, cruzando la calle y deteniéndose bajo la estatua de Gordon, Gordon a quien había venerado cuando era un muchacho; Gordon solitario, de pie con una rodilla doblada y los brazos cruzados: pobre Gordon, pensó.

Y solo porque nadie, excepto Clarissa, sabía aún que estaba en Londres y la tierra, tras el viaje, aún le parecía una isla, la extrañeza de estar allí solo, vivo, desconocido, a las once y media en Trafalgar Square, lo sobrecogió. ¿Qué es? ¿Dónde estoy? ¿Y por qué, al fin y al cabo, hace uno lo que hace?, pensó, si el divorcio es una sandez. Y por lo bajo su mente se aplanó como un pantano, y tres grandes emociones lo desconcertaron: la comprensión; una vasta filantropía; y por fin, como si fuese resultado de las otras, un placer exquisito, irreprimible; como si dentro de su cerebro otra mano tirase del cordón, abriese los postigos y, ante él, aun sin tener nada que ver con ello, se abriesen infinitas avenidas a lo largo de las cuales podía vagar si así lo deseaba. No se había sentido así de joven en años.

¡Había escapado!, era completamente libre, como sucede en la ruina del hábito cuando la mente, como una llama descuidada, se tuerce y retuerce y parece a punto de soltarse de su asidero. ¡Hacía años que no me sentía tan joven!, pensó Peter, escapando (solo, por supuesto, durante una hora o así) de ser exactamente lo que era y sintiéndose como un niño que corre al aire libre y ve, mientras corre, a su anciana niñera saludando a la ventana en la que él no está. Pero es extraordinariamente atractiva, pensó cuando, cruzando Trafalgar Square en dirección a Haymarket, vino una joven que, al pasar la estatua de Gordon, pareció, pensó Peter Walsh (receptivo como estaba), ir dejando caer velo tras velo, hasta convertirse en la mujer exacta que él siempre había tenido en mente: joven, pero solemne; alegre, pero discreta; de negro, pero encantadora.

Irguiéndose y jugueteando a hurtadillas con su cortaplumas, comenzó a seguir a esta mujer, esta emoción, que parecía incluso de espaldas bañarlo en una luz que los conectaba, que lo elegía a él entre todos, como si el estruendo azaroso del tráfico hubiese susurrado a través de las manos ahuecadas su nombre, no Peter, sino el nombre privado con el que él se llamaba en sus pensamientos. «Tú», dijo la mujer, solo «tú», diciéndolo con sus guantes blancos y sus hombros. Luego, la capa fina y larga que el viento agitó cuando ella pasaba por delante de la relojería Dent en Cockspur Street se hinchó con una amabilidad envolvente, una ternura enlutada, como de brazos que se abrirían para acoger a los cansados...

Pero no está casada; es joven; bastante joven, pensó Peter, el clavel rojo que había visto que llevaba al cruzar Trafalgar Square ardiendo de nuevo en sus ojos y enrojeciendo los labios de ella. La mujer esperaba en el encintado. La rodeaba cierta dignidad. No era mundana como Clarissa; ni rica como Clarissa. ¿Era, se preguntó al ponerse ella en marcha, respetable? Ingeniosa, con una lengua viperina, pensó (pues uno ha de inventar, ha de permitirse cierta diversión), un ingenio frío y paciente, un ingenio incisivo; sin estridencias.

Se puso en marcha; cruzó; él la siguió. Avergonzarla era lo último que quería. Aun así, si ella se paraba, le diría: «La invito a un sorbete», le diría, y ella, sencillamente, contestaría: «Gracias».

Pero otras personas se interpusieron entre ellos en la calle, estorbándolo a él, ocultándola a ella. Él insistió; ella cambió. Había color en sus mejillas; mofa en sus ojos; Peter se vio como un aventurero, temerario, rápido, osado, un bucanero romántico, de hecho (habiendo arribado anoche de la India), ajeno a las malditas buenas maneras, a los batines amarillos, las pipas, las cañas de pescar de los escaparates; y a la respetabilidad y las veladas de fiesta y los viejos rejuvenecidos con sus chalecos blancos bajo las chaquetas. Era un bucanero. Y ella siguió y siguió, atravesó Piccadilly y subió por Regent Street, por delante de él, su capa, sus guantes, sus hombros combinándose con los flecos y las puntillas y las boas de plumas de los escaparates para conformar el espíritu de la elegancia y la fantasía que se vertían desde las tiendas en la acera, como la luz de una lámpara se derrama oscilando, de noche, sobre los setos en la oscuridad.

Riendo y deliciosa, había cruzado Oxford Street y Great Portland Street y entrado por una de las callejuelas, y ahora, y ahora el gran momento se acercaba, pues ahora aflojó el paso, abrió su bolso y, con una mirada en la dirección de Peter, aunque sin mirarlo a él, una mirada que se despedía, recapituló la situación y la desechó triunfal, para siempre: había introducido la llave en la cerradura, abierto la puerta y ¡desaparecido! La voz de Clarissa diciendo: Recuerda mi fiesta, Recuerda mi fiesta, le canturreó en los oídos. La casa era una de aquellas casas rojas de pisos, con cestas de flores colgando, de vaga indecencia. Se había acabado.

Bueno, me he divertido; me he divertido, pensó, mirando hacia arriba, al vaivén de cestas de pálidos geranios. Y su diversión quedó quebrada en átomos —pues era medio inventada, como él muy bien sabía; inventada, esta travesura con la muchacha; inventada, como uno inventa la mayor parte de su vida, pensó, inventándose; inventándola a ella; creando una exquisita distracción, y algo más. Pero era raro, y era verdad: todo aquello no podía contarse—, se quebró en átomos.

Dio la vuelta; subió la calle pensando en encontrar un sitio en el que sentarse hasta que fuese momento de ir a ver a sus abogados en Lincoln's Inn, los señores Hooper y Grateley. ¿Dónde iría? Da igual. Calle arriba, pues, hacia Regent's Park. Sus botas en la acera deletrearon «da igual»; pues era temprano, aún muy temprano.

Era, además, una mañana espléndida. Como el latido de un corazón perfecto, la vida atravesaba decidida las calles. Sin dudas, sin titubeos. Desviándose soberbio, preciso, puntual, sigiloso, allí, justo en ese preciso instante, el automóvil se detuvo ante la puerta. La muchacha, con sus medias de seda, sus plumas, evanescente, aunque él no la encontraba particularmente atractiva (pues ya había echado su cana al aire), se apeó. Mayordomos admirables, leonados perritos chow-chow, recibidores con suelo de damero y blancas persianas al viento, Peter los vio a través de la puerta abierta y los aprobó. Un logro espléndido a su manera, después de todo, Londres; la temporada; la civilización. Viniendo como venía de una respetable familia angloindia que durante al menos tres generaciones había administrado los asuntos de un continente (es extraño, pensó, el sentimiento que me provoca, no gustándome la India ni el Imperio ni el ejército, como no le gustaban), había momentos en los que la civilización, incluso de este tipo, le resultaba tan querida como una posesión personal; momentos de orgullo por Inglaterra; por los mayordomos; los perritos chow-chow; las muchachas seguras de sí mismas. Ridículo, sí, pero ahí está, pensó. Y los médicos y los hombres de negocios y las mujeres capaces, ocupándose todos de sus negocios, puntuales, alerta, vigorosos, le parecían absolutamente admirables, buena gente, a la que se podía confiar la propia vida, compañeros en el arte de vivir, que lo veían a uno como era. Lo que, entre una cosa y otra, hacía el espectáculo bastante tolerable; y se sentaría a la sombra a fumar.

Estaba Regent's Park. Sí. De niño paseaba por Regent's Park; qué raro, pensó, cómo el pensamiento de la niñez sigue volviendo a mí: resultado de ver a Clarissa, quizá; pues las mujeres viven mucho más en el pasado que nosotros, pensó. Se apegan a los lugares; y a su padre: una mujer está siempre orgullosa de su padre. Bourton era un lugar bonito, un lugar muy bonito, pero nunca me llevé bien con el viejo, pensó. Hubo toda una escena una noche, una discusión sobre algo, sobre qué no podía recordarlo. Política, seguramente.

Sí, recordaba Regent's Park; el largo paseo recto; la casita en la que se compraban globos a la izquierda; una absurda estatua con una inscripción en algún sitio.[19] Buscó un banco vacío. No quería que lo molestase nadie (pues tenía sueño) preguntándole la hora. Una niñera anciana y canosa, con un rorro dormido en su cochecito... eso era lo mejor que podía hacer por sí mismo: sentarse en el extremo más alejado del banco junto a la niñera.

Es una muchacha curiosa, pensó, recordando de pronto a Elizabeth entrando en el saloncito y acercándose a su madre. Ha crecido; es casi adulta, no exactamente guapa; atractiva, más bien; y no puede tener más de dieciocho años. Seguramente no se entiende con Clarissa. «Aquí está mi

19 Debe de tratarse de la fuente de Matilda, en la que la figura de bronce de una chica mira al horizonte haciéndose sombra en los ojos con la mano derecha. [N. de la T.]

Elizabeth» —esa clase de cosas—, ¿por qué no «Aquí está Elizabeth» sin más?, aparentando, como la mayor parte de las madres, que las cosas son lo que no son. Confía demasiado en su encanto, pensó. Lo exagera.

El humo del cigarro, rico y benigno, le hizo lentos remolinos garganta abajo; volvió a echarlo fuera en anillos que arrostraron el aire con coraje por un momento: azules, circulares —Intentaré cruzar unas palabras a solas con Elizabeth esta noche, pensó—, luego comenzaron a deshacerse en temblorosas formas de reloj de arena que se alargaban; toman formas extrañas, pensó. De pronto cerró los ojos, levantó una mano con esfuerzo y tiró el pesado extremo del cigarro. Un gran cepillo barrió suave su mente, arrastrando al hacerlo las ramas, las voces de los niños, el arrastrar de pies y la gente que pasaba, y el zumbido del tráfico, el tráfico que se elevaba y caía. Abajo, abajo, se hundió en plumas y penachos de sueño, se hundió y quedó abrigado.

La niñera canosa retomó su labor de punto mientras Peter Walsh, en el cálido banco junto a ella, comenzaba a roncar. Con su vestido gris, moviendo las infatigables manos con calma, parecía la defensora de los que sueñan, como una de esas presencias espectrales que se alzan al anochecer en los bosques hechas de cielo y ramas. El viajero solitario, habitual de los senderos, perturbador de helechos y devastador de grandes cicutas, al levantar de pronto la vista, ve la figura gigantesca al final del paseo.

Ateo por convicción tal vez, lo sorprenden momentos de extraordinaria exaltación. Nada existe fuera de nosotros salvo un estado mental, piensa; un deseo de consuelo, de alivio, de algo más que estos miserables pigmeos, estos débiles, estos feos, estos cobardes hombres y mujeres. Pero, si puede concebirla, en cierta forma ella existe, piensa, y avanzando por el camino con los ojos en el cielo y las ramas, rápidamente los dota de feminidad; ve con asombro lo serios que se vuelven; lo majestuosamente, cuando los mece la brisa, que reparten con un oscuro revuelo de las hojas, compasión, comprensión, absolución y, luego, arrojándose de pronto a lo alto, confunden la piedad de su aspecto con un jolgorio silvestre.

Tales son las visiones que brindan cornucopias rebosantes de fruta al viajero solitario, o farfullan en su oído como sirenas que flotan entre las verdes olas del mar, o se estrellan en su faz como ramos de rosas, o se elevan a la superficie como rostros fantasmales que los pescadores se debaten a través de las mareas por abrazar.

Tales son las visiones que sin cesar sacan a flote la cosa real, se acompasan con ella, le enfrentan su rostro; que a menudo aturden al viajero solitario y le arrebatan la sensación de la tierra, el deseo de volver y, dándole como sustituto una paz general, como si (así piensa a medida que avanza por el bosque cabalgando) toda esta fiebre de vivir no fuese sino simplicidad; y miríadas de cosas se fundiesen en una sola; y esta figura, hecha de cielo y ramas como está, se hubiese alzado del agitado mar (es ya viejo, no cumplirá ya los cincuenta) como una forma podría ser absorbida de entre las olas para que sus magníficas manos prodiguen compasión, comprensión, absolución. Así pues, piensa, aunque nunca vuelva a la lámpara; a la sala de estar; aunque nunca termine mi libro; aunque nunca vacíe mi pipa; aunque nunca llame a la señora Turner con la campanilla para que recoja; caminaré derecho hacia esta gran figura que, con un gesto de su cabeza, me izará a sus gallardetes y me dejará ondear hacia la nada con el resto.

Tales son las visiones. El viajero solitario pasa pronto el bosque; y allí, saliendo a la puerta haciéndose sombra en los ojos, posiblemente a la espera de su retorno, con las manos alzadas, con el blanco delantal al viento, hay una anciana que parece (tan poderosa es esta flaqueza) escudriñar el desierto en busca de su hijo perdido; buscar un jinete destrozado; ser la figura de la madre cuyos hijos han caído en las guerras del mundo. Así, a medida que el viajero solitario avanza por la calle mayor del pueblo en la que las mujeres hacen calceta y los hombres cavan en el jardín, la noche parece ominosa; las figuras inmóviles; como si algún destino augusto, conocido para ellos, esperado sin miedo, estuviese a punto de barrerlos en la completa aniquilación.

Dentro de las casas, entre las cosas de uso, la alacena, la mesa, el alféizar con sus geranios, de pronto la silueta de la posadera, inclinándose a quitar el mantel, se suaviza con la luz, adorable emblema al que solo el recuerdo de fríos contactos humanos nos impide abrazar. Retira la mermelada; la guarda en la alacena.

—¿Nada más por esta noche, señor?

Pero ¿a quién contesta el viajero solitario?

Así tejía la anciana niñera vigilando al rorro dormido en Regent's Park. Así roncaba Peter Walsh. Se despertó con extremo sobresalto, diciéndose: «La muerte del alma».

—¡Señor, Señor! —se dijo en voz alta mientras se estiraba y abría los ojos—. La muerte del alma.

Las palabras se adhirieron a cierta escena, cierta sala, cierto pasado con el que había estado soñando. Se aclaró todo: la escena, la sala, el pasado con el que había estado soñando.

Fue en Bourton aquel verano, al comienzo de la década de 1890, cuando estaba tan apasionadamente enamorado de Clarissa. Había un montón de gente, riendo y hablando, sentada en torno a la mesa tras el té, y la sala estaba bañada en una luz amarilla y llena de humo de cigarrillo. Hablaban de un hombre que se había casado con su criada, uno de los hacendados de la zona, había olvidado cómo se llamaba. Se había casado con su criada y la había traído de visita a Bourton... ¡una visita horrible! Ella iba absurdamente emperejilada, «como un avechucho», había dicho Clarissa, imitándola, y no había dejado de hablar. Hablaba y hablaba, hablaba y hablaba. Clarissa la imitó. Entonces, alguien dijo —Sally Seton fue—: ¿Era realmente importante para su opinión que, antes de casarse con él, ella hubiese tenido un hijo? (En aquella época, si había hombres presentes, era algo atrevido de decir.) Aún podía ver a Clarissa, poniéndose de un rosa intenso; como contrayéndose; y diciendo: «¡Ah! ¡No podré volver a hablar con ella nunca!». Ante lo cual todo el grupo en torno a la mesa del té pareció bambolearse. Fue de lo más incómodo.

No la había culpado por importarle el hecho, puesto que en aquella época una muchacha criada como ella no sabía nada, pero fueron sus maneras lo que lo molestaron: cuitada; dura; arrogante; remilgada. «La muerte del alma». Había dicho aquello por instinto, registrando el momento como solía hacer: la muerte del alma.

Todos se bambolearon; todos parecieron inclinarse cuando ella hablaba y luego erguirse distintos. Aún veía a Sally Seton, como una niña que había hecho una travesura, echada hacia delante, toda colorada, queriendo hablar pero con miedo, y lo cierto es que Clarissa asustaba a la gente. (Era la mejor amiga de Clarissa, siempre por allí, una criatura atractiva, garbosa, morena, con la reputación en aquella época de audaz, y él solía darle cigarros puros que ella fumaba en su dormitorio, y se había comprometido con alguien o había discutido con su familia, algo así, y al viejo Parry no les gustaba ninguno de los dos, lo que suponía un gran vínculo.) Entonces Clarissa, aún con aire de estar resentida con todos ellos, se levantó y fue a salir con alguna excusa, sola. Cuando abrió la puerta, entró aquel perrazo greñudo que solía perseguir a las ovejas. Ella se lanzó sobre él toda extasiada. Fue como si le dijese a Peter —todo estaba dirigido a él, él lo sabía—: «Sé que has pensado que soy absurda en cuanto a esa mujer; pero mira lo extraordinariamente compasiva que soy; ¡mira cómo adoro a mi Rob!».

Siempre habían tenido aquella curiosa capacidad de comunicarse sin palabras. Ella lo captaba enseguida cuando él la criticaba. Luego hacía algo bastante obvio para defenderse, como aquella escenita del perro... aunque nunca pudo engañarlo: él siempre vio el fondo de Clarissa. Nunca dijo nada, eso es cierto; se limitaba a quedarse allí con aspecto sombrío. Así era como solían comenzar sus discusiones.

Clarissa cerró la puerta. De inmediato él se sintió muy desanimado. Todo le pareció inútil: seguir enamorado; seguir discutiendo; seguir haciendo las paces, y se alejó sin rumbo solo, entre los cobertizos, los establos, contemplando los caballos. (El establo era más bien humilde: los Parry nunca fueron ricos; pero siempre hubo palafreneros y mozos de cuadra —Clarissa adoraba montar— y un viejo cochero —¿cómo se llamaba?—, una anciana niñera, la anciana Moody, la anciana Goody, algo así la llamaban, a la que solían visitar en un cuartito con montones de fotografías, montones de jaulitas.)

¡Fue una velada horrible! Estaba cada vez más sombrío, no solo por eso; por todo. Y no podía verla; no podía explicarle; no podía resolver la cuestión. Siempre había gente alrededor, y ella seguía como si nada hubiese pasado. Esa era su parte diabólica: esta frialdad, esta rigidez, algo muy profundo en ella que él había vuelto a sentir esta mañana durante su charla; cierta impenetrabilidad. Sin embargo, sabe el Cielo que la quería. Tenía aquel curioso talento para juguetear con los nervios de uno, como si fuesen cuerdas de violín, sí.

Había entrado a cenar bastante tarde, con la idea idiota de hacerse echar de menos, y se había sentado junto a la anciana señorita Parry —la tía Helena—, la hermana del señor Parry, que debía presidir la mesa. Allí estaba con su chal de cachemira blanca, con la cabeza al contraluz de la ventana: una anciana dama formidable, pero amable con él, pues le había encontrado una flor rara y era una gran botanista que salía a grandes zancadas de gruesas botas, con una caja de especímenes de latón negro colgada entre los hombros. Se sentó junto a ella y no pudo hablar. Todo parecía pasarlo a la carrera; se limitó a comer. Y luego, mediada la cena, se obligó a mirar a Clarissa por primera vez. Estaba hablando con un joven que se sentaba a su derecha. Tuvo una revelación repentina: «Va a casarse con ese hombre», se dijo. Ni siquiera sabía cómo se llamaba.

Pues, por supuesto, había sido esa tarde, esa misma tarde, cuando Dalloway había ido; y Clarissa lo llamó «Wickham»; eso fue el comienzo de todo. Había llegado con alguien; y Clarissa entendió mal su apellido. Lo presentó a todos como Wickham. Al final, él dijo: «¡Me apellido Dalloway!»; esa fue la primera vez que vio a Richard: un joven apuesto, algo torpe, sentado en una silla de jardín y espetando: «¡Me apellido Dalloway!», Sally se lo agenció; después de eso, siempre lo llamó: «¡Me apellido Dalloway!».

Era presa fácil de las revelaciones en aquella época. Esta —que Clarissa se casaría con Dalloway— fue cegadora, abrumadora en el instante. Había una especie de —¿cómo podía expresarlo?— una especie de ligereza en la actitud de Clarissa hacia él; algo maternal; algo amable. Hablaban de política. Se pasó la cena intentando oír lo que decían.

Después, se recordaba de pie junto a la silla de la señorita Parry en el saloncito. Clarissa entró, con sus modales perfectos, como una auténtica anfitriona, y quiso presentarle a alguien: habló como si no se hubiesen conocido antes, y eso lo enfureció. A pesar de todo, incluso entonces, la admiró por ello. Admiró su coraje; su instinto social; admiró su talento para llevar a término las cosas. «La perfecta anfitriona», la llamó, y ella se estremeció como de dolor. Pero él había querido que lo sintiese. Habría hecho cualquier cosa para herirla después de verla con Dalloway. Así que ella se fue. Y él tuvo la sensación de que estaban todos reunidos en una conspiración contra él, riendo y hablando a sus espaldas. Allí estaba él, junto a la silla de la señorita Parry, como tallado en madera, hablando de flores silvestres. Nunca, nunca había sufrido semejante infierno. Debió de olvidarse incluso de fingir escuchar; por fin se despertó; vio a la señorita Parry bastante molesta, bastante indignada, con sus prominentes ojos fijos. ¡Casi le gritó que no podía atenderla porque sufría un infierno! La gente comenzó a salir de la sala. Los oyó hablar de ir por sus capas; del frío que haría en el agua, y demás. Iban a navegar por el lago a la luz de la luna: una de las locas ideas de Sally. Podía oírla describiendo la luna. Y todos salieron. Lo dejaron bastante solo.

—¿No quiere ir con ellos? —preguntó la tía Helena.

Pobre anciana: lo había adivinado. Y él se volvió y ahí estaba Clarissa de nuevo. Había vuelto por él. Lo venció la generosidad, la bondad, que mostró.

—¡Ven! —le dijo—. Nos esperan.

Nunca se había sentido tan feliz en toda su vida. Sin una palabra, hicieron las paces. Bajaron juntos hasta el lago. Peter tuvo veinte minutos de perfecta felicidad. La voz de Clarissa, su risa, su vestido (algo vaporoso, blanco, carmesí), su espíritu, su sed de aventura; los hizo a todos desembarcar y explorar la isla; asustó a una gallina; se rio; cantó. Y todo ese tiempo, Peter sabía muy bien que Dalloway se estaba enamorando de ella; que ella se estaba enamorando de Dalloway; pero no parecía importar. Nada importaba. Sentados en el suelo, hablaron... Clarissa y él. Entraron y salieron de la mente del otro sin esfuerzo alguno. Y luego, al segundo, se había acabado. Peter se dijo mientras volvían a subir a la barca: «Va a casarse con ese hombre», sin entusiasmo, sin resentimiento alguno; pero era algo obvio. Dalloway se casaría con Clarissa.

Dalloway remó de vuelta. No dijo nada. Pero, de alguna manera, mientras lo miraban preparar su marcha, montar su bicicleta para pedalear veinte millas a través de los bosques, bambolearse camino abajo, saludar con la mano y desaparecer, por supuesto él sintió, por instinto, sin duda, con fuerza, todo aquello: la noche; el romance; Clarissa. Se merecía tenerla.

Pues él, él era absurdo. Las exigencias que hacía a Clarissa (lo veía ahora) eran absurdas. Le pedía imposibles. Le montaba escenas terribles. Ella lo habría aceptado aún, tal vez, si hubiese sido menos absurdo. Eso pensaba Sally. Le escribió largas cartas durante todo aquel verano; cómo habían hablado de él; cómo ella lo había alabado, cómo Clarissa se había echado a llorar. Fue un verano extraordinario —todas las cartas, las escenas, los telegramas—: llegar a Bourton temprano por la mañana, esperar hasta que los criados se levantaban; *tête-à-têtes* espantosos con el anciano señor Parry para desayunar; la tía Helena, formidable pero amable; Sally arrastrándolo para charlar en el huerto; Clarissa en la cama con sus migrañas.

La escena final, la terrible escena que creía que había importado más que nada en toda su vida (tal vez era una exageración; pero, aun así, es lo que le parecía ahora), sucedió a las tres en punto de la tarde de un día muy caluroso. Fue una nadería lo que dio lugar a ella: Sally, durante el almuerzo, dijo algo sobre Dalloway, llamándolo «Me apellido Dalloway»; a lo que Clarissa de pronto se envaró, se sonrojó, de aquella peculiar manera suya, y espetó: «Creo que ya está bien de ese chiste tan malo». Eso fue todo; pero para él fue como si hubiese dicho: «Sois un mero entretenimiento para mí; tengo un acuerdo con Richard Dalloway». Así se lo tomó. Le quitó el sueño durante noches. «Hay que ponerle fin de una manera u otra», se dijo. Envió una nota a Clarissa a través de Sally, pidiéndole que se encontrase con él en la fuente a las tres: «Ha sucedido algo muy importante», garabateó al pie.

La fuente estaba en medio de un bosquete, lejos de la casa, con árboles y arbustos todo alrededor. Hasta allí se acercó Clarissa, incluso antes de la hora, y se pararon cada uno a un lado de la fuente, cuyo surtidor (estaba roto) goteaba incesante. ¡Cómo se fijan las visiones en la mente! Por ejemplo, el vívido verde del musgo.

Ella no se movió.

—Dime la verdad, dime la verdad —no dejaba de decir él.

Sentía que le estallaría la frente. Clarissa parecía contraída, petrificada. No se movió.

—Dime la verdad —repetía él, cuando, de pronto, aquel anciano Breitkopf asomó la cabeza con el *Times* bajo el brazo; se los quedó mirando; boqueó; y se marchó. Ninguno de los dos se había movido—. Dime la verdad —repetía él.

Sentía que estaba picando contra algo físicamente duro; Clarissa era inexorable. Era como hierro, como pedernal, estirada como una vara. Y cuando dijo:

—Es inútil. Es inútil. Este es el final —después de que él hubiese hablado durante lo que parecieron horas, con lágrimas resbalándole por las mejillas, fue como si le hubiese dado una bofetada.

Se volvió, lo dejó, se marchó.

—¡Clarissa! —gritó—. ¡Clarissa!

Pero ella no volvió. Había acabado. Peter se fue aquella noche. Nunca volvió a verla.

¡Fue horrible!, gritó, ¡horrible!, ¡horrible!

Y, sin embargo, el sol calentaba. Y, sin embargo, uno se reponía. Y, sin embargo, la vida encontraba la forma de acumular un día tras otro. Y, sin embargo, pensó, bostezando y comenzando a fijarse —Regent's Park había cambiado muy poco desde que era un niño, excepto por las ardillas—, y sin embargo, presumiblemente, había compensaciones... cuando la pequeña Elise Mitchell, que había estado recogiendo piedrecitas para la colección que había comenzado con su hermano en la repisa de la chimenea del cuarto de los niños, dejó caer un puñado en el regazo de la niñera y salió corriendo de nuevo a toda velocidad para darse de bruces contra las piernas de una señora. Peter Walsh se echó a reír.

Pero Lucrezia Warren Smith se estaba diciendo: Es cruel; ¿por qué debería yo sufrir?, se preguntaba avanzando por el amplio paseo. No; ya no lo soporto, se decía habiendo dejado a Septimus, que no era ya Septimus, diciendo cosas duras, mordaces, crueles, hablando solo, hablando con un hombre muerto en aquella silla; cuando la niña se dio de bruces contra ella, se cayó de bruces y se echó a llorar.

Resultó consolador. La puso de pie, le sacudió el vestidito, le dio un beso.

Pero pensó que ella no había hecho nada malo; había querido a Septimus; había sido feliz; había tenido una casa bonita, en la que aún vivían sus hermanas, haciendo sombreros. ¿Por qué tenía que sufrir precisamente ella?

La niña corrió derecha de vuelta a su niñera, y Rezia vio cómo la regañaba, la consolaba, la tomaba en brazos la niñera, que dejó su labor, y el caballero de aspecto amable le ofreció su reloj para que lo abriese de un soplido para consolarla... Pero ¿por qué tenía que quedar expuesta precisamente ella? ¿Por qué no la había dejado en Milán? ¿Por qué la torturaba? ¿Por qué?

Ligeramente ondulados por las lágrimas, el amplio paseo, la niñera, el caballero de gris, el cochecito, se elevaron y cayeron ante sus ojos. Que la sacudiese este malvado torturador era su suerte. Pero ¿por qué? Se sentía como un pájaro que se refugia bajo el sutil hueco de una hoja, que pestañea al sol cuando la hoja se mueve; se sobresalta con el crujido de una ramita seca. Estaba expuesta; estaba rodeada por los enormes árboles, las vastas nubes de un mundo indiferente, expuesta; torturada; ¿y por qué tenía que sufrir ella? ¿Por qué?

Frunció el ceño; dio una patadita en el suelo. Tenía que volver otra vez con Septimus, puesto que era ya casi la hora de ir a ver a sir William Bradshaw. Tenía que volver y decírselo, volver con él, sentado allí en la silla verde bajo el árbol, hablando solo o con aquel hombre muerto, Evans, al que ella solo había visto una vez durante un momento en la tienda. Le había parecido un hombre agradable y tranquilo; un gran amigo de Septimus que había caído en la Guerra. Pero esas cosas le pasan a todo el mundo. Todo el mundo tiene amigos que cayeron en la Guerra. Todo el mundo sacrifica algo al casarse. Ella había sacrificado su hogar. Había venido a vivir aquí, en esta horrible ciudad. Pero Septimus se permite pensar en cosas horribles, como podría ella si se lo proponía. Se había convertido en un extraño cada vez más extraño. Decía que había gente hablando tras las paredes del dormitorio. La señora Filmer creía que era extraño. También veía cosas: había visto la cabeza de una anciana en medio de un helecho. Pero podía ser feliz cuando quería. Fueron a Hampton Court en lo alto de un autobús, y fueron perfectamente felices. Todas las florecillas rojas

y amarillas habían descabezado en la hierba, como lamparitas flotantes, dijo Septimus, y habló y charló y rio, inventando historias. De pronto, dijo: «Ahora nos mataremos», cuando estaban junto al río, y miró su curso con una mirada que ella había visto en sus ojos cuando pasaba un tren, o un ómnibus: una mirada como si algo lo fascinase; y sintió que se alejaba de ella y lo agarró del brazo. Pero, de camino a casa, estaba perfectamente tranquilo, perfectamente razonable. Estuvo discutiendo con ella sobre si se mataban; y le explicó lo cruel que era la gente; cómo podía verla inventando mentiras cuando se cruzaba con ellos por la calle. Conocía todos sus pensamientos, dijo; lo sabía todo. Conocía el significado del mundo, dijo.

Luego, cuando llegaron, casi ni podía andar. Se tumbó en el sofá y la hizo tomarlo de la mano para no caer, ¡caer, gritó, entre las llamas!, y vio caras que se reían de él, llamándolo por nombres horribles y asquerosos desde las paredes, y manos que lo señalaban alrededor del biombo. Aunque no había, en realidad, nadie más. Pero él comenzó a hablar solo, contestando a gente, debatiendo, riendo, llorando, poniéndose muy nervioso y pidiéndole a ella que anotase cosas. Eran perfectos disparates; sobre la muerte; sobre la señorita Isabel Pole. Rezia no podía ya soportarlo. Volvería.

Estaba cerca de él ahora, podía ver que miraba al cielo, murmuraba, daba palmadas. Aunque el doctor Holmes decía que no tenía nada. ¿Qué había pasado, entonces? ¿Por qué se había alejado de ella, entonces; por qué, cuando ella se sentó a su lado, se sobresaltó, le frunció el ceño, se apartó y señaló la mano de ella, la tomó en sus manos, la miró aterrorizado?

¿Era porque ella se había quitado la alianza?

—Me ha adelgazado mucho la mano —dijo—. La he guardado en el bolso —le explicó.

Él le soltó la mano. Su matrimonio había acabado, pensó, con agonía, con alivio. La cuerda estaba cortada; se elevó; era libre, pues se había decretado que él, Septimus, señor de los hombres, sería libre; solo (puesto que su esposa había tirado la alianza; puesto que lo había abandonado), él, Septimus, estaba solo, llamado al frente de entre la masa de hombres para oír la verdad, para aprender el significado, que ahora por fin, tras todos los esfuerzos de la civilización —griegos, romanos, Shakespeare, Darwin y ahora él—, iba a mostrársele por completo a...

—¿A quién? —preguntó en voz alta.

—Al primer ministro —replicaron las voces que susurraban sobre él. Se ha de comunicar el supremo secreto al Gabinete; primero, que los árboles están vivos; luego, que no hay delito; luego, el amor, el amor universal, murmuró jadeando, temblando, sacando a la luz dolorosamente estas verdades profundas que necesitaban, tan profundas eran, tan difíciles, un esfuerzo inmenso para decirlas, pero que habían cambiado por completo el mundo para siempre.

No hay delito; el amor; repitió, hurgando en busca de su tarjeta y su lápiz, cuando un terrier de Skye le olfateó los pantalones y lo sobresaltó en una agonía de miedo. ¡Se estaba convirtiendo en hombre! No se atrevía a mirar cómo sucedía. Era horrible, terrible ver a un perro convertirse en hombre. Enseguida el perro se fue trotando.

El Cielo era divinamente compasivo, infinitamente benigno. Lo perdonaba, lo absolvía de sus debilidades. Pero ¿cuál era la explicación científica (pues hay que ser científico sobre todo)? ¿Por qué podía él ver a través de los cuerpos, ver el futuro, a los perros convertirse en hombres? Era, seguramente, la ola de calor, haciendo efecto en un cerebro más sensible por eones de evolución. Científicamente hablando, la carne se derretía hasta desaparecer del mundo. Su cuerpo se maceraría hasta que solo quedasen las fibras nerviosas. Estaba extendido como un velo sobre una roca.

Se recostó en la silla, exhausto pero firme. Se recostó para descansar, esperar, antes de interpretar de nuevo, con esfuerzo, con agonía, para la humanidad. Se recostó muy alto, sobre el lomo del mundo. La tierra electrizada se estremecía bajo él. Flores rojas crecían atravesando su carne; las rígidas hojas susurraban en torno a su cabeza. Comenzó a sonar música contra las rocas aquí arriba. Es la bocina de un automóvil abajo en la calle, murmuró; pero aquí arriba retumbaba de roca en roca, dividida, encontrada en golpes de sonido que se alzaban en suaves columnas (que la música fuese visible era un descubrimiento) y se convertía en un himno, un himno hermanado ahora por el gorjeo de la flauta de un pastorcillo (Eso es un viejo tocando un cálamo junto a la taberna, murmuró) que, con el chiquillo parado, burbujeaba de su instrumento y, luego, cuando el chico seguía subiendo, emitía su exquisita queja mientras el tráfico pasaba por debajo. La elegía de este chiquillo se toca entre el tráfico, pensó Septimus. Ahora se retira a las altas nieves y cuelgan rosas en torno a él, las densas rosas rojas que crecen en la pared de mi dormitorio, se recordó. Cesó la música. Ha conseguido su penique, razonó, y se va a la siguiente taberna.

Pero él mismo seguía arriba en su risco, como un marino ahogado en una roca. Me incliné sobre la borda del barco y caí, pensó. Me hundí en el mar. He estado muerto y, en cambio, ahora estoy vivo, pero dejadme descansar tranquilo, rogó (hablaba de nuevo consigo mismo... ¡era horrible! ¡Horrible!); y, como antes de despertar las voces de los pájaros y los sonidos de las ruedas repiquetean y cotorrean en una extraña armonía, sonando cada vez más altos, y el que sueña se siente arrastrado a las orillas de la vida, así se sintió él arrastrado hacia la vida, el sol cada vez más cálido, los gritos sonando cada vez más altos, algo tremendo estaba a punto de suceder.

Solo tenía que abrir los ojos; pero sentía un peso sobre ellos; un miedo. Se tensó; insistió; miró; vio Regent's Park ante él. Largas serpentinas de luz solar roncearon a sus pies. Los árboles se agitaron, amenazantes. Acogemos, parecía decir el mundo; aceptamos; creamos. Belleza, parecía decir el mundo. Y, como para probarlo (científicamente), donde quiera que mirase, a las casas, a los barandales, a los antílopes que se estiraban por encima de las empalizadas, la belleza saltaba al instante. Observar una hoja que temblaba en la ráfaga de aire era un goce exquisito. Arriba en el cielo las golondrinas, como saetas, soslayaban, sesgaban el aire, lanzándose dentro y fuera de un círculo que giraba y giraba, siempre, no obstante, con un control perfecto como si las sostuviesen elásticos; y las moscas se elevaban y caían; y el sol manchaba ora esta hoja, ora aquella, de mofa, deslumbrando con suave oro de pura serenidad; y, de vez en cuando, cierto repiqueteo (podía ser una bocina) tintineaba divinamente sobre las hebras de hierba... todo esto, calmado y razonable como era, formado por cosas ordinarias como estaba, era ahora la verdad; la belleza, esa era ahora la verdad. La belleza estaba en todas partes.

—Es la hora —dijo Rezia.

La palabra «hora» resquebrajó su corteza; vertió sus riquezas sobre él; y de sus labios cayeron como cáscaras, como virutas de una garlopa, sin que él las formara, palabras duras, blancas, imperecederas, y volaron para ocupar su lugar en una oda a las Horas; una oda inmortal a las Horas. Cantó. Evans respondió desde detrás del árbol. Los muertos estaban en Tesalia, Evans cantó entre las orquídeas. Allí habían esperado que la Guerra terminase, y ahora los muertos, ahora el propio Evans...

—Por amor de Dios, ¡no vengáis! —gritó Septimus.

Pues no podía enfrentarse a los muertos.

Pero las ramas se abrieron. Un hombre de gris estaba en verdad andando hacia ellos. ¡Era Evans! Pero no estaba cubierto de barro; no tenía heridas; no había cambiado. Tengo que decirle al mundo entero, gritó Septimus, alzando la mano (mientras el hombre muerto de traje gris se acercaba), alzando la mano como una figura colosal que ha lamentado el destino del hombre solo durante años en el desierto con las manos presionadas sobre la frente, surcos de desesperación en las mejillas, y ahora ve luz al borde del desierto que se extiende y da sobre la figura negra como el hierro (y Septimus medio se levantó de la silla), y con legiones de hombres prostrados a su espalda, él, el enorme plañidero, recibe por un momento en el rostro todo...

—Pero soy muy infeliz, Septimus —dijo Rezia, intentando hacerlo sentar.

Los millones se lamentaron; habían penado durante años. Se volvería, les hablaría al cabo de unos instantes, solo unos instantes más, de este alivio, de este goce, de esta asombrosa revelación...

—La hora, Septimus —repitió Rezia—. ¿Qué hora es?

Estaba hablando, estaba levantándose, este hombre debía de verlo. Los estaba mirando.

—Te diré la hora —dijo Septimus, muy despacio, muy soñoliento, sonriendo misteriosamente al hombre muerto de traje gris.

Mientras se sentaba sonriendo, dio el cuarto: el último antes de las doce.

Y eso es ser joven, pensó Peter Walsh al pasar por delante de ellos. Hacer una escena horrible —la pobre muchacha parecía absolutamente desesperada— en plena mañana. Pero ¿de qué se trataba?, se preguntó; ¿qué había estado diciéndole el joven del sobretodo para que ella tuviese ese aspecto?; ¿en qué apuro horrible se habían metido para parecer ambos tan desesperados en aquella bonita mañana de verano? Lo divertido de volver a Inglaterra después de cinco años era la manera en que hacía, al menos los primeros días, destacar las cosas como si uno nunca las hubiese visto antes: amantes riñendo bajo un árbol; la doméstica vida familiar de los parques. Nunca había visto Londres con tanto encanto: la suavidad de las distancias; la riqueza; el verdor, la civilización, tras la India, pensó, cruzando sosegadamente la hierba.

Esta susceptibilidad a las impresiones había sido, sin duda, su perdición. Aún a su edad, tenía, como un muchacho o una muchacha incluso, estos cambios de humor; buenos días, malos días, por ninguna razón en especial, la felicidad de una cara bonita, la pena manifiesta a la vista de un adefesio. Tras la India, por supuesto, uno se enamoraba de todas las mujeres que veía. Había cierta frescura en torno a ellas; incluso las más pobres vestían mejor que hacía cinco años, desde luego; y a sus ojos la moda nunca había sido tan favorecedora: las largas capas negras; la esbeltez; la elegancia; y luego la deliciosa y al parecer universal costumbre de pintarse. Todas las mujeres, incluso las más respetables, lucían rosas que florecían bajo cristal; labios cortados con cuchillo; rizos de tinta china; había diseño, arte, en todas partes; se había dado, sin duda, un cambio de algún tipo. ¿Qué pensaba la gente joven de ello?, se preguntó Peter Walsh.

Aquellos cinco años —de 1918 a 1923— habían sido, sospechaba, muy importantes. La gente parecía distinta. Los periódicos parecían distintos. Ahora, por ejemplo, había un hombre que escribía en uno de los semanarios respetables bastante a las claras sobre inodoros. Eso no podría haberse hecho hace diez años: escribir bastante a las claras sobre inodoros en un semanario respetable. Y luego este sacar una barra de carmín, o una borla de polvera, y maquillarse en público. En el barco de vuelta a casa había muchos hombres y mujeres jóvenes —recordaba a Betty y Bertie en particular— cortejándose bastante a las claras; la anciana madre sentada y mirándolos mientras hacía punto, tan fresca como una lechuga. La muchacha se paraba a empolvarse la nariz delante de todo el mundo. Y no estaban prometidos:

solo pasaban el rato; sin sentimientos heridos. Era dura como el diamante —Betty Comosellamase—, pero menuda pieza. Sería muy buena esposa a los treinta; se casaría cuando le viniera bien casarse; casarse con algún rico y vivir en una gran casa cerca de Mánchester.

¿Quién era quien lo había hecho?, se preguntó Peter Walsh girando hacia el Broad Walk, ¿casarse con un hombre rico y vivir en una gran casa cerca de Mánchester? Alguien que no hacía mucho le había escrito una carta larga y efusiva sobre «hortensias azules». Era ver hortensias azules lo que la había hecho pensar en él y en los viejos tiempos: Sally Seton, ¡claro! Había sido Sally Seton, la última persona en el mundo que uno habría esperado que se casase con un hombre rico y viviese en una gran casa cerca de Mánchester, la silvestre, la osada, la romántica Sally.

Pero de toda aquella pandilla de antaño, los amigos de Clarissa —los Whitbread, Kindersley, Cunningham, Kinloch-Jones—, Sally era probablemente la mejor. Al menos intentaba entender bien las cosas. En cierto modo tenía calado a Hugh Whitbread —el admirable Hugh—, mientras que Clarissa y el resto estaban a sus pies.

—¿Los Whitbread? —aún la oía decir—. Pero ¿quiénes son los Whitbread? Comerciantes de carbón. Tenderos respetables.

A Hugh lo detestaba por alguna razón. No le preocupaba más que su apariencia, decía Sally. Tendría que haber sido duque. Seguro que se habría casado con una princesa de sangre real. Y, por supuesto, Hugh tenía el respeto más extraordinario, más natural, más sublime por la aristocracia británica que cualquier otro ser humano con el que él se hubiese cruzado. Hasta Clarissa tuvo que reconocerlo. Ay, pero es que era un cielo, tan desinteresado, dejó de cazar para complacer a su anciana madre, recordaba los cumpleaños de sus tías y esas cosas.

Sally, había que reconocerlo, lo había calado. Una de las cosas que Peter mejor recordaba era una discusión un domingo por la mañana en Bourton sobre los derechos de las mujeres (ese tema antediluviano), cuando Sally de pronto se salió de sus casillas, se encendió y le dijo a Hugh que representaba todo lo que de más detestable tenía la clase media británica. Le dijo que lo consideraba personalmente responsable del estado en que se encontraban «esas pobres muchachas de Piccadilly»[20] —Hugh, el caballero perfecto, ¡pobre Hugh!—: nunca se vio hombre más escandalizado. Lo había hecho a propósito, le confesó Sally más tarde (pues solían reunirse en el huerto a comparar notas).

—No ha leído nada, no ha pensado nada, no ha sentido nada —podía oírla decir con esa voz suya tan categórica que llegaba más lejos de lo que ella imaginaba.

Los mozos de cuadra tenían más vida que Hugh, dijo. Era el espécimen perfecto de alumno de internado privado, dijo. Ningún país aparte de Inglaterra podría haberlo producido. Fue especialmente virulenta, por algún motivo; le guardaba algo. Algo había pasado —Peter había olvidado qué— en el salón de fumar. La había insultado... ¿la había besado? ¡Increíble! Nadie creyó una palabra contra Hugh, por supuesto. ¿Quién podría? ¡Besar a Sally en el fumador! Si hubiese sido alguna excelentísima Edith o lady Violet, puede; pero no a aquella bribonzuela de Sally sin un penique que poder llamar suyo, y un padre o una madre que jugaba en los casinos de Monte Carlo. Pues, de toda la gente que Peter había conocido, Hugh era el mayor *snob,* el más servil; pero no, no era exactamente rastrero. Era demasiado cumplido para eso. Un ayuda de cámara de primera era la comparación obvia: alguien que caminaba tres pasos por detrás con las maletas; a quien podía confiarse el envío de telegramas; indispensable para las anfitrionas. Y había encontrado su vocación: se había casado con su excelentísima Evelyn; obtenido un puestito en la corte: cuidaba las bodegas del rey, sacaba brillo a las hebillas de los zapatos imperiales, andaba por ahí con calzón y chorreras. ¡Qué cruel es la vida! ¡Un trabajito en la corte!

Se había casado con una dama, la excelentísima Evelyn, y vivían por aquí, pensó (mirando las pretenciosas casas que daban al parque), pues había almorzado allí una vez, en una casa que tenía, como todas las posesiones de Hugh, algo que no encontraría en ninguna otra casa: tal vez unos armarios para la ropa blanca. Tenías que ir a verlos, tenías que pasar un montón de tiempo siempre admirando lo que fuese: armarios para la ropa

20 Las prostitutas que hacían la calle en la plaza de Piccadilly Circus. [N. de la T.]

blanca, fundas de almohadón, antiguos muebles de roble, cuadros, que Hugh había conseguido por una bagatela. Pero su esposa era a veces el verdadero espectáculo. Era una de aquellas mujerucas ratoniles y oscuras que admiran a los buenos mozos. Era casi insignificante. Pero, de pronto, decía algo bastante inesperado, algo perspicaz. Ni más ni menos que las reliquias del Renacimiento colgaban de su pared. O el carbón de caldera era un poco demasiado fuerte para ella... espesaba el ambiente. Así que allí vivían, con sus armarios para la ropa blanca y sus grandes maestros y sus fundas de almohadón rematadas con encaje auténtico, con ingresos de cinco o diez mil libras al año, seguramente, mientras que él, que era dos años mayor que Hugh, andaba mendigando un trabajo.

Con cincuenta y tres años cumplidos había venido a pedirles que le dieran algún secretariado, le encontrasen algún trabajo de profesor ayudante enseñando latín, a la entera disposición de algún mandarín de oficina, algo con lo que ganar quinientas libras al año; pues, si se casaba con Daisy, aun teniendo su pensión, no podrían vivir nunca con menos. Seguramente Whitbread podría ayudarlo; o Dalloway. No le importaba pedírselo a Dalloway. Era un buen tipo; un poco limitado; un poco tardo; sí; pero buen tipo. Todo lo hacía de la misma forma práctica y razonable; sin un toque de imaginación, sin una chispa de brillantez, pero con la inexplicable amabilidad de su clase. Tendría que haber sido terrateniente: estaba desperdiciado en política. Sacaba lo mejor de sí al aire libre, con los caballos y los perros... Qué bueno fue, por ejemplo, cuando aquel perrazo greñudo de Clarissa se quedó pillado en una trampa y casi se arranca una pata, y Clarissa se desmayó y Dalloway lo hizo todo; vendó, entablilló; le dijo a Clarissa que dejase las alharacas. Por eso era por lo que le gustaba a ella, quizás: era lo que ella necesitaba.

—Ahora, bonita, deja las alharacas. Tenme esto... Tráeme aquello —todo el tiempo hablándole al perro como si fuese un ser humano.

Pero ¿cómo pudo Clarissa tragarse todo aquello sobre la poesía? ¿Cómo pudo dejarlo perorar sobre Shakespeare? Serio y solemne, Richard Dalloway se irguió sobre sus patas traseras y dijo que ningún hombre decente debería leer los sonetos de Shakespeare porque era como escuchar por el ojo de la cerradura (y la relación, además, no era una que él pudiese aprobar).[21] Ningún hombre decente debería dejar que su esposa visitase a la hermana de una fallecida.[22] ¡Increíble! Lo único que se podía hacer era apedrearlo con almendras garrapiñadas (fue durante la cena). Pero Clarissa se lo tragó todo; pensó que era muy honrado por su parte; muy independiente por su parte; sabe el Cielo si no pensó que Dalloway era el hombre con la mente más original que había conocido en su vida.

Ese era uno de los vínculos entre Sally y él mismo. Había un jardín en el que solían pasear, un lugar entre muritos, con rosales y coliflores gigantes; recordaba a Sally arrancando una rosa, parándose a exclamar la belleza de las hojas de repollo a la luz de la luna (era extraordinario lo vívidamente que volvía todo a su memoria, cosas en las que hacía años que no pensaba), mientras le imploraba, medio en broma, claro, que se llevase a Clarissa, que la salvase de los Hughs y los Dalloways y todos los demás «perfectos caballeros» que le «sofocarían el alma» (escribía muchos poemas por aquel entonces), harían de ella una mera anfitriona, avivarían su parte mundana. Pero había que hacer justicia a Clarissa. No se casaría con Hugh en ningún caso. Tenía una idea cristalina de lo que quería. Sus emociones estaban todas a flor de piel. Por debajo, era muy sagaz; mucho mejor juzgando caracteres que Sally, por ejemplo, y con todo, puramente femenina; con aquel don extraordinario, aquel don femenino, de crear su propio mundo donde quiera que estuviese. Entraba en una habitación; como la había visto hacer a menudo, con montones de gente alrededor. Pero era Clarissa a la que se recordaba. No era que fuese despampanante; no era hermosa en absoluto; no había nada pintoresco en ella; nunca decía nada especialmente ingenioso; pero ahí estaba, no obstante; ahí estaba.

---

21 En el primer juicio contra Oscar Wilde en 1895, la acusación presentó como prueba el ensayo de Wilde en el que este sugiere que los sonetos de Shakespeare están dedicados a un hombre, Willie Hughes. El fiscal preguntó al escritor si alguna vez había «adorado locamente a un hombre» y, tras cierta insistencia, Wilde contestó: «No. Siento decir que la idea es de Shakespeare... está en sus sonetos». Seguramente, esta es la razón por la que Richard Dalloway no puede aprobarlos. [N. de la T.]

22 Dalloway se refiere aquí a la ley aprobada en 1907 por la que un viudo podía casarse con la hermana de su esposa. Es reciente para Woolf porque la ley se enmendó en 1921 para incluir la posibilidad de que una viuda pudiera casarse con el hermano de su esposo (una situación bastante común en la posguerra). [N. de la T.]

¡No, no, no! ¡Ya no estaba enamorado de ella! Solo se sentía, tras verla esa mañana, entre sus tijeras y sus hilos de seda, preparándose para la fiesta, incapaz de escapar de los pensamientos sobre ella; Clarissa seguía volviendo una y otra vez a su memoria, como quien duerme en un vagón de tren sufre las sacudidas contra su voluntad; lo que no era estar enamorado, por supuesto; sino pensar en ella, criticarla, comenzar de nuevo, después de treinta años, a intentar explicarla. Lo más obvio que se podía decir de ella era que era sofisticada; que le preocupaban demasiado el rango y la sociedad y prosperar; lo que era verdad en cierto sentido; ella misma se lo había reconocido. (Siempre podías hacerla confesar si te molestabas: era sincera.) Lo que diría es que odiaba a los adefesios, los fósiles, los fracasados, como él presumiblemente; pensaba que la gente no tenía derecho a azotar las calles con las manos en los bolsillos; tiene que hacer algo, ser algo; y las personas de buen tono, aquellas duquesas, aquellas condesas decrépitas a las que uno conocía en su saloncito, indeciblemente remotas como las sentía él de todo lo que importaba lo más mínimo, eran algo real para ella. Lady Bexborough, le había dicho una vez, se mantenía muy erguida (como la propia Clarissa; nunca se relajaba en ningún sentido de la palabra; era tiesa como una vara, un poco rígida de más). Decía que tenían una especie de valentía que, cuanto mayor se hacía ella, más respetaba. En todo esto había mucho de Dalloway, por supuesto; mucho del espíritu cívico, imperial británico, favorable a la reforma arancelaria, de la clase gobernante, que se había ido haciendo con ella como tiende a hacer. Dos veces más lista que él, tenía que ver las cosas como él las veía: una de las tragedias de la vida matrimonial. Pese a sus propias ideas, siempre debía citar a Richard, como si uno no pudiese saber lo que pensaba Richard hasta la última coma con solo leer el *Morning Post*[23] una mañana. Estas fiestas, por ejemplo, eran todas para él, o para la idea que ella tenía de él (para ser justos con Richard, él habría sido más feliz dedicándose a la agricultura en Norfolk). Ella convertía su saloncito en una especie de lugar de encuentro:

---

23 Desde 1772 y hasta su incorporación al *Daily Telegraph* en 1937, el *Morning Post* fue un diario extremadamente conservador, conocido por la gran atención que prestaba a los asuntos de la aristocracia. [N. de la T.]

tenía arte para hacerlo. Una y otra vez la había visto tomar bajo su ala a algún jovenzuelo, torcerlo, retorcerlo, despertarlo; encarrilarlo. Un sinfín de gente sosa se aglomeraba en torno a ella, por supuesto. Pero aparecía también algún impar inesperado; un artista a veces; a veces un escritor; un pez fuera del agua en ese ambiente. Y detrás de todo estaba aquel tejer la red de las visitas, de dejar tarjetas, de ser amable; de andar de un sitio a otro con ramos de flores, regalitos; Fulano de Tal se iba a Francia: debe de relucirle la espalda; un esfuerzo supremo para ella; todo ese interminable tráfico que las mujeres de su clase aguantan; pero lo hacía de buen talante, por instinto natural.

Por extraño que pareciese, era una de las agnósticas más minuciosas que había conocido nunca y, posiblemente (esto era una teoría que él usaba para congraciarse con justificarla, muy transparente en cierta manera, muy inescrutable en otra), posiblemente se decía a sí misma: Puesto que somos una raza condenada, encadenada a un barco que naufraga (sus lecturas favoritas de niña eran Huxley y Tyndall,[24] y eran aficionados a aquellas metáforas naturales), puesto que todo es un mal chiste, hagamos, de todas formas, lo que nos toca; mitiguemos el sufrimiento de los reos que cumplen con nosotros (de nuevo Huxley); adornemos la mazmorra con flores y colchones de viento; seamos tan decentes como nos sea posible. Esos canallas, los Dioses, no se saldrán con la suya —pues su idea era que los Dioses, que nunca pierden una oportunidad de hacer daño, desbaratando y arruinando las vidas humanas, se enojaban de verdad si, a pesar de todo, te comportabas como una señora—. Esa fase comenzó nada más morir Sylvia, qué terrible asunto. Ver con tus propios ojos cómo un árbol que cae mata a tu hermana (todo por culpa de Justin Parry, todo por su descuido), una muchacha en la flor de la vida, la más dotada de las dos, decía Clarissa siempre, era suficiente para amargarla a una. Después de eso, tal vez, tuvo dudas; pensó que no había Dioses; no podía culparse a nadie; y así evolucionó hacia este ateísmo de hacer el bien por el bien mismo.

---

24 Thomas Henry Huxley (1825-1895) y John Tyndall (1820-1893) eran ambos científicos, seguidores de las teorías de Darwin, y grandes divulgadores científicos. [N. de la T.]

Y por supuesto disfrutaba inmensamente de la vida. Era su carácter disfrutar (aunque, a saber por qué, tenía sus reservas; era un mero esbozo, sentía Peter a menudo, lo que incluso él, después de todos estos años, podía hacer de Clarissa). En cualquier caso, no había amargura en ella; nada de aquel sentido de la virtud moral que es tan repulsivo en las mujeres buenas. Disfrutaba prácticamente de todo. Si paseabas con ella por Hyde Park, era ora un lecho de tulipanes, ora un nene en su cochecito, ora algún absurdo dramita que arreglaba en un suspiro. (Muy posiblemente habría hablado con aquellos amantes si hubiese pensado que eran infelices.) Tenía un sentido de la comedia realmente exquisito, pero necesitaba a la gente, siempre a la gente, para sacarlo a relucir, con el inevitable resultado de que se desperdiciaba en almuerzos, cenas, dando estas incesantes fiestas suyas, hablando de tonterías, diciendo cosas que no pensaba, debilitando la agudeza de su mente, perdiendo su capacidad de discernimiento. Se sentaría a la cabecera de la mesa esforzándose infinitamente con algún carcamal que podría ser de utilidad a Dalloway —conocían a los mayores pelmazos de Europa— o cntraría Elizabeth y todo tendría que hacerse por ella. Estaba en la secundaria, en esa fase inarticulada, la última vez que la había visto: una chiquilla de cara pálida y ojos grandes, que no se parecía en nada a su madre, una criatura taciturna e impasible, que lo tomaba todo prosaicamente, dejaba a su madre alborotar a su alrededor y luego decía: «¿Puedo irme ya?», como una niña de cuatro años; se iba, explicaba Clarissa con aquella mezcla de diversión y orgullo que también Dalloway parecía provocar en ella, a jugar al *hockey*. Y ahora que ya habrían «presentado» a Elizabeth, suponía, ella pensaría que él era un fósil, se reiría de los amigos de su madre. Ah, bien, allá ella. La compensación por hacerse mayor, pensó Peter Walsh, saliendo de Regent's Park con su sombrero en la mano, era sencillamente esta: que las pasiones siguen siendo tan fuertes como siempre, pero uno ha ganado —¡al fin!— la capacidad que añade el sabor supremo a la existencia: la capacidad de adueñarse de la experiencia, de girarla despacio a la luz.

Era una confesión terrible (volvió a ponerse el sombrero), pero ahora, a la edad de cincuenta y tres años, uno apenas necesitaba ya a la gente. La vida misma, cada momento de ella, cada gota de ella, aquí, este instante, ahora, al sol, en Regent's Park, era suficiente. Demasiado, de hecho. Toda una vida era demasiado corta para sacarle, ahora que uno había adquirido la capacidad, todo el sabor; extraer hasta el último gramo de placer, el último matiz de significado; ambos mucho más sólidos que antes, mucho menos personales. Era imposible que volviese a sufrir como Clarissa lo había hecho sufrir. Hacía horas (¡gracias a Dios que podía decir estas cosas sin ser oído!), hacía horas y días que no pensaba en Daisy.

¿Podía ser que estuviese enamorado de ella entonces?, ahora que recodaba la tristeza, la tortura, la extraordinaria pasión de antaño. Era algo totalmente distinto —algo mucho más placentero— y la verdad era, por supuesto, que esta vez ella estaba enamorada de él. Y que quizás esa era la razón por la que, cuando el barco zarpó, él había sentido un extraordinario alivio, pues no había cosa que quisiera más que estar solo; se indignó al descubrir todas las pequeñas atenciones de ella —cigarros, notas, una manta para el viaje— en su camarote. Todo el mundo, ejerciendo la sinceridad, diría lo mismo: uno no quiere a la gente después de los cincuenta; uno no quiere tener que seguir diciéndole a una mujer que es bonita; eso es lo que diría la mayoría de los hombres de cincuenta, pensó Peter Walsh, si fuesen sinceros.

Pero, entonces, estos asombrosos arrebatos de emoción, como que se le saltasen las lágrimas esta mañana, ¿a qué se debían? ¿Qué habría pensado Clarissa de él?: lo habría tomado por un bobo, seguramente, no habría sido la primera vez. Eran celos lo que había detrás de todo aquello: celos que sobreviven a cualquier otra pasión del ser humano, pensó Peter Walsh, extendiendo el brazo con el cortaplumas en la mano. Había estado viendo al comandante Orde, le había contado Daisy en su última carta; se lo había contado a propósito, lo sabía; se lo había contado para darle celos; podía verla arrugando la frente mientras escribía, preguntándose qué podía decirle para herirlo; y, sin embargo, daba lo mismo: ¡estaba furioso! Todo este lío de venir a Inglaterra y ver a los abogados no era para casarse con ella, sino para evitar que ella se casase con otro. Eso era lo que lo torturaba, eso era lo que lo había invadido al ver a Clarissa tan calmada, tan fría, tan atenta a su vestido o lo que fuera que fuese; al darse cuenta de lo que ella tal vez le había ahorrado, a lo que lo había reducido... un viejo bobo, llorica y sollozante. Pero las mujeres, pensó, cerrando el cortaplumas, no saben lo que es la pasión. No saben lo que significa para los hombres. Clarissa era fría como un témpano. Sentada en el canapé a su lado, le dejaría tomarla de la mano, le daría un beso en la mejilla... Había llegado al cruce.

Un sonido lo interrumpió; un débil sonido temblón, una voz burbujeando sin dirección, sin vigor, sin principio ni fin, precipitándose débil y estridentemente, y con ausencia total de sentido humano hacia

íem feem sou
fu sui tu imú...

la voz sin edad ni sexo, la voz de una antigua fuente que brotaba de la tierra; que manaba, justo frente a la estación de metro de Regent's Park, de una alta figura temblona, como un tubo, como un surtidor oxidado, como un árbol que el viento azota por siempre desprovisto de hojas que deja el viento correr arriba y abajo por sus ramas cantando

íem feem sou
fu sui tu imú...

y se mece y cruje y gime en la brisa eterna.

A través de las edades —cuando la acera era hierba, cuando era pantano, a través de la era del colmillo y el mamut, a través de la era del amanecer silencioso—, la estropeada mujer —pues llevaba falda—, con la mano derecha extendida, con la izquierda apretándose el costado, cantaba del amor: amor que ha durado un millón de años, cantaba, amor que prevalece, y hace millones de años su amante, muerto todos estos siglos, había paseado, tarareaba, con ella en mayo; pero en el curso de las edades, largas como días de verano, y ardiendo, recordaba la mujer, tan solo de ásteres rojos, él había desaparecido; la enorme guadaña de la muerte había barrido esas colinas tremebundas y, cuando al final ella posó su canosa e inmensamente envejecida cabeza en la tierra, ahora convertida en mera ceniza de hielo, imploró a los Dioses que depositasen a su vera un ramo de brezo morado, allí en su alta sepultura que acariciaban los últimos rayos del último sol; pues entonces el espectáculo del universo habría terminado.

Mientras la antigua canción borboteaba frente a la estación de metro de Regent's Park, aún la tierra parecía verde y florida; aún, si bien manaba de una boca tan burda, un mero agujero en la tierra, enlodado además, enmarañado de fibras de raíces y enredadas hierbas, aún la vieja canción borboteante burbujeante, que calaba las nudosas raíces de edades infinitas, y esqueletos y tesoros, corría en arroyuelos por la acera y todo a lo largo de Marylebone Road y, bajando hacia Euston, fertilizaba, dejaba una mancha húmeda.

Aún recordando cómo una vez, en un mayo primitivo, había paseado con su amante, este surtidor oxidado, esta vieja estropeada con una mano extendida a la limosna, con la otra apretándose el costado, seguiría allí al cabo de diez millones de años, recordando cómo una vez había paseado en mayo, donde el mar fluye ahora, con quién no importaba: era un hombre, eso sí, un hombre que la había amado. Pero el paso de las edades había desdibujado la claridad de aquel antiguo día de mayo; las flores de vistosos pétalos estaban congeladas en escarcha y plata; y la mujer ya no veía, cuando imploraba al hombre (como hacía ahora muy claramente) «que mis ojos tu dulce mirada acojan», ya no veía los ojos marrones, los mostachos negros o el tostado rostro, sino solo una figura amenazante, una forma en sombras, a la que, con la frescura como de pájaro de los muy ancianos, aún gorjeaba «dame tu mano, y la apretaré gozosa» (Peter Walsh no pudo evitar dar a aquella pobre criatura una moneda cuando fue a subir a su taxi) «y, si alguien nos viese, ¿qué nos importa?», preguntó la mujer; y con el puño se apretó el costado, y sonrió guardando el chelín, y todos los inquisitivos ojos curiosos parecieron borrarse, y las generaciones que pasaban —la acera pululaba de gente de clase media ajetreada— se desvanecieron, como hojas que acabarán aplastadas, que se empaparán y se pisarán, y que la eterna primavera convertirá en moho...

íem feem sou
fu sui tu imú...

—Pobre vieja —dijo Rezia Warren Smith.

¡Ah!, ¡pobre vieja desgraciada!, dijo esperando para cruzar.

¿Y si llovía de noche? ¿Y si su padre, o alguien que la hubiese conocido en días mejores, hubiese acertado a pasar y la hubiese visto allí en la cuneta? ¿Y dónde dormía por la noche?

Animada, casi alegremente, se elevó rizado en el aire el hilo invencible de sonido como el humo de la chimenea de una quinta se eleva rizándose en torno a límpidas hayas y mana en un penacho de humo azul entre las hojas más altas. «Y, si alguien nos viese, ¿qué nos importa?»

Puesto que era tan infeliz, Rezia llevaba semanas y semanas dando significado a cosas que pasaban, casi sentía a veces que tenía que parar a la gente por la calle, si parecía gente buena, amable, solo para decirles: «Soy infeliz»; y esta vieja cantando en la calle «y, si alguien nos viese, ¿qué nos importa?» la hizo de pronto estar muy segura de que todo iba a ir bien. Iban de camino a ver a sir William Bradshaw; pensó que su nombre sonaba agradable; seguro que curaba a Septimus enseguida. Y ahí estaba el carro del cervecero; y los caballos tordos tenían rígidas briznas de paja en la cola; ahí estaban los carteles de los periódicos. Era un sueño tonto de remate ser infeliz.

Así que cruzaron, el señor Septimus Warren Smith y su señora, y ¿había, al fin y al cabo, algo en ellos que llamase la atención, algo que hiciese a los transeúntes sospechar aquí hay un joven que lleva consigo el mensaje más importante del mundo y es, además, el hombre más feliz y el más desgraciado? Quizá caminaban más despacio que otros, y había algo dudoso, remolón, en el paso del hombre, pero qué era más natural para un oficinista que no ha estado en el West End en un día de semana a esta hora desde hace años que no dejar de mirar al cielo, mirar esto, y eso y lo otro, como si Portland Place fuese una sala en la que ha entrado cuando la familia se ausenta de casa, y las arañas cuelgan en fundas de Holanda, y la encargada, dejando entrar largos haces de luz polvorienta que caen sobre vacías butacas de aspecto extraño al levantar una esquina de las largas persianas, explica a la visita lo fantástico que es el lugar; fantástico, pero al mismo tiempo, bien curioso, piensa él.

Mirándolo, podría haber sido un oficinista, pero de alta categoría; pues calzaba botas marrones;[25] sus manos eran cultas; también lo era su perfil: su perfil anguloso, de gran nariz, inteligente, sensible; pero no sus labios, en absoluto, pues estaban entornados; y sus ojos (como tienden a ser los ojos) eran meramente ojos; castaños, grandes; de modo que era, en conjunto, un caso límite, ni una cosa ni otra; podría acabar con una casa en Purley y un automóvil, o continuar alquilando apartamentos en calles secundarias toda su vida; uno de esos hombres autodidactas de mediana formación que procede, en su totalidad, de libros sacados de la biblioteca pública, leídos por la noche tras un día de trabajo, por consejo de autores populares a los que ha consultado por carta.

En cuanto a las otras experiencias, las solitarias, que la gente pasa sola, en su dormitorio, en su despacho, paseando por el campo y por las calles de Londres, las tenía; había dejado su hogar siendo nada más que un muchacho, por causa de su madre: ella mentía; y porque tenía que bajar a cenar por quincuagésima vez sin lavarse las manos; y porque no veía futuro para un poeta en Stroud; así que, tras confiarse a su hermana menor, se había ido a Londres dejando una nota, como las que han escrito grandes hombres y el mundo ha leído más tarde cuando la historia de su lucha se había hecho famosa.

Londres ha devorado a muchos millones de jóvenes de apellido Smith; tenía en muy poco los nombres de pila fantásticos, como Septimus, con los que sus padres habían tenido a bien distinguirlos. Si uno se alojaba cerca de Euston Road, había experiencias, de nuevo experiencias, como cambiar la cara en dos años de un óvalo rosa inocente a una cara enjuta, contraída, hostil. Pero, de todo esto, qué podrían haber dicho los más observadores de los amigos salvo lo que un jardinero dice al abrir la puerta del invernadero por la mañana y encontrar una nueva flor en una planta: Ha florecido; florecido por vanidad, ambición, idealismo, pasión, soledad, valor, pereza, las semillas habituales que, todas confundidas (en un cuarto cerca de Euston Road), lo habían hecho tímido, y balbuceante, lo habían animado a mejorar,

25 La clase obrera no usaba calzado marrón. [N. de la T.]

lo habían hecho enamorarse de la señorita Isabel Pole, que daba clases en Waterloo Road[26] sobre Shakespeare.

¿No era él un poco como Keats?, preguntó ella; y reflexionó sobre cómo podría darle a probar algo de *Antonio y Cleopatra;*[27] le prestó libros; le copió fragmentos de cartas; y encendió en él tal hoguera como arde solo una vez en la vida, sin calor, titilando una llama de oro rojizo infinitamente etérea e insustancial sobre la señorita Pole; *Antonio y Cleopatra;* y la Waterloo Road. La encontraba bonita, creía que era impecablemente sabia; soñaba con ella, le escribía poemas que, haciendo caso omiso del tema, ella corregía con tinta roja; la contempló, un anochecer de verano, mientras paseaba llevando un vestido verde, por una plaza; «Ha florecido», habría dicho el jardinero si hubiese abierto la puerta; si hubiese entrado, digamos, cualquier noche de aquella época y lo hubiese encontrado escribiendo; lo hubiese encontrado haciendo trizas lo escrito; lo hubiese encontrado terminando una obra maestra a las tres de la madrugada y saliendo a recorrer las calles, y visitar iglesias, y ayunar un día, beber otro, devorar a Shakespeare, a Darwin, la *Historia de la civilización*,[28] y a Bernard Shaw.

Le pasaba algo, el señor Brewer se había dado cuenta; el señor Brewer, gerente en Sibleys y Arrowsmiths,[29] tasadores, subastadores y administradores de fincas; le pasaba algo, pensó y, siendo paternal como era con sus jóvenes, y teniendo como tenía en alta estima las habilidades de Smith, y vaticinando como vaticinaba que este lo sucedería, al cabo de diez o quince años, en el sillón de piel de la sala interior bajo el tragaluz, con las cajas de escrituras a su alrededor, «si no pierde la salud», dijo el señor Brewer, y ese era el peligro: tenía mal aspecto; le aconsejó fútbol, lo invitó a cenar y no veía nada que evitase considerar un aumento de sueldo, cuando pasó algo que dio al traste con muchos de los cálculos del señor Brewer, le arrebató a

---

26 Allí estaba el Morley College de educación para hombres y mujeres de clase obrera, en el que enseñó voluntariamente Virginia Woolf entre 1905 y 1907, entre otras materias, redacción. Allí, en 1907, flirteó con un alumno llamado Cyril Zeldwyn, a quien llamaba su «poeta degenerado» y comparaba, como hizo con otros hombres apasionados de la literatura, con Keats. [N. de la T.]

27 Muy posiblemente, los métodos de seducción de Cleopatra, que Woolf admiraba profundamente. [N. de la T.]

28 Obra inacabada (en dos tomos) de H. T. Buckle. [N. de la T]

29 Nunca existió esta empresa. [N. de la T.]

sus mejores jóvenes y, al final, así de impertinentes e insidiosos fueron los dedos de la guerra europea, hicieron pedazos una escayola de Ceres, abrieron un agujero en los arriates de geranios y destrozaron por completo los nervios de la cocinera del hogar del señor Brewer en Muswell Hill.

Septimus fue uno de los primeros en presentarse voluntarios. Fue a Francia a salvar una Inglaterra que consistía casi por completo en obras de Shakespeare y la señorita Isabel Pole con un vestido verde de paseo por una plaza. Allí, en las trincheras, el cambio que el señor Brewer deseaba cuando le aconsejó fútbol se produjo al instante; desarrolló virilidad; lo ascendieron; atrajo la atención, incluso el afecto, de su oficial, de apellido Evans. Era un caso de dos perros jugando sobre un tapete ante la chimenea; uno mordisqueando un cucurucho de papel, gruñendo, echando la boca, pellizcando, de vez en cuando, la oreja del perro viejo; el otro tumbado somnoliento, pestañeando al fuego, levantando una pata, girándose y refunfuñando amablemente. Tenían que estar juntos, compartir, luchar juntos, discutir entre ellos. Pero, cuando Evans (Rezia, que solo lo había visto una vez, había dicho que era «un hombre tranquilo», un pelirrojo fortachón, poco efusivo en compañía de las mujeres), cuando Evans cayó, justo antes del Armisticio, en Italia, Septimus, lejos de mostrar emoción alguna o reconocer que ese era el final de una amistad, se enorgulleció de sentir muy poco y muy razonablemente. La Guerra le había enseñado. Fue sublime. Había vivido toda la función: amistad, guerra en Europa, muerte, se había ganado el ascenso, aún no tenía treinta años y estaba destinado a sobrevivir. No se equivocaba. Escapó a las últimas bombas. Las vio explotar con indiferencia. Cuando llegó la paz, estaba en Milán, acuartelado en casa de un posadero con un patio, flores en cubos, mesitas al aire libre, hijas que hacían sombreros, y con Lucrezia, la benjamina, se prometió una noche cuando lo invadió el pánico... de no ser capaz de sentir nada.

Pues ahora que todo había terminado, la paz estaba firmada y los muertos enterrados, tenía, especialmente por la noche, estos relámpagos repentinos de miedo. No era capaz de sentir nada. Cuando abría la puerta del cuarto en el que las muchachas italianas hacían sus sombreros, podía verlas; podía oírlas; frotaban alambres entre mostacillas de colores en platitos; volvían formas de bocací a un lado y a otro; la mesa estaba regada de plumas, lentejuelas, sedas, lazos; las tijeras golpeteaban la mesa; pero le faltaba algo: no era capaz de sentir nada. Aun así, las tijeras que golpeteaban, las muchachas que reían, los sombreros que ellas hacían, lo protegían; le garantizaban su seguridad: tenía un refugio. Pero no podía pasar la noche allí sentado. Había momentos en los que se despertaba de madrugada. La cama se estaba cayendo; él se estaba cayendo. ¡Ah! ¿Dónde estaban las tijeras y la luz de la lámpara y las formas de bocací? Le pidió que se casara con él a Lucrezia, la más joven de las dos,[30] la alegre, la frívola, con esos deditos de artista que levantaba diciendo: «Todo sale de aquí». La seda, las plumas y esas cosas eran seres vivos entre ellos.

—Lo que importa de verdad es el sombrero —decía ella cuando paseaban juntos.

Examinaba todos los sombreros que pasaban; y la capa y el vestido y el porte de la mujer. Estigmatizaba vestir mal, emperejilarse de más, no con crueldad, más bien con movimientos impacientes de las manos, como los de un pintor que aleja de sí alguna impostura manifiesta aunque bien intencionada; y luego, generosa, pero siempre críticamente, reconocía con gusto a una dependienta que había dispuesto con gracia sus naderías, o alababa, sincera, con entusiasmo y pericia profesional, a una dama francesa que se apeaba de su coche con su chinchilla, su traje largo, sus perlas.

—¡Qué hermosa! —susurró, dando un codazo a Septimus para que la viese.

Pero la belleza estaba tras una hoja de vidrio. Él ni siquiera saboreaba el gusto (a Rezia le gustaban los helados, los bombones, las cosas dulces). Dejó su taza en el velador de mármol. Miró a la gente de la calle: parecían felices reuniéndose en medio de la calzada, gritando, riendo, riñendo por nada. Pero él no era capaz de saborear, no era capaz de sentir nada. En el salón de té, entre las mesas y los mozos que charlaban, lo invadió el pánico: no era capaz de sentir nada. Razonaba; leía, a Dante por ejemplo, con

30 Parece una discrepancia involuntaria: antes Rezia ha recordado a sus hermanas, luego no puede ser la más joven de dos. [N. de la T.]

bastante facilidad («Septimus, deja de una vez el libro», dijo Rezia, cerrando amable el *Infierno*), hizo la cuenta de lo que debían; su cerebro estaba perfectamente; debía de ser, por tanto, culpa del mundo... que no fuese capaz de sentir nada.

—Los ingleses son tan callados... —dijo Rezia.

Le gustaba, dijo. Respetaba a estos ingleses, y quería ver Londres, y los caballos ingleses, y los trajes hechos a medida, y podía recordar haber oído lo fantásticas que eran allí las tiendas, a una tía que se había casado y vivía en el Soho.

Podría ser, pensó Septimus, mirando Inglaterra por la ventanilla del tren cuando salieron de Newhaven; podría ser que el mundo careciese de sentido.

En la oficina lo ascendieron a un puesto de considerable responsabilidad. Estaban orgullosos de él; lo habían condecorado.

—Ha hecho su deber; ahora somos nosotros... —comenzó el señor Brewer; y no pudo terminar, tan grata era su emoción.

Encontraron una casa admirable cerca de Tottenham Court Road.

Allí volvió a abrir a Shakespeare. Aquel ardor infantil con la embriaguez de la lengua —*Antonio y Cleopatra*— se había apagado del todo. Cómo despreciaba Shakespeare a la humanidad: vestirse, tener hijos, la sordidez de la boca y el estómago. Esto fue lo que se reveló ahora a Septimus; el mensaje oculto en la belleza de las palabras. La señal secreta que una generación pasa, disfrazada, a la siguiente es el desprecio, el odio, la desesperación. Dante lo mismo. Esquilo (traducido) lo mismo. Allí estaba Rezia sentada a la mesa, adornando sombreros. Adornaba sombreros para las amigas de la señora Filmer; adornaba sombreros por horas. Tenía un aspecto pálido, misterioso, como una azucena, ahogada, sumergida en agua, pensó.

—Los ingleses son tan serios... —diría, abrazando a Septimus, su mejilla contra la de él.

El amor entre hombre y mujer era asqueroso para Shakespeare. El asunto de la copulación era una porquería para él antes del final. Pero Rezia, decía, quería tener hijos. Llevaban cinco años casados.

Fueron a la Torre juntos; al museo Victoria and Albert; se unieron a la multitud que esperaba ver al rey inaugurar el Parlamento. Y estaban las tiendas —de sombreros, de ropa, tiendas con bolsos de piel en el escaparate—, que ella se paraba a mirar. Pero quería tener un niño.

Quería tener un hijo como Septimus, decía. Pero nadie podía ser como Septimus; tan amable; tan serio; tan listo. ¿Quizá tendría también ella que leer a Shakespeare? ¿Era Shakespeare un autor difícil?, le preguntó.

No se pueden traer niños a un mundo como este. No se puede infligir sufrimiento ni aumentar la estirpe de estos animales lujuriosos que no tienen emociones duraderas, sino solo capricho y vanidad que los arrastran ora aquí, ora allá.

La observó cortar, dar forma, como se observa a un pájaro saltar, revolotear en la hierba, no osando mover ni un dedo. Pues la verdad es (no se la descubras a ella) que los seres humanos no tienen ni amabilidad ni fe ni caridad más allá de la necesaria para aumentar el placer del momento. Cazan en manada. Sus manadas rastrean el desierto y desaparecen gritando en el baldío. Abandonan a los caídos. Se cubren de muecas. Ahí estaba Brewer en la oficina, con su bigote encerado, el alfiler de la corbata de coral, el chaleco blanco y las gratas emociones —todo frialdad y humedad por dentro—, con sus geranios echados a perder durante la Guerra, los nervios de su cocinera destrozados; o Amelia Comosellamase, sirviendo el té puntualmente a las cinco —una pequeña arpía lasciva y llena de desprecio—; y los Toms y los Berties con sus pecheras almidonadas, rezumando vicio en densas gotas. Nunca lo verían dibujarlos desnudos haciendo de las suyas en su cuaderno. En la calle, los furgones pasaban rugiendo por su lado; la brutalidad vociferaba desde los carteles de los hombres anuncio: hombres atrapados en minas; mujeres quemadas vivas; y una vez una fila mutilada de lunáticos que llevaban a hacer ejercicio o mostraban por diversión al populacho (que reía a carcajadas) amblaba y cabeceaba y sonreía pasando por su lado en la Tottenham Court Road, todos imponiéndole su aflicción desesperada medio disculpándose y, sin embargo, triunfales. ¿Es que iba él también a volverse loco?

A la hora del té, Rezia le dijo que la hija de la señora Filmer estaba encinta. ¡No podría soportar la vejez sin hijos! Se sentía muy sola, era muy infeliz. Lloró por primera vez desde que estaban casados. Desde lejos la oyó sollozar; la oyó con gran precisión, la sintió con gran claridad; lo comparó con el aporreo de un pistón. Pero no sintió nada.

Su esposa estaba llorando, y él no sentía nada; solo que, cada vez que ella sollozaba de esta forma profunda, silenciosa, desesperada, él descendía un escalón más hacia el abismo.

Al final, con un gesto melodramático que adoptó mecánicamente y con completa consciencia de su insinceridad, dejó caer la cabeza entre las manos. Ahora se había rendido; ahora otros debían ayudarlo. Que mandasen a buscarlos. Se daba por vencido.

Nada podía animarlo. Rezia lo metió en la cama. Mandó a buscar al médico: el doctor Holmes de la señora Filmer. El doctor Holmes lo examinó. No tiene absolutamente nada, dijo el doctor Holmes. Ah, ¡qué alivio! Qué hombre tan amable, qué hombre tan bueno, pensó Rezia. Cuando él estaba así, se iba al cabaret, dijo el doctor Holmes. Se tomaba el día libre con su esposa y jugaba al golf. ¿Por qué no le daba dos píldoras de bromuro disueltas en un vaso de agua al irse a la cama? Estas viejas casas de Bloomsbury, dijo el doctor Holmes, dando golpecitos en la pared, tienen a menudo magníficos paneles de madera que los caseros cometen el disparate de empapelar. El otro día mismo, visitando a un paciente, sir Mengano de Tal, en Bedford Square...

Así que no había excusa; no tenía absolutamente nada, salvo el pecado por el que la naturaleza humana lo había condenado a muerte: que no sentía nada. No le había importado cuando Evans murió; eso era lo peor; pero todos los demás delitos alzaron la cabeza y agitaron los dedos y abuchearon y se mofaron por encima del larguero de la cama en las tempranas horas de la mañana al postrado cuerpo que yacía consciente de su degradación; que se había casado con su mujer sin quererla; le había mentido; la había seducido; agraviado a la señorita Isabel Pole, y estaba tan picado y marcado de vicio que las mujeres se estremecían cuando lo veían por la calle. El veredicto de la naturaleza humana para semejante despojo era la muerte.

El doctor Holmes volvió. Grande, lozano, bien parecido, con las botas brillantes, mirándose en el espejo, lo descartó todo con un ademán —los dolores de cabeza, las vigilias, los temores, los sueños—: simples síntomas nerviosos, dijo. Si el doctor Holmes perdía siquiera un cuarto de kilo por debajo de sus setenta y dos y medio, le pedía a su mujer otro plato de gachas para desayunar. (Rezia aprendería a hacer gachas.) Pero, continuó, la salud es en gran medida un asunto que podemos controlar. Entréguese a intereses al aire libre; busque una afición. Abrió Shakespeare —*Antonio y Cleopatra*—; dejó Shakespeare a un lado. Una afición, dijo el doctor Holmes, pues ¿no debía él acaso su salud excelente (y trabajaba tanto como cualquier hombre en Londres) al hecho de que siempre podía dejar a un lado a sus pacientes para dedicarse a los muebles antiguos? Y qué peineta más bonita, si se lo permitía, llevaba la señora Warren Smith.

Cuando aquel maldito estúpido volvió, Septimus se negó a recibirlo. ¿En serio?, preguntó el doctor Holmes, sonriendo amable. La verdad es que tuvo que darle a aquella encantadora mujercita, la señora Smith, un empujón amigable para que lo dejase pasar a la alcoba de su marido.

—Así que tiene miedo —dijo amable, sentándose a la vera del paciente.

Hasta había hablado de matarse a su esposa, ¡qué muchacha!, extranjera, ¿no? ¿No le daría aquello una idea muy extraña de los maridos ingleses? ¿No estaba uno obligado en cierta manera con su esposa? ¿No sería mejor hacer algo en vez de estar metido en la cama? Pues tenía cuarenta años de experiencia a sus espaldas; y Septimus podía creer al doctor Holmes: no tenía absolutamente nada. Y la siguiente vez que viniese, el doctor Holmes esperaba encontrar a Smith fuera de la cama y no haciendo a aquella encantadora mujercita que tenía por esposa preocuparse por él.

La naturaleza humana, en resumen, lo hostigaba: la bestia asquerosa, con las ventanas de la nariz rojas como la sangre. Holmes lo hostigaba. El doctor Holmes venía por lo general cada día. Una vez que tropiezas, escribió Septimus en el reverso de una postal, la naturaleza humana te hostiga. Holmes te hostiga. La única oportunidad que tenían era escapar sin que Holmes se enterase; a Italia... A cualquier sitio, a cualquier sitio lejos del doctor Holmes.

Pero Rezia no lo entendía. El doctor Holmes era un hombre muy amable. Se interesaba mucho por Septimus. Solo quería ayudarlos, decía. Tenía cuatro hijos pequeños y la había invitado a tomar el té, le dijo a Septimus.

Así que ella lo había abandonado. Todo el mundo clamaba: Mátate, mátate, por nuestro bien. Pero ¿por qué debería él matarse por el bien de ellos? La comida era agradable; el sol calentaba; y este matarse, ¿cómo lo hace uno?, ¿con un cuchillo de mesa, de forma horrible, con ríos de sangre?, ¿inhalando de un tubo de gas? Estaba demasiado débil; apenas podía levantar una mano. Además, ahora que estaba tan solo, condenado, abandonado, como los que están a punto de morir están solos, encontraba que había cierto lujo en ello, un aislamiento lleno de sublimidad; una libertad que los apegados nunca conocerán. Holmes había ganado, por supuesto; la bestia con las ventanas de la nariz rojas había ganado. Pero ni siquiera el mismo Holmes podía tocar a este último vestigio perdido al borde del mundo, a este paria que miraba a su espalda las regiones habitadas, que yacía, como un marino ahogado, a la orilla del mundo.

Fue en ese momento (Rezia había salido a comprar) cuando se dio la gran revelación. Una voz habló desde detrás del biombo. Evans estaba hablando. Los muertos estaban con él.

—¡Evans, Evans! —gritó.

El señor Smith estaba hablando solo, le gritó la criada Agnes a la señora Filmer en la cocina. «¡Evans, Evans!», decía el señor Smith cuando ella entró con la bandeja. Casi dio un salto, de verdad. Se apresuró escaleras abajo.

Y Rezia entró, con las flores, y cruzó la habitación, y puso las rosas en un jarrón, sobre el que daba el sol de plano y, riendo, se puso a dar saltitos por el cuarto.

No había podido evitar comprarle las rosas, dijo Rezia, a un pobre hombre en la calle. Pero estaban ya casi muertas, dijo mientras las colocaba.

Así que había un hombre fuera; seguramente, Evans; y las rosas, que Rezia decía que estaban medio muertas, las había recogido en los campos de Grecia. La comunicación es salud; la comunicación es felicidad, la comunicación..., masculló.

—¿Qué estás diciendo, Septimus? —preguntó Rezia, aterrada, pues él hablaba solo.

Mandó a Agnes corriendo por el doctor Holmes. Su esposo, dijo, había perdido la cabeza. Apenas la reconocía.

—¡Bestia! ¡Bestia! —gritó Septimus, cuando vio a la naturaleza humana, es decir, al doctor Holmes, entrar en la habitación.

—Pero ¿qué es todo esto? —dijo el doctor Holmes en la manera más afable del mundo—. ¿Dice disparates para asustar a su esposa?

Le daría algo que lo ayudase a dormir. Y, si fuesen ricos, dijo el doctor Holmes, mirando con ironía en torno a la habitación, desde luego los haría ir a Harley Street;[31] si no confiaban en él..., dijo el doctor Holmes, con un aspecto no muy amable.

Eran justo las doce en punto; las doce por el Big Ben; cuyas campanadas flotaron sobre la parte norte de Londres; se fundieron con las de otros relojes, se mezclaron de una manera sutil y etérea con las nubes y las volutas de humo, y murieron allí arriba entre las gaviotas: las doce en punto sonaron mientras Clarissa Dalloway extendía su vestido verde sobre la cama, y los Warren Smith bajaban por Harley Street. Las doce era la hora de su cita. Seguro, pensó Rezia, que esa era la casa de sir William Bradshaw, la del automóvil gris delante. (Los círculos de plomo se disolvieron en el aire.)

De hecho, lo era: el automóvil de sir William Bradshaw; bajo, potente, gris con un sencillo monograma enlazado en el salpicadero, como si el boato de la heráldica fuese incongruente, al ser este hombre un ayudante en la sombra, un sacerdote de la ciencia; y, como el automóvil era gris, para casar con su sobria suavidad, se amontonaban dentro pieles grises, mantas gris perla, que debían mantener a la señora abrigada mientras esperaba. Pues a menudo sir William recorría sesenta millas o más por el campo para visitar a los ricos, los afligidos, que podían permitirse la altísima tarifa que sir William les cobraba como es debido por su consejo. La señora esperaba con las mantas sobre las piernas una hora o más, recostada en el asiento, pensando unas veces en el paciente y otras, se le podía perdonar, en el muro de oro que crecía por minutos mientras ella esperaba; el muro de oro que se elevaba entre ellos y todos los altibajos e inquietudes (los había soportado con bravura; habían tenido sus dificultades), hasta que se sentía arrebujada

31 Famosa por sus consultas de alto *standing*. [N. de la T.]

en un océano de calma, en el que solo soplan vientos especiados; respetada, admirada, envidiada, con apenas nada más que desear, aunque lamentaba su peso excesivo; grandes cenas los jueves para la profesión; alguna tómbola benéfica que inaugurar; el saludo de la realeza; demasiado poco tiempo, eso sí, con su esposo, cuyo trabajo no dejaba de aumentar; un muchacho que hacía buen papel en Eton; le habría gustado tener también una hija; intereses tenía, no obstante, en abundancia; el bienestar de los niños; el cuidado de los epilépticos, y la fotografía, así que, si había una iglesia en construcción, o una iglesia en ruinas, sobornaba al sacristán, conseguía la llave y tomaba fotos, que apenas se distinguían del trabajo de los profesionales, mientras esperaba.

Tampoco sir William era ya joven. Había trabajado mucho; había conseguido su posición por mérito propio (pues era hijo de un tendero); adoraba su profesión; hacía buena figura en las ceremonias y sabía hablar: todo lo cual le había dado, para cuando lo nombraron caballero, un aspecto pesado, un aspecto cansado (el vaivén de pacientes era incesante, las responsabilidades y los privilegios de su profesión, onerosos), un cansancio que, con sus canas, aumentaba la extraordinaria distinción de su presencia y le daba la reputación (de la máxima importancia al tratar casos nerviosos) no solo de ser como el rayo y casi infalible en el diagnóstico, sino también de obrar con compasión; tacto; comprensión del alma humana. Pudo verlo nada más entraron en su consulta (eran los Warren Smith); estuvo seguro en cuanto vio al hombre; era un caso de extrema gravedad. Era un caso de colapso completo: completo colapso físico y mental, con todos los síntomas en estado avanzado, determinó en dos o tres minutos (escribiendo las respuestas a sus preguntas, que murmuró discretamente, en una tarjeta rosa).

¿Cuánto tiempo había estado visitándolo el doctor Holmes?

Seis semanas.

¿Prescribió algo de bromuro? ¿Dijo que no tenía nada? Ah, sí (¡los médicos de cabecera!, pensó sir William. Le ocupaba la mitad de su tiempo deshacer sus errores. Algunos eran irreparables).

—¿Lo condecoraron a usted en la Guerra?

El paciente repitió la palabra «guerra» interrogante.

Estaba añadiendo significados a las palabras de tipo simbólico. Un síntoma grave que debía anotar en la tarjeta.

—¿La Guerra? —preguntó el paciente.

¿La guerra europea, esa bronca de escolares con pólvora? ¿Lo habían condecorado? En realidad no lo recordaba. En la Guerra en sí había fracasado.

—Sí, le concedieron las más altas condecoraciones —le aseguró Rezia al médico—: lo ascendieron.

—¿Y tienen la mejor de las opiniones de usted en su oficina? —murmuró sir William, dando un vistazo a la carta de términos tan generosos del señor Brewer—. ¿Así que no tiene preocupaciones ni dificultades financieras, nada?

Había cometido un terrible delito y había sido condenado a muerte por la naturaleza humana.

—He... He... —comenzó—, cometido un crimen...

—No ha hecho nada malo en absoluto —le aseguró Rezia al médico.

Si al señor Smith no le importaba esperar, dijo sir William, hablaría con la señora Smith en la sala de al lado. Su esposo estaba muy gravemente enfermo, dijo sir William. ¿Amenazaba con matarse?

Ay, sí, lloró ella. Pero no lo decía en serio, dijo. Por supuesto que no. Era solo una cuestión de descanso, dijo sir William; de descanso, descanso, descanso; un largo descanso en cama. Había un sanatorio precioso en el campo, en el que podrían cuidar de su esposo a la perfección. ¿Lejos de ella?, preguntó Rezia. Por desgracia, sí; las personas que más queremos no son buenas para nosotros cuando estamos enfermos. Pero no estaba loco, ¿verdad? Sir William dijo que él nunca hablaba de «locura»; él lo llamaba no tener sentido de la proporción. Pero a su marido no le gustaban los médicos. Se negaría a ir. Breve y amablemente, sir William le explicó el estado de la cuestión. Había amenazado con matarse. No había alternativa. Era un asunto de ley.[32] Guardaría cama en una hermosa casa en el campo. Las enfermeras eran estupendas. Sir William lo visitaría una vez a la semana. Si

32 El suicidio no dejó de ser un delito en el Reino Unido hasta 1961. [N. de la T.]

la señora Warren Smith estaba segura de no tener más preguntas —nunca apresuraba a sus pacientes—, volverían con su esposo. No tenía nada más que preguntar, no a sir William.

Así que volvieron con el más exaltado de los humanos; con el criminal que se enfrentaba a sus jueces; con la víctima expuesta en las alturas; el fugitivo; el marino ahogado; el poeta de la oda inmortal; el Señor que había pasado de la vida a la muerte; con Septimus Warren Smith, sentado en el sillón bajo el tragaluz, con la mirada perdida en una fotografía de lady Bradshaw vestida de gala, rezando entre dientes mensajes sobre la belleza.

—Hemos tenido una breve conversación —dijo sir William.

—Dice que estás muy muy enfermo —lloró Rezia.

—Hemos acordado que debería usted ingresar en un sanatorio —dijo sir William.

—¿Uno de los sanatorios de Holmes? —se mofó Septimus.

El individuo daba una impresión desagradable. Pues había en sir William, cuyo padre había sido comerciante, un respeto natural por la buena educación y el vestir, y el desaliño le provocaba urticaria; por otra parte, y más profundamente, había en sir William, que nunca había tenido tiempo para leer, cierto resentimiento, aunque bien oculto, contra la gente cultivada que entraba en su consulta y daba a entender que los médicos, cuyo oficio es una carga constante sobre todas las facultades superiores, no son hombres formados.

—El sanatorio es uno de los míos, señor Warren Smith —dijo—; y en él le enseñaremos a usted a descansar.

Y había una cosita más.

Estaba bastante seguro de que, cuando el señor Warren Smith estaba bien, sería el último hombre del mundo que querría asustar a su esposa. Pero había hablado de matarse.

—Todos tenemos nuestros momentos de desánimo —dijo sir William.

Una vez que caes, repitió Septimus para sí, la naturaleza humana te hostiga. Holmes y Bradshaw te hostigan. Rastrean el desierto. Vuelan gritando hacia el baldío. Se aplica la parrilla y se aprietan las empulgueras. La naturaleza humana es implacable.

—¿Tiene usted a veces impulsos? —preguntó sir William, con el lápiz sobre una tarjeta rosa.

Eso era asunto solo suyo, dijo Septimus.

—Nadie vive solo —dijo sir William, con una breve mirada a la fotografía de su esposa vestida de gala—. Y usted tiene una brillante carrera por delante —dijo sir William. Tenía la carta del señor Brewer sobre la mesa—. Una carrera excepcionalmente brillante.

Pero ¿y si confesaba? ¿Si se comunicaba? ¿Lo dejarían ir, entonces, Holmes y Bradshaw?

—Yo... Yo... —tartamudeó.

Pero ¿cuál era su delito? No lograba recordarlo.

—¿Sí? —lo animó sir William. (Pero se estaba haciendo tarde.)

Amor, árboles, no hay delito: ¿cuál era su mensaje?

No lograba recordarlo.

—Yo... Yo... —tartamudeó.

—Intente pensar lo menos posible en usted —dijo sir William amable. En realidad, no estaba bien para andar por ahí.

¿Deseaban preguntarle algo más? Sir William lo arreglaría todo (le susurró a Rezia) y le haría saber lo que fuese entre las cinco y las seis de aquella misma tarde.

—Déjelo todo en mis manos —dijo, y se despidió de ellos.

Nunca jamás había sentido Rezia semejante angustia en la vida. Había pedido ayuda y el doctor la había abandonado. Les había fallado. Sir William Bradshaw no era un hombre amable.

Solo el mantenimiento del automóvil debía de costarle un buen pico, dijo Septimus cuando salieron a la calle.

Ella se le colgó del brazo. Los había abandonado.

Pero ¿qué más podía ella querer?

A sus pacientes les concedía tres cuartos de hora; y si, en esta ciencia precisa que tiene que ver con algo sobre lo que, al fin y al cabo, no sabemos nada —el sistema nervioso, el cerebro humano—, un médico pierde su sentido de la proporción, fracasa como médico. Hemos de tener salud; y la salud es proporción; así que, cuando un hombre entra en la consulta y afirma ser Cristo (un delirio corriente), y tiene un mensaje, como tiene la mayoría, y amenaza, como suelen, con matarse, hay que invocar la proporción; prescribir que guarden cama; descanso en soledad; silencio y descanso; descanso sin amigos, sin libros, sin mensajes; un descanso de seis meses; hasta que un hombre que ingresó pesando cuarenta y siete kilos salga pesando setenta y seis.

Proporción, la divina proporción, la Diosa de sir William, que este adquiría recorriendo hospitales, pescando salmón, engendrando un hijo en Harley Street con lady Bradshaw, que pescaba salmón también y tomaba fotografías que apenas se distinguían del trabajo de los profesionales. Idolatrando la proporción, sir William no solo prosperaba él: hacía también prosperar a Inglaterra, encerraba a sus lunáticos, impedía los nacimientos, castigaba la desesperación, hacía imposible a los no aptos propagar su visión del mundo hasta que también ellos compartían su sentido de la proporción: el suyo si eran hombres, el de lady Bradshaw si eran mujeres (ella bordaba, tejía, pasaba cuatro veladas de siete en casa con su hijo), de manera que no solo sus colegas lo respetaban, sus subordinados lo temían, sino que también los amigos y familiares de sus pacientes sentían hacia él la mayor de las gratitudes por insistir en que estos proféticos Cristos y Cristetas, que profetizaban el final del mundo, o el advenimiento divino, tomasen un vaso de leche antes de acostarse, como les prescribía sir William; sir William, con sus treinta años de oficio atendiendo este tipo de casos y su infalible instinto: esto es sinrazón, esto es sentido; de hecho, su sentido de la proporción.

Pero la Proporción tiene una hermana, menos sonriente, más formidable, una Diosa incluso ahora ocupada —en el calor y las arenas de la India, el barro y los pantanos de África, los alrededores de Londres, doquiera, en suma, que el clima o el demonio tienten al hombre a abandonar la fe verdadera que es la suya—, incluso ahora ocupada en abatir templetes, hacer añicos ídolos y poner en su lugar su propio semblante circunspecto. Se llama Conversión y se ceba en la voluntad de los débiles, deseando impresionar, imponer, y adorando sus propios rasgos grabados en la cara de la multitud. En Hyde Park, en la esquina de las asambleas, se sube a un cubo y predica; se cubre con un velo blanco y cruza en penitencia, disfrazada de amor fraterno, las fábricas y los parlamentos; ofrece ayuda, pero desea poder; expulsa de su camino a golpes bruscos a quienes disienten, a los insatisfechos; dispensa su bendición a quienes, alzando la mirada, captan sumisamente de los ojos de ella la luz de los suyos. También esta señora (Rezia Warren Smith lo adivinó) tenía su morada en el corazón de sir William, aunque oculta, como suele estar, tras un disfraz plausible; un nombre venerable: amor, deber, sacrificio. Cómo trabajaba el doctor; cómo se afanaba por recaudar fondos, propagar reformas, inaugurar instituciones. Pero la Conversión, Diosa tiquismiquis, prefiere la sangre al ladrillo y se ceba muy sutilmente en la voluntad humana. Por ejemplo, lady Bradshaw. Hacía quince años, la había subyugado. No fue nada digno de mención; no había habido una escena, ni una chispa; solo el hundirse lento, anegado, de su voluntad en la de él. Afable su sonrisa, ágil su sumisión; la cena en Harley Street, con ocho o nueve platos, para diez o quince invitados de las clases liberales, fluía civilizada. Solo a medida que la velada avanzaba, una pesadez muy leve, o quizá cierta intranquilidad, un tic nervioso, un titubeo, un tartamudeo y cierta confusión indicaban, lo que resultaba muy doloroso de creer, que la pobre señora mentía. Una vez, hacía mucho, había pescado salmón en libertad; ahora, rápida atendiendo al capricho de dominio, de poder, que iluminaba los ojos de su marido con brillo oleoso, se contraía, se retraía, se reducía, se recortaba, se echaba atrás, se asomaba apenas; de manera que, sin saber con precisión lo que hacía la velada desagradable y causaba cierta presión en la coronilla (algo que podía muy bien achacarse a la conversación profesional, o al cansancio de un gran médico cuya vida, decía lady Bradshaw, «no es suya sino de sus pacientes»), era desagradable: así que los invitados, cuando el reloj daba las diez, aspiraban el aire de Harley Street hasta con frenesí; un alivio, sin embargo, que se negaba a los pacientes.

Allí, en la sala gris, con los cuadros en la pared y los muebles caros, bajo el cristal esmerilado del tragaluz, averiguaban el alcance de sus transgresiones; encogidos en butacas, lo observaban realizar, ante ellos, una curiosa tabla de ejercicios con los brazos, que levantaba rectos, devolvía raudos a la cadera, para probar (si el paciente era obstinado) que sir

William era dueño de sus acciones y el paciente, no. En ese punto había quien se derrumbaba; sollozaba, se sometía; otros, inspirados por sabe el Cielo qué locura desmedida, llamaban a sir William charlatán detestable a la cara; cuestionaban, incluso más impíamente, la propia vida. ¿Por qué vivir?, preguntaban. Sir William contestaba que la vida era buena. Desde luego, lady Bradshaw colgaba sobre la chimenea con sus plumas de avestruz y, en cuanto a sus ingresos, eran de unas doce mil libras al año. Pero para nosotros, protestaban ellos, la vida no ha reservado semejante botín. Él tenía que estar de acuerdo. Carecían del sentido de la proporción. Y quizás, al fin y al cabo, ¿Dios no existe? Se encogía de hombros. En resumen, esto de vivir o no vivir ¿va con nosotros? Pero ahí se equivocaban. Sir William tenía un amigo en Surrey, donde enseñaban, algo que sir William reconocía sinceramente que era un arte difícil: el sentido de la proporción. Estaban, además, el afecto familiar; el honor; el valor; y una carrera brillante. Todo esto tenía en sir William un firme defensor. Si le fallaba, contaba para que lo apoyasen con la policía y la buena sociedad que, señalaba muy quedamente, se cuidarían, allí en Surrey, de que estos impulsos incívicos, producidos más que nada por la falta de buena sangre, estuviesen bajo control. Y, entonces, salía a hurtadillas de su escondrijo y subía a su trono aquella Diosa cuyo deseo es hacer caso omiso de la oposición, estampar indeleblemente en los santuarios de otros su propia imagen. Desnudos, indefensos, los exhaustos, los solitarios sin amigos, recibían la impresión de la voluntad de sir William. Este se lanzaba en picado; devoraba. Callaba a la gente. Era esta combinación de decisión y humanidad la que granjeaba a sir William en tamaña medida la simpatía de los parientes de sus víctimas.

Pero Rezia Warren Smith gritaba, caminando por Harley Street, que no le gustaba aquel hombre.

Triturando y troceando, dividiendo y subdividiendo, los relojes de Harley Street royeron el día de junio, aconsejaron sumisión, defendieron la autoridad y señalaron a coro las ventajas superiores de un sentido de la proporción, hasta que el túmulo del tiempo se hubo reducido tanto que un reloj comercial, suspendido sobre una tienda en Oxford Street, anunció, genial y fraternalmente, como si fuese un placer para los señores Rigby y Lowndes[33] dar gratis aquella información, que era la una y media.

Al mirar desde abajo, parecía que cada letra de sus nombres representase una de las horas; de manera subconsciente se agradecía a Rigby y Lowndes que diesen la hora ratificada por Greenwich; y esta gratitud (así rumiaba Hugh Whitbread, demorándose frente al escaparate) tomaría, por supuesto, más tarde la forma de entrar en Rigby y Lowndes a comprar zapatos y calcetines. Eso rumiaba. Era su costumbre. No profundizaba mucho. Barría las superficies; las lenguas muertas, las vivas, la vida en Constantinopla, París, Roma; montar a caballo, cazar, jugar al tenis, eso había sido antes. Las malas lenguas aseguraban que ahora hacía guardia en el palacio de Buckingham, con medias de seda y calzones a la rodilla, aunque nadie sabía lo que vigilaba. No obstante, lo hacía con extrema eficiencia. Llevaba cincuenta y un años flotando en la crema de la sociedad inglesa. Había conocido a primeros ministros. Se entendía que sus afectos eran profundos. Y, si bien era cierto que no había participado en ninguno de los grandes movimientos de la época ni ocupado ningún cargo importante, tenía en su haber una o dos reformas modestas: una mejora de los refugios públicos era una; la protección de los búhos en Norfolk, la otra; las criadas tenían razones para estarle agradecidas; y su nombre al pie de las cartas al *Times,* pidiendo fondos, apelando al público a proteger, preservar, retirar basura, sofocar humos y erradicar la inmoralidad de los parques, era acreedor de respeto.

Tenía, además, un porte magnífico al detenerse un instante (cuando el sonido de la media se apagaba) a mirar crítico, magistral, zapatos y calcetines; impecable, sustancial, como si contemplase el mundo desde cierta eminencia, y vestido en consonancia; pero llevaba a cabo las obligaciones que la altura, la riqueza, la salud conllevaban, y observaba puntillosamente, aun cuando no fuese del todo imprescindible, las pequeñas cortesías, las ceremonias anticuadas que daban calidad a sus maneras, algo que imitar,

---

33 Puesto que se trata de una tienda inventada por la autora, quizá sea curioso señalar que ambos apellidos pertenecen a conocidas sufragistas: Edith Rigby (1872-1950), Marie Belloc Lowndes (1868-1947) y Mary Lowndes (1856-1929). [N. de la T.]

algo por lo que recordarlo, pues nunca almorzaría, por ejemplo, con lady Bruton, a quien conocía desde hacía veinte años, sin llevarle un ramito de claveles y preguntar a la señorita Brush, la secretaria de lady Bruton, por su hermano en Sudáfrica, lo que, por alguna razón, molestaba hasta tal punto a la señorita Brush, carente como estaba de todos los atributos del encanto femenino, que contestaba: «Le va muy bien en Sudáfrica, gracias», cuando llevaba más de un lustro sufriendo en Portsmouth.

Lady Bruton, por su parte, prefería a Richard Dalloway, que llegaba en ese preciso instante. De hecho, ambos se encontraron en la puerta.

Lady Bruton prefería a Richard Dalloway, por supuesto. Estaba hecho de un material mucho más fino. Pero no permitiría que atropellasen a su pobrecillo Hugh. Nunca olvidaría su amabilidad: había sido de verdad notablemente amable... había olvidado en qué circunstancia. Pero había sido... notablemente amable. En cualquier caso, la diferencia entre un hombre y otro no asciende a mucho. Nunca había visto el sentido de despedazar a nadie, como hacía Clarissa Dalloway: despedazar a la gente para luego pegar de nuevo los cachitos; no, desde luego, cuando una ya había cumplido los sesenta y dos. Tomó los claveles de Hugh con su adusta sonrisa angulosa. No venía nadie más, dijo. Los había atraído allí con falsos pretextos, para sacarla de un apuro...

—Pero mejor comemos primero —dijo.

Y así comenzó el vaivén silencioso y exquisito, a través de las puertas batientes, de criadas con delantal y cofia blanca, doncellas no de la necesidad, sino adeptas a un misterio o a un gran engaño de las anfitrionas de Mayfair de una y media a dos, cuando, con un ademán, el tráfico cesa y surge en su lugar esta profunda ilusión, en primer lugar, sobre la comida: que no está pagada; y, luego, de que la mesa se siembra voluntariamente de cristal y plata, mantelitos, platillos de fruta roja; películas de crema tostada enmascaran el rodaballo; nadan en cazuelas de barro cuartos de pollo; colorido, poco doméstico, arde el fuego; y, con el vino y el café (que no están pagados), se elevan jocundas visiones ante los ojos meditabundos; ojos suavemente contemplativos; ojos a los que la vida aparece musical, misteriosa; ojos ahora encendidos para observar afablemente la belleza de los claveles rojos que lady Bruton (cuyos movimientos siempre fueron angulosos) había dejado junto a su plato, de manera que Hugh Whitbread, sintiéndose en paz con todo el universo y a un tiempo totalmente seguro de su posición, dijo mientras dejaba el tenedor:

—¿No estarían maravillosos sobre el encaje de su vestido?

A la señorita Brush esta familiaridad la ofendía intensamente. Le parecía una falta de educación. Hizo reír a lady Bruton.

Lady Bruton levantó los claveles en el aire con cierta rigidez, sosteniéndolos más o menos en la misma postura en la que sostenía un pergamino el general del cuadro que tenía a la espalda; se quedó inmóvil, absorta. A ver, un momento, ¿qué era lady Bruton de aquel general? ¿La bisnieta? ¿La tataranieta?, se preguntó Richard Dalloway. Sir Roderick, sir Miles, sir Talbot... ¡eso! Era notable cómo, en aquella familia, las mujeres heredaban el parecido. También ella podría haber sido general de dragones. Y Richard habría servido, encantado, a su mando; la tenía en el mayor de los respetos; apreciaba las visiones románticas que se tenía de las adineradas ancianas de pedigrí, y le habría gustado... con ella; ¡como si una mujer como aquella pudiera descender de afables entusiastas del té! Richard conocía la tierra de la que ella provenía. Conocía a su gente. Había una parra aún fértil bajo la que se habían sentado Lovelace o Herrick (ella no había leído un verso en su vida, pero eso contaban). Mejor esperar para presentarles la cuestión que la preocupaba (sobre apelar al público; y, si lo hacía, en qué términos y esas cosas), mejor esperar a que hubiesen tomado el café, pensó lady Bruton; y volvió a dejar los claveles junto a su plato.

—¿Cómo está Clarissa? —preguntó de pronto.

Clarissa siempre decía que no le gustaba a lady Bruton. De hecho, lady Bruton tenía la reputación de estar más interesada en la política que en las personas; de hablar como un hombre; de haber estado metida en alguna intriga famosa de los ochenta que comenzaba ahora a mencionarse en memorias. Era cierto que había un camarín en su saloncito, y una mesa en ese camarín, y una fotografía, sobre esa mesa, del general sir Talbot Moore, ya fallecido, que había escrito allí (una noche en los ochenta), en presencia de lady Bruton, y con su conocimiento, quizás incluso su consejo, un telegrama que ordenaba a las tropas británicas avanzar hacia una ocasión histórica. (Lady Bruton conservó la pluma y se encargaba de contar la historia.) Así pues, cuando decía de aquella manera repentina: «¿Cómo está Clarissa?», los maridos tenían dificultades para persuadir a sus esposas y, de hecho, por devotos que fuesen, ellos mismos dudaban en secreto del interés de lady Bruton en las esposas que solían estorbar a sus maridos, les impedían aceptar puestos en el extranjero y pretendían que las llevasen a la costa, en medio de las sesiones del Parlamento, para recuperarse de una gripe. Aun así, su pregunta: «¿Cómo está Clarissa?» era reconocida por las mujeres, de manera inefable, como una señal de alguien benévolo, de una compañera casi muda, cuyas frases (media docena quizás en el curso de una vida) significaban el reconocimiento de cierta camaradería femenina que subyacía a los almuerzos masculinos y unía a lady Bruton y a la señora Dalloway, que apenas se veían y parecían, cuando de hecho lo hacían, indiferentes e incluso hostiles, en un vínculo especial.

—He visto a Clarissa esta mañana en el parque —dijo Hugh Whitbread, revolviendo en la cazuela, ansioso por concederse este honorcito, pues no tenía más que venir a Londres para encontrarse con todo el mundo; pero codicioso, uno de los hombres más codiciosos que ella conocía, pensó Milly Brush, que observaba a los hombres con impávida rectitud y era capaz de devoción eterna, hacia su propio sexo en particular, siendo como era huesuda, raspada, angulosa y por completo carente de encanto femenino.

—¿Saben quién está en la ciudad? —dijo lady Bruton recordándolo de pronto—. Nuestro viejo amigo Peter Walsh.

Todos sonrieron. ¡Peter Walsh! Y el señor Dalloway se alegraba de verdad, pensó Milly Brush; y el señor Whitbread solo pensaba en su pollo.

¡Peter Walsh! Los tres, lady Bruton, Hugh Whitbread y Richard Dalloway, recordaron lo mismo: lo apasionadamente enamorado que había estado Peter; que había sido rechazado; se había ido a la India; había fracasado; su vida había sido un desbarajuste; y también que Richard Dalloway le tenía mucho cariño a aquel tipo. Milly Brush lo vio; vio una profundidad en el marrón de sus ojos; lo vio dudar; considerar; algo que la interesaba, como la interesaba siempre el señor Dalloway, y ¿qué estaría pensando, se preguntó, de Peter Walsh?

Que Peter Walsh había estado enamorado de Clarissa; que él volvería con ella en cuanto terminase el almuerzo; que le diría, sin rodeos, que la quería. Sí, se lo diría.

En un tiempo pasado Milly Brush podría haberse casi enamorado de estos silencios; y el señor Dalloway era siempre tan cumplidor; y todo un caballero. Ahora que había cumplido los cuarenta, lady Bruton solo tenía que asentir, o volver la cabeza con un poco de ímpetu, y Milly Brush tomaba la señal, por profundamente que hubiese estado sumida en estas reflexiones de un espíritu independiente, de un alma incorrupta a la que la vida no puede embaucar, porque la vida no le había ofrecido un ardite del más mínimo valor; ni un mechón, ni una sonrisa, ni un labio, ni una mejilla, ni una nariz; nada en absoluto; lady Bruton solo tenía que asentir, y ella instaba a Perkins a traer el café.

—Sí, Peter Walsh ha vuelto —dijo lady Bruton.

Era vagamente halagador para todos ellos. Había vuelto, magullado, sin éxito, a su segura vera. Pero ayudarlo, reflexionaron, era imposible; había cierta falla en su carácter. Hugh Whitbread dijo que podría, por supuesto, mencionar su nombre a Fulano y Mengano. Se arrugó lúgubremente, en consecuencia, ante el pensamiento de las cartas que habría de escribir a los jefes de las oficinas gubernamentales sobre «mi viejo amigo, Peter Walsh». Pero eso no llevaría a nada... a nada permanente, por razón de su carácter.

—Un asunto de mujeres —dijo lady Bruton. Todos habían adivinado que eso era lo que estaba en el fondo de aquello—. Sea como fuere —dijo lady Bruton, ansiosa por abandonar el tema—, será el propio Peter quien nos contará toda la historia.

(El café estaba tardando mucho en llegar.)

—¿Su dirección? —murmuró Hugh Whitbread; y hubo de inmediato una onda en la marea gris del servicio que fluía en torno a lady Bruton un día sí y otro también, recogiendo, interceptando, envolviéndola en un fino tejido que evitaba conmociones, mitigaba interrupciones y extendía en torno a la casa en Brook Street una fina red en la que las cosas se enredaban y de donde las escogía con precisión, al instante, el canoso Perkins, que llevaba con lady Bruton treinta años y ahora escribió la dirección, se la dio al señor Whitbread, que sacó su agenda, levantó las cejas y, deslizándola entre documentos de la mayor importancia, dijo que le diría a Evelyn que lo invitase a almorzar.

(Esperaban para traer el café a que el señor Whitbread hubiese terminado.)

Hugh era muy lento, pensó lady Bruton. Estaba engordando, notó. Richard sabía mantenerse siempre como una rosa. La estaban haciendo perder la paciencia; todo su ser se centraba sin duda, innegable, tiránicamente, dejando a un lado todas estas fruslerías (Peter Walsh y sus asuntos), en aquel tema que comprometía su atención, y no solo su atención, sino también esa fibra que era la baqueta de su alma, esa parte esencial de ella sin la que Millicent Bruton no habría sido Millicent Bruton; ese proyecto de emigrar a jóvenes de ambos sexos de padres respetables y establecerlos con la justa perspectiva de que prosperasen en Canadá.[34] Exageraba. Había perdido, tal vez, su sentido de la proporción. La emigración no era para otros el remedio obvio, la concepción sublime. No era para ellos (no para Hugh ni para Richard ni siquiera para la devota señorita Brush) la liberadora del egotismo reprimido que una fuerte mujer marcial, bien nutrida, de buena herencia, de impulsos directos, sentimientos categóricos y poca capacidad introspectiva (llana y sencilla; ¿por qué no podía todo el mundo ser llano y sencillo?, se preguntó) siente alzarse en ella, una vez pasada la juventud, y debe expulsar sobre algún objeto, sea la Emigración, sea la Emancipación; pero sea lo que sea, este objeto en torno al que se secreta a diario la esencia de su alma se vuelve inevitablemente prismático, lustroso, medio espejo, medio piedra preciosa; ahora oculto con cuidado en caso

34 En una época en que la antropología física gozaba de bastante consideración entre los criminólogos, se planteaba la eugenesia como solución para los problemas sociales y políticos de las colonias, entre las que se encontraba Canadá, donde la población era eminentemente masculina, de color y de clase obrera. Esta postura fue defendida, de hecho, por el psiquiatra canadiense Charles Clarke en una conferencia de mayo de 1923, y refrendada por el *Times* en sus páginas unos días después. Es relevante que, mientras que a Septimus hay que tratarlo para que recupere su sentido de la proporción, a lady Bruton se la anima y apoya en sus opiniones pese a la sospecha de no tener el suyo intacto. [N. de la T.]

de que la gente fuese a despreciarlo; ahora exhibido con orgullo. En resumen, la Emigración se había convertido, en gran medida, en lady Bruton.

Pero tenía que escribir. Y una carta al *Times,* solía decirle a la señorita Brush, le costaba más que organizar una expedición a Sudáfrica (algo que había hecho durante la guerra). Tras batallar una mañana comenzando, desechando, comenzando de nuevo, solía sentir la futilidad de su propia feminidad como en ninguna otra ocasión, y se volvía con gratitud al concepto de Hugh Whitbread, que poseía —nadie podía dudarlo— el talento para escribir cartas al *Times.*

Un ser constituido de manera tan distinta a ella, con tal dominio de la lengua; capaz de poner las cosas como les gustaba a los editores; tenía pasiones que una no podía calificar de simple codicia. Lady Bruton a menudo dispensaba de su juicio a los hombres por deferencia al misterioso acuerdo por el que ellos, pero no las mujeres, cumplían las leyes del universo; sabían cómo poner las cosas; sabían lo que había que decir; así que, si Richard la aconsejaba, y Hugh escribía por ella, estaba segura de estar más o menos acertada. Así que dejó que Hugh comiera su *soufflé;* preguntó por la pobre Evelyn; esperó a que estuviesen fumando y, entonces, dijo:

—Milly, ¿traes, por favor, los papeles?

Y la señorita Brush salió, volvió; dejó los papeles sobre la mesa; y Hugh sacó su estilográfica; su estilográfica de plata, que llevaba veinte años a su servicio, dijo desenroscando el capuchón. Aún estaba en perfecto estado; se la había mostrado a los fabricantes: no había razón alguna, le dijeron, por la que debiera estropearse nunca; lo que era, en cierto sentido, mérito de Hugh, y mérito de los sentimientos que su pluma expresó (así lo sintió Richard Dalloway) al comenzar Hugh a escribir con cuidado en el margen letras mayúsculas rodeadas de volutas y, a continuación, reducir a las mil maravillas aquel batiburrillo de lady Bruton a algo con sentido, con gramática como la que respetaría el editor del *Times,* tuvo la sensación lady Bruton al observar la maravillosa transformación. Hugh era lento. Hugh era pertinaz. Richard dijo que había que correr riesgos. Hugh propuso modificaciones por respeto a los sentimientos de la gente que, dijo bastante áspero cuando Richard se rio, «no se podían dejar de lado», y leyó: «cómo, por tanto, somos de la opinión de que los tiempos están maduros [...] la juventud superflua de nuestra población cada vez mayor [...] que debemos a los caídos...», a lo que Richard pensó que eran bobadas de relleno, pero que no harían daño, por supuesto, y Hugh siguió redactando sentimientos en EL orden alfabético de la MÁS ALTA nobleza, sacudiéndose las cenizas del cigarro del chaleco y resumiendo de vez en cuando el progreso que habían hecho hasta que, por fin, leyó el borrador de una carta que lady Bruton sintió con seguridad que era una obra de arte. ¿Era posible que sonase así su intención?

Hugh no podía garantizar que el editor la publicase; pero se reuniría con alguien para almorzar.

A lo que lady Bruton, que no solía tener detalles con gracia, se encajó todos los claveles de Hugh en la pechera del vestido y, agitando las manos, lo llamó «¡Mi primer ministro!». Lo que habría hecho sin ellos dos no lo sabía. Se levantaron. Y Richard Dalloway se desvió, como de costumbre, para echar un vistazo al retrato del general porque tenía intención, en cuanto tuviese un momento de asueto, de escribir la historia de la familia de lady Bruton.

Y Millicent Bruton estaba muy orgullosa de su familia. Pero podían esperar, podían esperar, dijo mirando el cuadro; queriendo decir que su familia, de militares, administradores, almirantes, habían sido hombres de acción, que habían cumplido su deber; y el primer deber de Richard era hacia su país, pero era una cara elegante, dijo; y todos los documentos estarían a disposición de Richard en Aldmixton cuando llegase el momento; el Gobierno laborista, quería decir.

—Ah, ¡las noticias que llegan de la India![35] —gritó.

Y luego, cuando estaban en el recibidor recogiendo guantes amarillos del cuenco sobre la mesa de malaquita y Hugh ofrecía a la señorita Brush con cortesía bastante innecesaria un billete descartado o alguna otra menudencia, que ella detestó desde lo más profundo de su corazón y la sonrojó del color de los ladrillos, Richard se volvió a lady Bruton con el sombrero en la mano y dijo:

---

35 Se refiere al movimiento de desobediencia civil impulsado por Mahatma Gandhi. [N. de la T.]

—¿Vendrá a nuestra fiesta esta noche? —A lo que lady Bruton volvió a asumir la magnificencia que escribir la carta le había arrebatado.

Tal vez iría; o tal vez no. Clarissa tenía una energía maravillosa. Las fiestas aterrorizaban a lady Bruton. Pero es que se estaba haciendo vieja. Eso intimó en el umbral de su casa; bien plantada; muy erguida; mientras su chow-chow se estiraba tras ella, y la señorita Brush desaparecía al fondo con las manos llenas de papeles.

Y lady Bruton subió pesada, majestuosamente, a su cuarto, se tumbó, con un brazo extendido, en el sofá. Suspiró, roncó, no es que estuviese dormida, solo adormilada y pesada, adormilada y pesada, como un campo de trébol al sol en este caluroso día de junio, con las abejas rondando y las mariposas amarillas. Siempre volvía a aquellos campos de Devonshire, donde había saltado arroyos a lomos de Patty, su caballito, con Mortimer y Tom, sus hermanos. Y allí estaban los perros; allí estaban las ratas; allí estaban su padre y su madre sobre el césped bajo los árboles, con el té servido fuera, y los lechos de dalias, los malvaviscos, los carrizos de la Pampa; y ellos, granujillas, ¡siempre tramando algo!, volviendo a hurtadillas entre los arbustos para que no los viesen, zarrapastrosos de alguna travesura. ¡Las cosas que decía la niñera de sus vestidos!

Ay, madre mía, recordaba... era miércoles en Brook Street. Aquellos hombres buenos, Richard Dalloway, Hugh Whitbread, habían salido en este caluroso día a recorrer las calles cuyo gruñido subía hasta ella tumbada en el sofá. Tenía el poder, la posición, los ingresos. Había vivido a la vanguardia de su tiempo. Había tenido buenos amigos; conocido a los hombres más capaces de su época. El murmullo de Londres flotaba elevándose hasta ella, y su mano, posada sobre el respaldo del sofá, se encrespaba sobre un bastón de mando imaginario como el que podrían haber sostenido sus abuelos, y sosteniéndolo parecía, adormilada y pesada, estar dirigiendo batallones que marchaban hacia Canadá, y aquellos hombres buenos cruzaban Londres, ese territorio que les pertenecía, ese trocito de alfombra, Mayfair.

Y se alejaban más y más de ella, como atados, sin embargo, por un delgado hilo (puesto que habían almorzado con ella) que se estiraría y se estiraría, haciéndose más y más sutil a medida que cruzaban Londres; como si los amigos de una estuviesen atados al propio cuerpo tras almorzar con ellos, por un fino hilo que (mientas ella daba una cabezadita allí) se hacía confuso con el sonido de las campanas que daban la hora o llamaban a misa, como un solo hilo de araña se emborrona de gotas de lluvia y, cargado, se comba. Así se durmió.

Y Richard Dalloway y Hugh Whitbread titubearon en la esquina de Conduit Street en el preciso instante en el que Millicent Bruton, tumbada en el sofá, dejaba romperse el hilo: roncaba. Vientos encontrados los zarandearon en la esquina. Miraron el escaparate de una tienda; no deseaban ni comprar ni hablar, sino despedirse, solo que con los vientos encontrados zarandeándolos en la esquina, con una especie de lapso en las mareas del cuerpo, dos fuerzas que se encuentran en un torbellino, la mañana y la tarde, se detuvieron. Un cartel de periódico se levantó en el aire, galante, como una cometa al principio, luego se detuvo, cayó, aleteó; y colgó el velo de una señora. Toldos amarillos temblaron. La velocidad del tráfico de la mañana aflojó, y carros aislados traquetearon sin cuidado por calles medio vacías. En Norfolk, lugar en el que pensaba a medias Richard Dalloway, un viento cálido y suave azotó los pétalos; confundió las aguas; rizó la hierba en flor. Los segadores, que se habían tirado bajo los setos para dormir el esfuerzo de la mañana, descorrieron cortinas de briznas verdes; apartaron globos temblones de perifollo para ver el cielo; el cielo de verano azul, firme, centelleante.

Aun consciente de estar mirando una jícara de plata con dos asas de la época de Jacobo I y de que Hugh Whitbread admiraba condescendiente, con aires de entendido, un collar español cuyo precio pensó en preguntar pues podía gustar a Evelyn... Richard seguía letárgico; no podía pensar ni moverse. La vida había creado este naufragio: los escaparates llenos de abigarrado estrás, y uno lo observaba rígido con el letargo de la vejez, tieso con el rigor de la vejez. Evelyn Whitbread podría querer comprar este collar español, sí que podría. No pudo evitar bostezar. Hugh iba a entrar en la tienda.

—¡Desde luego que sí! —dijo Richard siguiéndolo.

El Cielo sabe que no era su intención ir a comprar collares con Hugh. Pero hay mareas en el cuerpo. La mañana encuentra a la tarde. Sostenidos como una frágil chalupa en crecidas profundas profundas, el bisabuelo de lady Bruton y su recuerdo y sus campañas en Norteamérica se anegaron y se hundieron. Y Millicent Bruton con ellos. Se fue a pique. A Richard no le importaba un bledo lo que resultase de la Emigración; la carta, si el editor la publicaba o no. El collar colgaba extendido entre los admirables dedos de Hugh. Que se lo regale a una muchacha si ha de comprar joyas, a cualquiera, a cualquier muchacha que encuentre por la calle. Pues la futilidad de esta vida fulminó a Richard de manera contundente: comprar collares para Evelyn. Si hubiese tenido un hijo, le habría dicho: Trabaja, trabaja. Pero tenía a su Elizabeth; adoraba a su Elizabeth.

—Quisiera ver al señor Dubonnet —dijo Hugh a su manera seca y prosaica.

Parecía que el tal Dubonnet tenía las medidas del cuello de la señora Whitbread o, más raro aún, conocía su opinión sobre la joyería española y la amplitud de sus posesiones en la materia (que Hugh no era capaz de recordar). Todo lo cual pareció a Richard Dalloway terriblemente extraño. Pues él nunca hacía regalos a Clarissa, excepto una pulsera hacía dos o tres años, que no había tenido gran éxito. Nunca se la ponía. Le dolió recordar que ella nunca se la ponía. Y como un único hilo de araña tras oscilar aquí y allá se pega a la punta de una hoja, la mente de Richard, recobrándose de su letargo, se posó ahora sobre su esposa, Clarissa, a la que Peter Walsh había amado tan apasionadamente; y Richard había tenido una visión repentina de ella durante el almuerzo; de Clarissa y de él; de su vida juntos; y atrajo hacia sí la bandeja de antiguas joyas y, tomando primero este broche, luego aquel anillo, «¿Cuánto cuesta?», preguntó, pero dudó de su gusto. Quería abrir la puerta del saloncito y entrar con algo en las manos; un regalo para Clarissa. Pero ¿qué? Y Hugh volvía a ser él mismo. Indeciblemente pomposo. En serio, después de llevar comprando aquí treinta y cinco años, no iba a dejarse disuadir por un simple muchacho que no conocía su ramo. Pues Dubonnet, parecía, había salido, y Hugh no iba a comprar nada hasta que el señor Dubonnet tuviese a bien

volver; ante lo cual el joven se sonrojó e inclinó la cabeza correcto. Fue todo perfectamente correcto. Y, aun así, Richard no lo habría afirmado ni para salvar su vida. No podía concebir por qué esta gente aguantaba aquella condenada insolencia. Hugh se estaba convirtiendo en un mentecato insufrible. Richard Dalloway no podía soportar más de una hora su compañía. Y, tocándose el bombín a modo de despedida, giró en la esquina de Conduit Street ansioso, sí, muy ansioso, por recorrer aquel hilo de araña que lo unía a Clarissa; iría directo a verla, a Westminster.

Pero quería entrar con algo en las manos. ¿Flores? Eso era, flores, puesto que no confiaba en su gusto para el oro; unas flores, rosas, orquídeas, para celebrar lo que era, reconociendo las cosas como debía, un acontecimiento; este sentimiento por ella cuando hablaron de Peter Walsh durante el almuerzo; y nunca hablaban de ello; no habían hablado de ello en años; lo cual, pensó, juntando sus rosas rojas y blancas (un gran ramo en papel de seda), es el mayor error del mundo. Llega el momento en que no se puede decir; uno es demasiado tímido para decirlo, pensó, mientras metía en el bolsillo el cambio de un par de moneditas y se marchaba con su gran ramo apretado contra el cuerpo hacia Westminster, para decirle directamente y sin rodeos (qué pensaría ella de él), tendiéndole las flores: «Te quiero». ¿Por qué no? En realidad era un milagro, si se pensaba en la guerra, y en miles de pobres muchachos con toda la vida por delante amontonados en fosas, ya medio olvidados; era un milagro. Aquí estaba él cruzando Londres para decirle a Clarissa, sin rodeos, que la quería. Algo que nunca digo, pensó. En parte por pereza; en parte por timidez. Y Clarissa... era difícil pensar en ella; excepto en destellos, como durante el almuerzo, cuando la vio con bastante claridad; y toda su vida juntos. Se detuvo para cruzar; y se repitió —pues era sencillo por naturaleza y nada libertino, ya que había paseado mucho por el campo, y cazado; pues era pertinaz y terco: había defendido a los oprimidos y seguido sus instintos en la Cámara de los Comunes; pues había conservado su sencillez y, sin embargo, a un tiempo, había ido enmudeciendo, envarándose—, se repitió que era un milagro haberse casado con Clarissa; un milagro: su vida había sido un milagro, pensó; titubeando antes de cruzar. Pero le hacía hervir la sangre, de hecho, ver a criaturitas de cinco o seis años cruzando Piccadilly solas.[36] La policía tendría que haber parado el tráfico de inmediato. No se hacía ilusiones sobre la policía de Londres. De hecho, estaba recogiendo pruebas de sus negligencias; y esos vendedores ambulantes a los que no permitían instalar sus carretillas en la calle; y las prostitutas, Señor bendito, la culpa no era de ellas, ni de los jóvenes, sino de nuestro detestable sistema social, etcétera; todo lo cual consideró, se lo veía considerarlo, gris, terco, pulcro, limpio, mientras cruzaba el parque para decirle a su mujer que la quería.

Pues se lo diría sin rodeos al entrar en la habitación. Porque era una auténtica pena nunca decir lo que uno siente, pensó, cruzando Green Park y observando con placer cómo se habían tumbado, a la sombra de los árboles, familias enteras, familias pobres; niños pataleando al aire; bebiendo leche; bolsas de papel tiradas, que podría recoger fácilmente (si alguien se quejaba) uno de aquellos caballeros gordos de librea; pues él era de la opinión de que todo parque, y toda plaza, durante los meses de verano debían estar abiertos a los niños (la hierba del parque resplandecía y se apagaba, iluminando a las madres pobres de Westminster y a sus nenes que gateaban, como si una lámpara amarilla se moviese por debajo de ellos). Pero ¿qué podía hacerse por las vagabundas como aquella pobre criatura, echada sobre el codo (como si se hubiese tirado al suelo, libre de toda atadura, para observar curiosamente, especular osadamente, considerar los porqués y los por tantos, impúdica, chisposa, divertida)?; no lo sabía. Blandiendo sus flores como un arma, Richard Dalloway se acercó a ella; resuelto, la pasó; aún hubo tiempo para una chispa entre ellos: ella se rio al verlo, él sonrió bonachón, considerando el problema de las vagabundas; no es que fuesen a hablar jamás. Pero le diría a Clarissa que la quería, sin rodeos. Hacía mucho tiempo, había estado celoso de Peter Walsh; celoso de él y de Clarissa. Pero ella le había dicho a menudo que había hecho bien en

36 Mientras redactaba esta parte de la novela, la sobrina de Woolf, Angelica Bell, que debía de tener aproximadamente esa edad, fue atropellada en Londres y se creyó que podía morir. Esta era una de las razones por las que Woolf odiaba que el tráfico de Londres no respetase a los peatones y, seguramente, explica la actitud de Dalloway en este fragmento. [N. de la T.]

no casarse con Peter Walsh; lo que, conociendo a Clarissa, era obviamente cierto; ella necesitaba apoyo. No es que fuese débil; pero necesitaba apoyo.

En cuanto al palacio de Buckingham (como una vieja prima donna vestida de blanco frente a su público), no se le puede negar cierta dignidad, consideró, ni despreciar lo que, al fin y al cabo, representa para millones de personas (un pequeño gentío esperaba a la puerta para ver el coche del rey salir) un símbolo, por absurdo que sea; un niño con una caja de bloques lo habría hecho mejor, pensó; mirando el monumento a la reina Victoria (a la que podía recordar con sus anteojos de carey atravesando en coche Kensington), su montículo blanco, su maternidad sublime; pero a él le gustaba que lo gobernase una descendiente de Horsa; le gustaba la continuidad; y la sensación de transmitir las tradiciones del pasado. Era una gran época la que le había tocado vivir. De hecho, su propia vida era un milagro; no podía engañarse al respecto; ahí estaba, en la flor de la vida, caminando hacia su casa en Westminster para decirle a Clarissa que la quería. La felicidad es esto, pensó.

Es esto, dijo al entrar en Dean's Yard.[37] El Big Ben comenzaba a sonar, primero el carrillón, musical; luego la hora, irrevocable. Salir a almorzar hace perder toda la tarde, pensó, mientras se aproximaba a la puerta.

El sonido del Big Ben inundó el saloncito de Clarissa, donde se había sentado, un tanto enfadada, ante su secreter; preocupada; enfadada. Era muy cierto que no había invitado a Ellie Henderson a su fiesta; pero lo había hecho a propósito. Ahora la señora Marsham escribía: «Le había dicho a Ellie Henderson que le preguntaría a Clarissa: Ellie estaba deseando ir».

Pero ¿por qué tenía que invitar a todas las sinsorgas de Londres a sus fiestas? ¿Por qué tenía que interferir la señora Marsham? Y Elizabeth todo el tiempo encerrada como en un armario con Doris Kilman. No podía concebir cosa más nauseabunda. Oraciones a estas horas con aquella mujer. Y el sonido de la campana inundó la habitación con su melancólica ola; que retrocedió y cobró fuerzas para romper de nuevo, cuando oyó, distraída,

37 Zona residencial de Westminster, junto a la Abadía. [N. de la T.]

algo que forcejeaba, algo que arañaba la puerta. ¿Quién a estas horas? Las tres, ¡madre mía! Las tres ya. Pues, con penetrante franqueza y dignidad, el reloj dio las tres; y ella no oyó nada más; pero el picaporte se deslizó ¡y entró Richard! ¡Qué sorpresa! Entró Richard, tendiéndole unas flores. Sintió que le había fallado, una vez en Constantinopla; y lady Bruton, cuyos almuerzos tenían fama de ser extraordinariamente divertidos, no la había invitado. Richard le tendía unas flores: rosas, rosas rojas y blancas. (Pero no se decidió a decirle que la quería; no con palabras.)

Pero qué bonitas, dijo Clarissa, aceptando las flores. Lo entendió; lo entendió sin necesidad de que él hablase; su Clarissa. Las puso en jarrones en la repisa de la chimenea. ¡Qué bonitas eran!, dijo. Y ¿te has divertido?, preguntó. ¿Había preguntado lady Bruton por ella? Peter Walsh había vuelto. La señora Marsham había escrito. ¿Debía invitar a Ellie Henderson? Esa mujer, Kilman, estaba arriba.

—Pero siéntate conmigo cinco minutos —dijo Richard.

Todo parecía tan vacío... Todas las sillas estaban contra la pared. ¿Qué habían estado haciendo? Ah, era por la fiesta; no, no había olvidado la fiesta. Peter Walsh había vuelto. Ah, sí; había ido a verla. Y se iba a divorciar; y estaba enamorado de una mujer de allí. Y no había cambiado ni un ápice. Y ella estaba, bueno, arreglándose el vestido...

—Pensando en Bourton —dijo.

—Hugh estaba en el almuerzo —dijo Richard.

¡También ella lo había visto! En fin, se estaba haciendo absolutamente intolerable. Comprando collares para Evelyn; más gordo que nunca; un mentecato insufrible.

—Y se me ocurrió de pronto: «Podría haberme casado contigo» —dijo Clarissa, pensando en Peter sentado allí, con su corbatín; con aquella navaja, abriéndola, cerrándola—. Está igual que siempre, ya sabes.

Habían hablado de él durante el almuerzo, dijo Richard. (Pero no podía decirle que la quería. La tomó de la mano. La felicidad es esto, pensó.) Habían estado escribiendo una carta al *Times* para Millicent Bruton. Eso era para lo único que servía Hugh.

—¿Y nuestra querida señorita Kilman? —preguntó.

Clarissa encontraba las rosas bonitas de verdad; primero todas juntas; ahora separándose como por voluntad propia.

—Kilman llega justo cuando hemos terminado de almorzar —dijo Clarissa—. Elizabeth se sonroja. Se encierran juntas. Supongo que están rezando.

¡Dios bendito! No es que a él le gustase; pero estas cosas se pasan si no les prestas atención.

—Con impermeable y paraguas —dijo Clarissa.

No le había dicho «Te quiero»; pero la tenía tomada de la mano. La felicidad es esto, es esto, pensó.

—Pero ¿por qué tendría yo que invitar a todas las sinsorgas de Londres a mis fiestas? —dijo Clarissa.

Y, cuando la señora Marsham daba una fiesta, ¿acaso se atrevía ella a invitar a nadie?

—Pobre Ellie Henderson —dijo Richard.

Era muy extraño lo mucho que significaban para Clarissa sus fiestas, pensó.

Pero Richard no tenía ni idea del aspecto que debía tener una habitación. Sin embargo… ¿qué era lo que iba a decir?

Si se iba a preocupar por estas fiestas, no la dejaría darlas. ¿Se arrepentía de no haberse casado con Peter? Pero tenía que marcharse.

Tenía que marcharse, dijo Richard poniéndose en pie. Pero se quedó allí un momento como si estuviese a punto de decir algo; y Clarissa pensó ¿qué? ¿Por qué? Había traído rosas.

—¿Algún comité? —preguntó, mientras él abría la puerta.

—Los armenios —contestó él; o quizá dijo «los albanos».[38]

Y hay cierta dignidad en la gente; cierta soledad; incluso entre marido y mujer, un golfo; y eso había que respetarlo, pensó Clarissa, mirando como

---

38 Debían de ser los armenios, como consecuencia del calificado como primer genocidio del siglo XX. Woolf hace aquí que Clarissa Dalloway se confunda como reflejo de su propia incapacidad para imaginar el genocidio. El 12 de mayo de 1919, tras leer que, durante la Primera Guerra Mundial, los turcos habían masacrado a aproximadamente 1,5 millones de armenios, confesaba a su diario: «Me dieron risa las cantidades de armenios. ¿Cómo puede importarme si han sido 4000 o 4 000 000? El hecho me supera». [N. de la T.]

Richard abría la puerta; pues una no podía renunciar a ello o tomarlo de su esposo, contra la voluntad de él, sin perder la independencia, el amor propio... algo, al fin y al cabo, inestimable.

Richard volvió con una almohada y una colcha.

—Una hora de reposo absoluto después del almuerzo —dijo. Y se marchó.

¡Qué propio de él! Seguiría diciendo «Una hora de reposo absoluto después del almuerzo» hasta el final de los tiempos, porque un médico lo había prescrito una vez. Era muy propio de él tomar lo que decían los médicos al pie de la letra; parte de su adorable, divina sencillez, que nadie tenía hasta aquel punto; lo que lo hacía irse y hacer lo que fuese mientras Peter y ella derrochaban su tiempo regañando. Estaba ya a medio camino de la Cámara de los Comunes, de sus armenios, sus albanos, habiéndola dejado instalada en el canapé, mirando las rosas que le había llevado. Y la gente diría: «Clarissa Dalloway está consentida». A ella le importaban mucho más sus rosas que los armenios. Expulsados de la existencia, lisiados, congelados, víctimas de la crueldad y la injusticia (se lo había oído decir a Richard una y otra vez)... No, no podía sentir nada por los albanos, ¿o eran los armenios?, pero adoraba sus rosas (¿no ayudaba eso a los armenios?)... las únicas flores que podía soportar que cortasen. Pero Richard estaba ya en la Cámara de los Comunes; con su comité, tras resolver todos los problemas de ella. Pero no; ay, no, eso no era cierto. Richard no veía las razones para no invitar a Ellie Henderson. Lo haría, por supuesto, como él quería. Puesto que le había traído la almohada, se acostaría... Pero... Pero... ¿Por qué se sentía de repente, por alguna razón que escapaba a su descubrimiento, desesperadamente infeliz? Como una persona que ha dejado caer una perla o un diamante en la hierba y separa las altas briznas con mucho cuidado, a este lado y a aquel, y busca aquí y allá en vano, y al final lo divisa allí entre las raíces, así fue repasando una cosa tras otra: no, no era Sally Seton diciendo que Richard no estaría nunca en el Gabinete porque tenía un cerebro de segunda (recordó); no, no le importaba aquello; tampoco tenía que ver con Elizabeth y Doris Kilman; aquello eran hechos. Era una sensación, una sensación desagradable, más temprano en el día tal vez; algo que Peter había dicho, combinado con un desánimo propio, en el dormitorio, al quitarse el sombrero; y lo que

Richard había dicho se había añadido a ello, pero ¿qué había dicho? Había traído rosas. ¡Sus fiestas! ¡Eso era! ¡Sus fiestas! Los dos la habían criticado muy injustamente, se habían reído de ella muy inmerecidamente, por sus fiestas. ¡Eso era! ¡Eso era!

Bien, ¿cómo iba a defenderse? Ahora que sabía lo que era, se sintió perfectamente feliz. Pensaban, o Peter en cualquier caso pensaba, que a ella le divertía imponerse; que le gustaba tener a gente famosa a su alrededor; grandes nombres; que no era más que una *snob*. Bien, puede que Peter lo pensase. Richard simplemente pensaba que era insensato que disfrutase de los nervios cuando sabía que eran perniciosos para su corazón. Era infantil, pensaba él. Y ambos se equivocaban de lleno. Lo que a ella le gustaba no era más que la vida.

—Por eso es por lo que lo hago —le dijo, en voz alta, a la vida.

Puesto que estaba echada en el canapé, enclaustrada, exonerada, la presencia de esto que sentía que era tan obvio adquirió existencia física: con ropajes de sonido de la calle, soleada, con el aliento cálido que susurraba e hinchaba las persianas. Pero supongamos que Peter le decía: «Sí, sí, pero tus fiestas... ¿qué sentido tienen tus fiestas?», todo lo que ella podría decir era (y no podía esperar que nadie lo entendiese): Son una ofrenda; lo que sonaba horriblemente vago. Pero ¿quién era Peter para sugerir que la vida era todo coser y cantar? Peter, siempre enamorado, siempre enamorado de la mujer inadecuada. ¿Qué es tu amor?, podría preguntarle ella. Y sabía lo que él le respondería: que es lo más importante del mundo y que ninguna mujer sería capaz de entenderlo. Muy bien. Pero ¿acaso podía algún hombre entender lo que ella quería decir?, ¿sobre la vida? No podía imaginar a Peter o a Richard tomándose la molestia de dar una fiesta por ninguna razón.

Pero, para profundizar, por debajo de lo que decía la gente (y estos juicios, ¡qué superficiales, qué fragmentarios son!), en su propia mente ahora, ¿qué significaba para ella esta cosa llamada vida? ¡Ah!, era muy raro. Estaba Fulano aquí en South Kensington; otro allí, en Bayswater; y alguien más, digamos, en Mayfair. Y ella sentía de continuo la existencia de aquellas personas; y sentía que era un desperdicio; y sentía que era una pena; y sentía que ojalá alguien los reuniese; así que lo hacía. Y era una ofrenda; combinar, crear; pero ¿para quién era?

Una ofrenda por mor de la ofrenda, tal vez. En cualquier caso, era su don. No tenía nada más de la más mínima importancia; no sabía pensar, escribir, ni siquiera tocar el piano. Confundía a los armenios con los turcos; adoraba el éxito; odiaba la incomodidad; tenía que gustar; decía toneladas de disparates: y, hasta la fecha, si le preguntaban lo que era el Ecuador, no sabía qué contestar.

En cualquier caso, que un día siguiese al otro: miércoles, jueves, viernes, sábado; que una se despertase por la mañana; viese el cielo; pasease por el parque; se encontrase con Hugh Whitbread; luego, de pronto, llegase Peter; luego estas rosas; era suficiente. Tras eso, ¡qué increíble era la muerte!, que hubiese un final; y nadie en todo el mundo sabría lo mucho que ella lo había amado todo; cuánto, cada instante...

Se abrió la puerta. Elizabeth sabía que su madre estaba descansando. Entró muy despacito. Se quedó completamente inmóvil. ¿Era que algún mogol había naufragado en la costa de Norfolk (como decía la señora Hilbery),[39] se había mezclado con las damas Dalloway, hacía cien años tal vez? Pues las Dalloway, en general, eran rubias; tenían los ojos azules; Elizabeth, en cambio, era morena; tenía ojitos chinos en una cara pálida; cierto misterio oriental; era amable, considerada, tranquila. De niña había tenido un sentido del humor perfecto; pero ahora, a los diecisiete, Clarissa era incapaz de comprender por qué, se había vuelto muy seria; como un jacinto envainado en verde brillante, con pimpollos de leve tono, un jacinto al que no le había dado el sol.

Se quedó bastante inmóvil y miró a su madre; pero la puerta estaba entornada y, fuera, estaba la señorita Kilman, como Clarissa sabía; la señorita Kilman con su impermeable, escuchando lo que decían.

Sí, la señorita Kilman estaba en el descansillo, y llevaba un impermeable; pero tenía sus razones. La primera: era barato; la segunda: había cumplido ya los cuarenta; y no se vestía, al fin y al cabo, para gustar. Era pobre,

---

39 Uno de los personajes principales de *Noche y día*, la segunda novela de Virginia Woolf. [N. de la T.]

además; humillantemente pobre. De lo contrario no aceptaría trabajos de gente como los Dalloway; de gente rica, a la que le gustaba ser amable. El señor Dalloway, para hacerle justicia, había sido amable. Pero la señora Dalloway, no. Se había limitado a condescender. Procedía de la más inútil de las clases: los ricos con un barniz de cultura. Tenían cosas caras por todas partes: cuadros, alfombras, montones de criados. Consideraba que tenía todo el derecho del mundo a cualquier cosa que los Dalloway hiciesen por ella.

La habían timado. Sí, el verbo no era una exageración, pues seguramente una muchacha tiene derecho a algún tipo de felicidad, ¿no? Y ella nunca había sido feliz, siendo tan torpe y tan pobre. Y luego, justo cuando podría haber tenido una oportunidad en el colegio de la señorita Dolby, había estallado la guerra; y ella nunca había sabido decir mentiras. La señorita Dolby pensaba que sería más feliz con gente que compartía sus puntos de vista sobre los alemanes. Se había tenido que ir. Era cierto que la familia era de origen alemán; escribían su apellido Kiehlman en el siglo XVIII; pero su hermano había caído en la guerra. La expulsaron porque no fingía que los alemanes eran todos unos canallas... cuando tenía amigos alemanes, cuando los únicos días felices de su vida los había pasado en Alemania. Y, al fin y al cabo, leía historia. Había tenido que aceptar lo que pudo obtener. El señor Dalloway la había conocido cuando ella trabajaba para los cuáqueros. Le había permitido (y había sido muy generoso por su parte) enseñar historia a su hija. También impartía algunos cursos nocturnos en la universidad, entre otras cosas. Luego había oído la llamada de Nuestro Señor (y aquí siempre inclinaba la cabeza). Había visto la luz hacía dos años y tres meses. Ahora no envidiaba a las mujeres como Clarissa Dalloway; las compadecía.

Las compadecía y las despreciaba desde lo más profundo de su corazón, allí de pie sobre la suave alfombra, mirando el antiguo grabado de una niña con un manguito. Con todo este derroche de lujo, ¿qué esperanza había de que mejorasen las cosas? En vez de acostarse en el canapé —«Mi madre está descansando», había dicho Elizabeth—, tendría que haber estado en una fábrica; tras un mostrador; la señora Dalloway y todas las demás señoras elegantes.

Amargada y airada, la señorita Kilman había entrado hacía dos años y tres meses en una iglesia. Había escuchado el sermón del reverendo Edward Whittaker; a los niños cantar; había visto las luces solemnes descender[40] y, fuese la música, o las voces (ella misma cuando estaba sola por la noche encontraba consuelo en el violín; pero el sonido era insoportable: no tenía oído), los sentimientos enojados y turbulentos que habían hervido y surgido en ella se habían aplacado mientras estaba allí sentada, y había llorado mucho y había ido a ver al señor Whittaker en su residencia privada de Kensington. Era la mano de Dios, dijo él. El Señor le había mostrado a la señorita Kilman el camino. Así que ahora, siempre que los sentimientos enojados y dolorosos hervían en ella, este odio hacia la señora Dalloway, este resentimiento contra el mundo, pensaba en Dios. Pensaba en el señor Whittaker. La ira sucumbía a la calma. Un dulce regusto llenó sus venas, sus labios se abrieron y, magnífica de pie en el descansillo con su impermeable, miró con serenidad constante y siniestra a la señora Dalloway, que salía con su hija.

Elizabeth dijo que había olvidado los guantes. Fue porque la señorita Kilman y su madre se odiaban. No podía soportar verlas juntas. Corrió escaleras arriba a buscarlos.

Pero la señorita Kilman no odiaba a la señora Dalloway. Volviendo sus grandes ojos color uva blanca hacia Clarissa, observando su carita rosada, su cuerpo delicado, su aire de frescura a la moda, la señorita Kilman sintió: ¡Boba! ¡Ingenua! No has conocido ni el dolor ni el placer; has tirado tu vida. Y surgió en ella un deseo vejatorio de vencerla; de desenmascararla. Si hubiese podido derribarla, la habría calmado. Pero no era el cuerpo; era el alma y su desprecio lo que deseaba someter; hacerle sentir su dominio. Ojalá pudiera hacerla llorar; pudiera arruinarla; humillarla; hacerla hincarse de rodillas gritando: ¡Tiene usted razón! Pero esto era voluntad de Dios, no de la señorita Kilman. Había de ser una victoria religiosa. Así que miró con furor, miró con furia.

40 Si están en junio y hace dos años y tres meses que ha entrado en la iglesia, es muy posible que las luces a las que se refiere la señorita Kilman sean las velas encendidas por la Pascua en representación de la resurrección de Cristo, «luz que expulsa la oscuridad del corazón». [N. de la T.]

Clarissa estaba realmente conmocionada. Cristiana... ¿esta mujer? Esta mujer le había arrebatado a su hija. ¡Cómo iba a estar en contacto con presencias invisibles! Pesada, fea, vulgar, sin amabilidad ni gracia, ¡cómo iba a conocer el sentido de la vida!

—¿Se lleva a Elizabeth al economato?[41] —preguntó la señora Dalloway.

La señorita Kilman dijo que sí. Se quedaron calladas. La señorita Kilman no iba a hacerse simpática. Siempre había ganado de comer. Conocía la historia moderna de forma meticulosa. Ahorraba de sus magros ingresos para las causas en las que creía; mientras que esta mujer no hacía nada, no creía en nada; criaba a su hija... Pero ahí estaba Elizabeth, casi sin aliento, la hermosa muchacha.

Así que iban al economato. Fue extraño, con la señorita Kilman allí de pie (y de pie estaba, con el poder y la taciturnidad de un monstruo prehistórico acorazado para una guerra primitiva), cómo segundo tras segundo, la idea de ella disminuía, cómo el odio (que sentía hacia las ideas, no hacia la gente) se desmoronaba, cómo perdía su malicia, su tamaño, se convertía segundo tras segundo sencillamente en la señorita Kilman, con su impermeable, a quien sabe el Cielo que a Clarissa le habría gustado ayudar.

A esta mengua del monstruo, Clarissa tuvo que reírse. Se rio diciendo adiós.

Se marcharon juntas, la señorita Kilman y Elizabeth, escaleras abajo.

Con un impulso repentino, con una angustia violenta, pues esta mujer se llevaba a su hija lejos de ella, Clarissa se inclinó sobre el barandal y gritó:

—¡Recuerda la fiesta! ¡Recuerda nuestra fiesta de esta noche!

Pero Elizabeth ya había abierto la puerta de casa; pasaba un furgón; no contestó.

¡Amor y religión!, pensó Clarissa, volviendo al saloncito, con un hormigueo por todo el cuerpo. ¡Qué aborrecibles! ¡Qué aborrecibles son! Pues

---

41 Se refiere a los Army and Navy Stores (había sido el economato del ejército en el siglo XIX), unos grandes almacenes situados en Victoria Street, que aparecen también en *Al Faro*. Pese a tener una clientela de clase media alta, una mujer del estatus de Clarissa Dalloway habría encontrado su oferta escasa y barata. [N. de la T.]

ahora que no tenía el cuerpo de la señorita Kilman ante ella, la sobrecogía su... el concepto. Las cosas más crueles del mundo, pensó, viéndolas torpes, airadas, dominantes, hipócritas, cotillas, celosas, infinitamente crueles y sin escrúpulos, con un impermeable puesto, en el descansillo: amor y religión. ¿Había intentado ella alguna vez convertir a alguien? ¿No deseaba para todo el mundo que fuesen simplemente ellos mismos? Y miró por la ventana a la viejecita de enfrente subiendo las escaleras. Que subiese las escaleras si quería; que parase; que la dejasen, como Clarissa la había visto a menudo hacer, llegar a su dormitorio, descorrer las cortinas y desaparecer de nuevo en la sombra. En cierta manera respetaba aquello: a aquella viejecita mirando por la ventana, bastante ajena a estar siendo observada. Había algo solemne en ello... pero el amor y la religión destruirían, fuese lo que fuese, aquella intimidad del alma. La odiosa Kilman lo destruiría. Sin embargo, era una visión que le daba ganas de llorar.

El amor también destruía. Todo lo hermoso, todo lo que era verdad desaparecía. Peter Walsh, por ejemplo. Era un hombre encantador, listo, con conocimientos sobre todo. Si querías saber sobre Pope, digamos, o sobre Addison, o sencillamente decir disparates, cómo era la gente, qué significaban las cosas, Peter sabía más que nadie. Era Peter quien la había ayudado; Peter quien le había dejado libros. Pero había que ver a las mujeres que amaba: vulgares, triviales, pedestres. Pensar en Peter Walsh enamorado... Venía a verla después de todos estos años y ¿de qué hablaba? De sí mismo. ¡Qué pasión horrible!, pensó. ¡Pasión degradante!, pensó, pensando en Kilman y en Elizabeth caminando hacia el economato Army and Navy Stores.

El Big Ben dio la media.

¡Qué extraordinario era!, extraño, sí, conmovedor ver a la viejecita (llevaban muchísimos años siendo vecinas) alejarse de la ventana, como si estuviese atada a aquel sonido, a aquel cordel. Gigantesco como era, tenía algo que ver con ella. Abajo, abajo, en medio de las cosas ordinarias, el dedo cayó solemnizando el momento. Se veía forzada, imaginó Clarissa, por aquel sonido, a moverse, a irse... pero ¿adónde? Clarissa intentó seguirla cuando se volvió y desapareció, y pudo aún justo ver su cofia blanca moviéndose al fondo del dormitorio. Aún estaba allí moviéndose al otro lado de la habitación. Por qué credos y oraciones e impermeables cuando, pensó Clarissa, ese es el milagro, ese es el misterio; se refería a aquella viejecita, a la que podía ver yendo de la cómoda al tocador. Aún podía verla. Y el misterio supremo que Kilman podría decir que ella había resuelto, o Peter que lo había resuelto él, pero Clarissa no creía que ninguno de los dos tuviese ni la más mínima idea de resolver, era sencillamente este: aquí había una habitación; ahí, otra. ¿Resolvía eso la religión, o el amor?

El amor; pero en ese instante el otro reloj, el reloj que siempre daba la hora dos minutos después del Big Ben, llegó arrastrándose con el regazo lleno de cachivaches, que dejó caer sobre Clarissa como si estuviese muy bien que el Big Ben, con su majestad, dictase la ley, tan solemne, tan justa, pero ella tuviese que recordar además todo tipo de cositas: la señora Marsham, Ellie Henderson, las copas para los helados; todo tipo de cositas llegaron flotando y chapoteando y bailando en la estela de ese solemne toque que yacía plano como un lingote de oro en el mar. La señora Marsham, Ellie Henderson, las copas para los helados. Tenía que telefonear de inmediato.

Voluble, turbulentamente, sonó el reloj retrasado, en la estela del Big Ben, con el regazo lleno de naderías. Hecho polvo, roto por el asalto de carruajes, la brutalidad de furgones, el ansioso avance de miríadas de hombres angulosos, de mujeres pavoneándose, las cúpulas y los chapiteles de las oficinas y los hospitales, los últimos vestigios de este regazo lleno de cachivaches parecieron romperse, como la espuma de una ola exhausta, sobre el cuerpo de la señorita Kilman, inmóvil por un momento en la calle para mascullar: «Es la carne».

Era la carne lo que debía controlar. Clarissa Dalloway la había insultado. Eso lo esperaba. Pero no había triunfado: no había dominado la carne. Fea, torpe, Clarissa Dalloway se había reído de ella por serlo; y había revivido los deseos de la carne, pues le importaba tener el aspecto que tenía cuando estaba junto a Clarissa. Tampoco podía hablar como hablaba ella. Pero ¿por qué desear parecerse a ella? ¿Por qué? Despreciaba a la señora Dalloway desde lo más profundo de su ser. No era seria. No era buena. Su vida era un tejido de vanidad y engaño. Sin embargo, Doris Kilman había sido vencida. De hecho, casi se le habían saltado las lágrimas cuando Clarissa Dalloway se había reído de ella. «Es la carne, es la carne», masculló (siendo como era su costumbre hablar sola), intentando calmar este tormentoso y lacerante sentimiento mientras bajaba por Victoria Street. Rogó a Dios. No podía evitar ser fea; no podía permitirse comprar ropa bonita. Clarissa Dalloway se había reído... pero se concentraría en otra cosa hasta que hubiese alcanzado ese buzón. En todo caso, ella tenía a Elizabeth. Pero pensaría en otra cosa; pensaría en Rusia; hasta que hubiese alcanzado ese buzón.

Qué bien se debe de estar, dijo, en el campo, resistiéndose, como el señor Whittaker le había dicho, a aquel resentimiento violento contra el mundo que la había menospreciado, despreciado, repudiado, comenzando con esta indignidad: el escarmiento de su cuerpo antipático que la gente no toleraba ver. Daba igual cómo se peinase, su frente seguía siendo como un huevo, calva, blanca. Ninguna prenda la favorecía. Daba igual lo que comprase. Y, para una mujer, por supuesto, eso significaba no conocer jamás al sexo opuesto. Nunca nadie la elegiría. A veces, últimamente, le había parecido que, excepto por Elizabeth, no vivía más que para sus comidas; para su bienestar; su cena, su té; su botella de agua caliente por la noche. Pero había que luchar; vencer; tener fe en Dios. El señor Whittaker le había dicho que estaba en el mundo por un propósito. Pero ¡nadie conocía su agonía! Le dijo, señalando el crucifijo, que Dios la conocía. Pero ¿por qué tendría ella que sufrir cuando otras mujeres, como Clarissa Dalloway, escapaban? No es posible saber sin sufrir, le dijo el señor Whittaker.

Había pasado el buzón, y Elizabeth había girado para entrar en el fresco y pardo departamento de tabacos del Army and Navy Stores mientras ella aún mascullaba para sí lo que el señor Whittaker le había dicho sobre el saber que viene de sufrir y la carne. «La carne», masculló.

¿A qué departamento iba?, la interrumpió Elizabeth.

—Enaguas —dijo abruptamente, y se dirigió resuelta al ascensor.

Y subieron. Elizabeth la guio aquí y allá; la guio en su abstracción como si fuese una niña grande, un buque de guerra difícil de manejar. Ahí estaban las enaguas, pardas, decorosas, a rayas, frívolas, sólidas, endebles; y escogió, en su abstracción, pomposamente, y la muchacha que la atendió la creyó loca.

Elizabeth no pudo evitar preguntarse, mientras les preparaban el paquete, en qué estaría pensando la señorita Kilman. Vamos a tomar un té, dijo la señorita Kilman, animosa, recobrando el dominio de sí misma. Fueron a tomar un té.

Elizabeth no pudo evitar preguntarse si la señorita Kilman tendría hambre. Era esa forma de comer, comer con intensidad, luego mirar, una y otra vez, a un plato de pasteles glaseados que había en la mesa de al lado; luego, cuando una dama y un niño se sentaron y el niño tomó el pastel, ¿pudo importarle de verdad a la señorita Kilman? Sí, a la señorita Kilman le importó. Había querido ese pastel: el rosa. El placer de comer era casi el único placer puro que le quedaba, y ¡que la frustrasen incluso en eso!

Cuando la gente es feliz tiene una reserva, le había dicho a Elizabeth, a la que recurrir, mientras que ella era como una rueda sin llanta (le gustaban esas metáforas), sacudida por todos los guijarros: eso le diría un día después de clase, de pie junto a la chimenea con su bolso de libros, su «cartera» como la llamaba, un martes por la mañana, cuando la clase había acabado. Y también habló de la guerra. Al fin y al cabo, había gente que no pensaba que los ingleses tuvieran siempre razón. Había libros. Había reuniones. Había otros puntos de vista. ¿Le gustaría a Elizabeth ir con ella a escuchar a Fulano de Tal (un anciano con un aspecto de lo más insólito)? Entonces, la señorita Kilman la llevó a cierta iglesia de Kensington y tomaron té con un clérigo. Y le dejó sus libros. Derecho, medicina, política, todas las profesiones están abiertas a las mujeres de tu generación, dijo la señorita Kilman. Pero, para ella, su carrera estaba absolutamente arruinada, y ¿era culpa suya? Por Dios bendito, dijo Elizabeth, que no.

Y su madre entraría a decir que había llegado un cesto de Bourton y ¿le gustaría a la señorita Kilman llevarse unas flores? Con la señorita Kilman era siempre muy muy amable, pero la señorita Kilman apretó todas las flores en un manojo y no dio ni la más mínima conversación, y lo que le interesaba a la señorita Kilman aburría a su madre, y la señorita Kilman y ella no se llevaban nada bien; y la señorita Kilman se hinchaba y era muy poco atractiva, pero la señorita Kilman era terriblemente lista. Elizabeth nunca había pensado en los pobres. Vivían como querían: su madre desayunaba en la cama todos los días; Lucy le subía el desayuno; y a ella le gustaban las ancianas porque eran duquesas y descendían de algún lord. Pero la señorita Kilman dijo (uno de esos martes por la mañana cuando la clase había acabado):

—Mi abuelo tenía una tienda de óleos y pigmentos en Kensington.

La señorita Kilman era muy distinta de todos los que ella conocía; la hacía a una sentirse pequeñita.

La señorita Kilman se sirvió otra tacita de té. Elizabeth, con su porte oriental, su misterio inescrutable, estaba sentada muy erguida; no, no quería nada más. Buscó sus guantes, sus guantes blancos. Estaban bajo la mesa. Ah, pero ¡no podía irse! La señorita Kilman no podía permitir que se fuera: esta juventud, que era tan hermosa; esta muchacha, a la que quería de verdad. Su gran mano se abrió y se cerró sobre la mesa.

Pero es que no estaba muy animado, sentía Elizabeth. Y la verdad es que quería irse.

—Pero —dijo la señorita Kilman—, aún no he terminado.

Por supuesto, entonces, Elizabeth esperaría. Pero hacía bastante calor aquí.

—¿Irás a la fiesta esta noche? —preguntó la señorita Kilman.

Elizabeth suponía que iría; su madre quería que fuese. No debía dejar que las fiestas la absorbieran, dijo la señorita Kilman, toqueteando el cachito que quedaba de un *éclair* de chocolate.

No le entusiasmaban las fiestas, dijo Elizabeth. La señorita Kilman abrió la boca, adelantó ligeramente la barbilla y tragó el último cachito del *éclair* de chocolate, luego se limpió los dedos y revolvió su té en la taza.

Estaba a punto de estallar, sintió. La agonía era tremenda. Si pudiese agarrar a Elizabeth, si pudiese aferrarla, si pudiese hacerla del todo suya y para siempre y luego morir; eso era todo lo que deseaba. Pero estar allí sentada, incapaz de pensar en nada que decir; ver a Elizabeth volverse contra ella; sentirse repulsiva incluso para ella... era demasiado; no podía soportarlo. Los gruesos dedos se curvaron hacia dentro.

—Yo nunca voy a fiestas —dijo la señorita Kilman, solo para evitar que Elizabeth se fuese—. La gente no me invita.

Y supo nada más decirlo que era este egotismo el que la perdía; pero no podía evitarlo. Había sufrido muchísimo.

—¿Por qué iban a invitarme? —dijo—. Soy poco atractiva, soy infeliz.

Sabía que era estúpido. Pero eran todas aquellas personas pasando —personas con paquetes, que la despreciaban— las que la hacían decirlo. No obstante, seguía siendo Doris Kilman. Tenía su licenciatura. Era una mujer que se había hecho un sitio en el mundo. Su conocimiento de la historia moderna era más que respetable.

—No me compadezco de mí misma —dijo—. Me compadezco... —quería decir «de tu madre», pero no, no podía, no a Elizabeth—. Me compadezco de otras personas mucho más.

Como una criatura indefensa arrastrada hasta una portilla, sin saber por qué, se queda allí ansiando escapar al galope, Elizabeth Dalloway guardaba silencio. ¿Iba la señorita Kilman a decir algo más?

—No se olvide de mí —dijo Doris Kilman; le tembló la voz.

Hasta el otro extremo del prado galopó la criatura indefensa aterrorizada.

La gran mano se abrió y se cerró.

Elizabeth volvió la cabeza. Vino la camarera. Había que pagar en la caja, dijo Elizabeth, y se alejó, como tirando de las entrañas de la señorita Kilman a medida que cruzaba la sala, y luego, con un giro final, inclinando la cabeza con gran educación, salió.

Se había ido. La señorita Kilman se quedó sentada en la mesita de mármol entre los *éclair,* golpeada una vez, dos veces, tres veces por ráfagas de sufrimiento. Se había ido. La señora Dalloway había ganado. Elizabeth se había ido. La belleza se había ido, la juventud se había ido.

Ella seguía sentada. Se levantó, salió tropezando con las mesitas, tambaleándose levemente, y alguien la siguió con su enagua, y ella se extravió y quedó arrinconada por baúles especialmente preparados para su transporte a la India; luego se metió entre las canastillas y las sábanas de cuna; atravesó entre todas las mercancías del mundo, perecederas y no perecederas, jamones, cosméticos, flores, papelería, dando tumbos entre olores variados, ora dulces, ora agrios; se vio dando tumbos así, con el sombrerito torcido, la cara muy colorada, en un espejo de cuerpo entero; y al final salió a la calle.

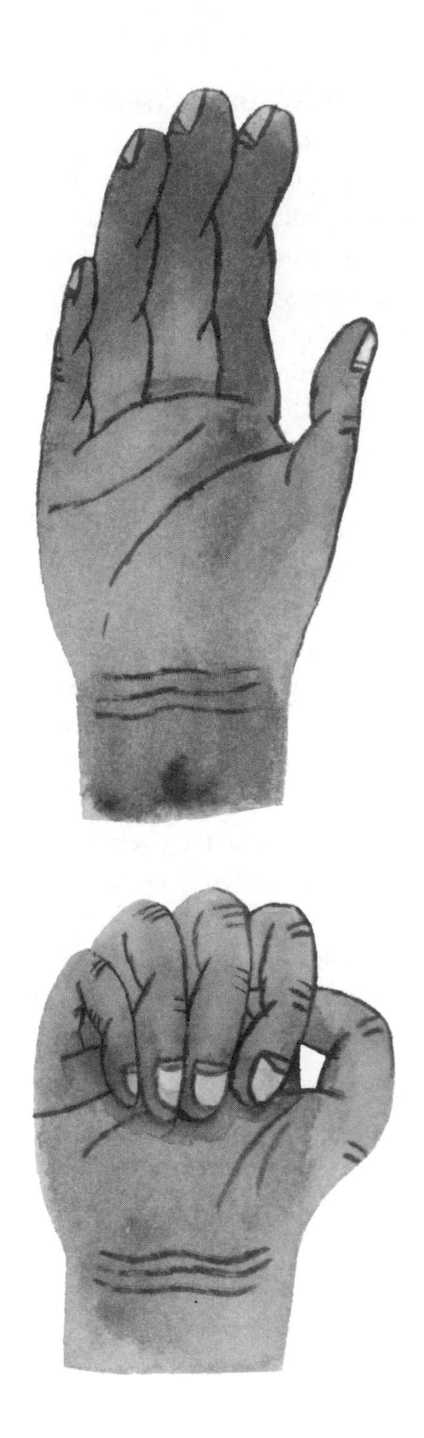

La torre de la catedral de Westminster se alzaba frente a ella, la morada de Dios. Ahí estaba la morada de Dios, en medio del tráfico. Tenazmente partió con su paquete hacia aquel otro santuario, la Abadía,[42] donde, cubriéndose la cara con las manos, se sentó entre los otros que habían acudido en busca de refugio; devotos variadamente surtidos, ahora despojados de su rango social, casi de su sexo, mientras se cubrían la cara con las manos; si bien, una vez que las retiraban, volvían al instante a ser reverentes hombres y mujeres ingleses de clase media, algunos ansiosos por ver las efigies de cera.[43]

Pero la señorita Kilman mantuvo su cara cubierta. Ora la dejaban sola; ora se unían de nuevo a ella. Nuevos devotos entraban de la calle para sustituir a los que salían, e inmóvil, mientras la gente curioseaba y arrastraba el paso ante la tumba del soldado desconocido,[44] inmóvil ella ocultaba los ojos tras los dedos e intentaba en esta doble oscuridad, pues la luz en la Abadía era incorpórea, elevarse por encima de las vanidades, los deseos, las mercancías, librarse tanto del odio como del amor. Se le crispaban las manos. Parecía que le costaba. Y, sin embargo, para otros Dios era accesible y fácil el camino hacia Él. El señor Fletcher, jubilado del Tesoro, la señora Gorham, viuda del famoso consejero real, se acercaban a Él sin dificultad y, al terminar sus oraciones, se recostaban en su asiento, disfrutaban de la música (el órgano sonaba dulcemente) y veían a la señorita Kilman al final de su fila rezando, rezando e inmóvil en el umbral de su inframundo, la consideraban con simpatía como un alma que ronda el mismo territorio; un alma recortada de sustancia inmaterial; no una mujer, un alma.

Pero el señor Fletcher tenía que irse. Tenía que pasarla y, como iba más limpio que una patena, no pudo evitar sentirse un poco afligido por

42 La catedral de Westminster es católica, mientras que la Abadía es una iglesia anglicana. [N. de la T.]

43 Woolf se quejaba en su ensayo de 1928 «Las efigies de cera de la Abadía» de la cantidad de turistas que acudían con sus guías a ver las efigies de los monarcas allí enterrados. [N. de la T.]

44 El 11 de noviembre de 1920, aniversario del Armisticio, se enterró en la Abadía de Westminster el ataúd de un soldado desconocido (en realidad, un conjunto de restos de soldados exhumados en los campos de batalla franceses), en representación de los miles de caídos. Al sepelio asistieron la familia real, los representantes del Gobierno y un centenar de invitados de honor, todos ellos mujeres que habían perdido a su esposo y a todos sus hijos en la guerra. El ataúd del soldado desconocido se cubrió con tierra de los principales campos de batalla de Francia y su lápida se encargó en Bélgica. Era en la época una de las tumbas más visitadas en la Abadía. [N. de la T.]

el desaliño de la pobre señora; el moño caído; el paquete en el suelo. Ella no lo dejó pasar de primeras. Pero, mientras él miraba, allí de pie, a su alrededor, los mármoles blancos, los ventanales grises y los tesoros acumulados (pues estaba extremadamente orgulloso de la Abadía), lo impresionaron la altura, la robustez y el poder que desprendía ella, sentada allí, removiendo las rodillas de vez en cuando (era tan difícil acercarse a su Dios... tan duros sus deseos), igual que habían impresionado a la señora Dalloway (Kilman no podía sacársela de la cabeza esa tarde), al reverendo Edward Whittaker y también a Elizabeth.

Y Elizabeth esperaba en Victoria Street al ómnibus. Era tan agradable estar en la calle. Pensó que tal vez no era preciso que volviese a casa enseguida. Era tan agradable tomar el aire. Así que subiría a un ómnibus. Y ya, aun mientras seguía allí esperando, con sus ropas tan bien cortadas, estaba comenzando... Los demás estaban comenzando a compararla con chopos, el alba, jacintos, cervatillos, agua que fluye y azucenas; y eso hacía la vida una carga para ella, pues ella habría preferido con mucho que la dejasen hacer lo que quería a su aire en el campo, pero la comparaban con azucenas y tenía que ir a fiestas, y Londres era de verdad inhóspito en comparación con estar a su aire en el campo con su padre y los perros.

Los autobuses llegaban lanzados, se posaban, partían: caravanas estridentes, que brillaban de esmalte rojo y amarillo. Pero ¿en cuál subir? No tenía preferencias. Por supuesto, no iba a abrirse camino a codazos. Tendía a ser pasiva. Era expresión lo que le faltaba, pero sus ojos eran elegantes, chinos, orientales y, como su madre decía, con esos hombros tan bonitos y con lo erguida que iba siempre, era un encanto para la vista; y últimamente, sobre todo por la noche, cuando tenía interés, pues nunca se mostraba muy entusiasmada, parecía hasta bonita, muy solemne, muy serena. ¿En qué estaría pensando? Todos los hombres se enamoraban de ella, y ella se aburría mortalmente. Pues estaba comenzando. Su madre lo veía... los cumplidos estaban comenzando. Que aquello no le importase más —por ejemplo, su ropa—, a veces preocupaba a Clarissa, pero tal vez era lo mejor con todos esos cachorros y conejillos de Indias que tenían moquillo, y le daba cierto encanto. Y ahora estaba esta extraña amistad con la señorita Kilman. En fin, pensó Clarissa alrededor de las tres de la madrugada, leyendo al barón de Marbot pues no podía dormir, demuestra que tiene corazón.

De pronto Elizabeth avanzó un paso y con gran habilidad subió al ómnibus, por delante de todo el mundo. Se sentó en el piso de arriba. La impetuosa criatura —pirata sin licencia— se puso en marcha, se abalanzó hacia delante; Elizabeth tuvo que aferrarse a la barra para sostenerse, pues un pirata era, temerario, sin escrúpulos, que avanzaba implacable, evitando a otros peligrosamente, recogiendo osadamente a un pasajero, o haciendo caso omiso de él, deslizándose como una anguila y arrogante entre otros vehículos, y luego saliendo a toda velocidad insolente, a toda vela, Whitehall arriba. Y ¿dedicaba Elizabeth acaso un pensamiento a la pobre señorita Kilman que la quería sin celos, para quien había sido un cervatillo en el bosque, una luna en un claro? Estaba encantada de ser libre. El aire fresco era delicioso. Hacía mucho calor en el economato. Y ahora era como cabalgar, ir a toda velocidad por Whitehall; y, a cada movimiento del ómnibus, el bonito cuerpo cubierto con un abriguito color cervatillo respondía libremente como un jinete, como el mascarón de proa de un barco, pues la brisa la desbarataba un poco; el calor daba a sus mejillas la palidez de la madera pintada de blanco; y sus elegantes ojos, no teniendo ojos a los que mirar, vagaban al frente, vacíos, brillantes, con la mirada fija de increíble inocencia de una escultura.

Era aquel hablar siempre de su propio sufrimiento lo que hacía a la señorita Kilman tan difícil. Y ¿tenía razón? Si era estar en comités y pasar horas y horas de cada día (apenas lo veía en Londres) lo que ayudaba a los pobres, su padre lo hacía, bien lo sabía el Cielo; suponiendo que fuese eso a lo que la señorita Kilman se refería con ser cristiano; pero era harto difícil de decir. Ah, le gustaría seguir aún un poco. ¿Era otro penique lo que costaba ir hasta el Strand? Aquí lo tenía, entonces. Iría hasta el Strand.

Le gustaba la gente enferma. Y todas las profesiones estaban abiertas a las mujeres de su generación, había dicho la señorita Kilman. Así que podría ser médico. Podría ser granjera. Los animales suelen enfermar. Podría tener en propiedad miles de acres y gente a su cargo. Iría a verlos en sus quintas. Esto era Somerset House. Podría ser una granjera estupenda, y eso, extrañamente, aunque también la señorita Kilman había puesto su granito de arena, era casi por completo culpa de Somerset House. Parecía tan espléndido, tan serio, aquel gran edificio gris. Y le gustaba la sensación de la gente trabajando. Le gustaban aquellas iglesias, como formas de papel gris, que arrostraban el flujo del Strand. Esto era bastante diferente de Westminster, pensó, bajando en Chancery Lane. Era tan serio; era tan ajetreado. En resumen, le gustaría tener una profesión. Le gustaría ser médico, granjera, posiblemente llegar al Parlamento si lo consideraba necesario, todo por culpa del Strand.

Los pies de aquella gente ajetreada, las manos poniendo piedra sobre piedra, las mentes eternamente ocupadas no con charlas insustanciales (comparar a las mujeres con chopos, lo cual no dejaba de ser emocionante, por supuesto, pero una cursilería), sino con pensamientos sobre barcos, negocios, leyes, la administración, y con todo ello tan solemne (estaba en Temple), alegre (había un río), piadoso (estaba la iglesia), la resolvían a hacerse, dijese lo que dijese su madre, médico o granjera. Aunque era, desde luego, bastante perezosa.

Y era mucho mejor no decir nada al respecto. Parecía una bobada... Era la clase de cosa que pasaba a veces, de hecho, cuando una estaba sola —edificios sin arquitectos de renombre, gentíos volviendo del centro económico de la ciudad con más poder que un solo clérigo de Kensington, que cualquiera de los libros que le había dejado la señorita Kilman—, y estimulaba lo que yacía inerte, torpe y tímido en el suelo arenoso de la mente, para romper la superficie, como un niño estira de pronto los brazos; era justo eso, tal vez, un suspiro, un estiramiento de los brazos; un impulso, una revelación, que tiene efecto para siempre y, luego, bajaba de nuevo al suelo arenoso. Tenía que volver a casa. Tenía que cambiarse para cenar. Pero ¿qué hora era?, ¿dónde había un reloj?

Miró Fleet Street arriba. Caminó solo un poco hacia San Pablo, tímidamente, como alguien que entra de puntillas a explorar una casa ajena de noche con una vela, en vilo por si el propietario de pronto abre de par en par la puerta de su dormitorio y le pregunta qué hace, y tampoco se atrevía a aventurarse por callejones cuestionables, desvíos tentadores, no más que a abrir, en una casa ajena, puertas que podrían ser de un dormitorio o de una salita de estar o llevar directamente a la despensa. Pues ningún Dalloway venía al Strand de normal: era una pionera, una descarriada, que osaba, que confiaba.

En muchos aspectos, su madre sentía, era inmadura en extremo, aún una niña, apegada a sus muñecas, a sus viejas chinelas; una niñita auténtica; y eso era encantador. Pero, por otra parte, claro, la familia Dalloway tenía aquella tradición del servicio público. Madres superioras, rectoras, directoras, dignatarias, en la república de las mujeres, sin ser brillantes, cualquiera de ellas era aquello. Avanzó un poco más en la dirección de San Pablo. Le gustaba la cordialidad, la maternidad, la hermandad entre mujeres y entre hombres de este alboroto. Le parecía bueno. El ruido era tremendo; y, de pronto, había trompetas (los desempleados) tronando, vibrando en el alboroto; música militar; como si la gente marchase; no obstante, si hubiesen estado muriendo, si alguna mujer hubiese dado su último suspiro y quienquiera que hubiese estado observando, abriendo la ventana de la habitación en la que había logrado aquel acto de dignidad suprema, hubiese mirado por ella hacia Fleet Street, aquel alboroto, aquella música militar, habría subido triunfal hasta él, consoladora, indiferente.

No era deliberado. No había reconocimiento en ello de la propia fortuna, o del destino, y por esa misma razón era, incluso para aquellos deslumbrados por la observación de los últimos estertores de la consciencia en las caras de los moribundos, consolador.

El olvido en las personas podía herir, su ingratitud corromper, pero esta voz, manando sin descanso, un año sí y otro también, tomaría todo lo que hubiese; este voto; este furgón; esta vida; esta procesión; los envolvería a todos y los llevaría consigo, como en la brusca corriente de un glaciar el hielo sostiene una astilla de hueso, un pétalo azul, unos robles, y los hace rodar.

Pero era más tarde de lo que había creído. A su madre no le gustaría que anduviera deambulando sola de aquella manera. Dio la vuelta y regresó por el Strand.

Una racha de viento (a pesar del calor, había bastante viento) sopló un fino velo negro sobre el sol y sobre el Strand. Los semblantes se desvanecieron;

los ómnibus perdieron, de pronto, su brillo. Pues, aunque las nubes eran de un blanco montañoso y una se podía imaginar tajando duras lascas con un hacha, con amplias pendientes doradas, prados de paraísos celestiales, en sus flancos, y tenían toda la apariencia de habitaciones acomodadas para la conferencia de los Dioses sobre el mundo, había un movimiento perpetuo entre ellas. Se intercambiaron señales cuando, como para satisfacer algún esquema ya programado, ora una cumbre menguaba, ora todo un bloque de tamaño piramidal que había mantenido su posición inalterable avanzaba hacia el centro o dirigía gravemente la procesión hacia un nuevo fondeadero. Fijas como parecían en sus puestos, descansando en perfecta unanimidad, nada podía ser más fresco, más franco, más sensible someramente que la superficie nívea o áurea; cambiar, irse, disolver la solemne reunión era inmediatamente posible; y, a pesar de la grave fijeza, de la acumulación de solidez y robustez, ora arrojaban luz a la tierra, ora oscuridad.

Con calma y competencia, Elizabeth Dalloway subió al ómnibus de Westminster.

La luz y la sombra, que ora hacían la pared gris, ora los plátanos brillar amarillos, ora hacían el Strand gris, ora hacían los ómnibus amarillo brillante, iban y venían y parecían hacer señas, señales, a Septimus Warren Smith, tumbado en el sofá de la salita de estar; observando el acuoso dorado que resplandecía y se desvanecía con la asombrosa sensibilidad de algunas criaturas vivas sobre las rosas, sobre el papel pintado. Fuera los árboles arrastraban sus hojas como redes a través del abismo del aire; el sonido del agua estaba en la habitación y, a través de las olas, llegaban las voces de los pájaros cantando. Todas las potencias le vertían sus tesoros en la cabeza, y su mano yacía sobre el respaldo del sofá como la había visto yacer cuando se bañaba, flotando, sobre las olas, mientras lejos, en la orilla, oía a los perros ladrar y ladrar a lo lejos. No temas ya, dice el corazón en el cuerpo; no temas ya.

No tenía miedo. En todo momento la Naturaleza indicaba, con algún atisbo risueño como aquella mancha dorada que recorría la pared —allí, allí, allí—, su determinación de mostrar, enarbolando sus plumas, sacudiendo sus trenzas, echando su capa a este lado o aquel, hermosamente, siempre hermosamente, y muy cerca para suspirar a través de sus manos ahuecadas las palabras de Shakespeare, lo que quería decir.

Rezia, sentada a la mesa retorciendo un sombrero entre las manos, lo observaba; lo vio sonreír. Así que estaba contento. Pero no podía soportar verlo sonreír. No era un matrimonio; no era ser un marido tener aquel aspecto extraño, siempre sobresaltarse, reír, sentarse hora tras hora en silencio, o agarrarla y decirle que escribiese. El cajón de la mesa estaba lleno de aquellos textos; sobre la guerra; sobre Shakespeare; sobre grandes descubrimientos; sobre cómo no existe la muerte. Últimamente, se había excitado de pronto sin razón (y tanto el doctor Holmes como sir William Bradshaw decían que la excitación era lo peor para él), y había agitado las manos y gritado que ¡conocía la verdad! ¡Lo sabía todo! Ese hombre, su amigo que había muerto, Evans, había venido, dijo. Estaba cantando tras el biombo. Ella lo escribió al dictado. Algunas cosas eran muy bonitas; otras, puro disparate. Y él siempre se paraba a medias, cambiaba de opinión; quería añadir algo; oía algo nuevo; escuchaba con la mano en alto. Pero ella no oía nada.

Y una vez habían encontrado a la muchacha que hacía la habitación leyendo uno de aquellos papeles entre risotadas. Fue una tristeza espantosa. Pues eso hizo a Septimus gritar sobre la crueldad de los hombres: cómo se hacen trizas unos a otros. Los caídos, dijo, se hacen trizas. «Holmes nos hostiga», decía, y se inventaba historias sobre Holmes; Holmes comiendo gachas; Holmes leyendo a Shakespeare... que le hacían reír a carcajadas o rugir enojado, pues el doctor Holmes parecía significar algo horrible para él. «Naturaleza humana» lo llamó. Luego estaban las visiones. Se ahogaba, solía decir, y yacía en un acantilado con las gaviotas chillando sobre él. Miraba por el borde del sofá al mar en lo bajo. O estaba oyendo música. En realidad era solo un organillo o un hombre gritando en la calle. Pero «¡Maravilloso!», gritaba, y le resbalaban las lágrimas por las mejillas, lo que para ella era lo más terrible de todo, ver a un hombre como Septimus, que había luchado en la guerra, que era valiente, llorar. Y se quedaba allí acostado escuchando hasta que, de pronto, gritaba que se caía, que caía a las llamas. Y ella buscaba las llamas: tan vívidas parecían. Pero no había nada. Estaban solos en la habitación. Era un sueño, le decía y, al final, lograba tranquilizarlo, pero a veces se asustaba también ella. Suspiró mientras cosía.

Su suspiro fue tierno y hechicero, como el viento fuera de un bosque en la noche. Ora dejaba las tijeras; ora se volvía para buscar algo en la mesa. Una ligera agitación, un ligero crepitar, un ligero golpeteo crearon algo sobre la mesa a la que se sentaba cosiendo. A través de las pestañas, él veía el perfil desdibujado de ella; su cuerpecito oscuro; su cara y sus manos; sus giros en la mesa cuando tomaba un carrete, o buscaba (tendía a perder las cosas) el hilo. Estaba haciendo un sombrero para la hija casada de la señora Filmer, que se llamaba... Había olvidado cómo se llamaba.

—¿Cómo se llama la hija casada de la señora Filmer? —preguntó.

—Es la señora Peters —dijo Rezia.

Temía que fuese demasiado pequeño, dijo sosteniéndolo frente a ella. La señora Peters era una mujer grande; pero a ella no le gustaba. Era solo porque la señora Filmer había sido tan buena con ellos —«Me ha dado uvas esta mañana», dijo— por lo que Rezia quería hacer algo para demostrar su agradecimiento. Había entrado en la habitación la otra noche y encontrado a la señora Peters, que pensaba que habían salido, escuchando el gramófono.

—¿Es eso cierto? —preguntó él.

¿Estaba escuchando el gramófono? Sí, se lo había contado entonces; había encontrado a la señora Peters escuchando el gramófono.

Septimus comenzó, con mucho cuidado, a abrir los ojos, para ver si el gramófono estaba realmente allí. Pero las cosas reales, las cosas reales eran demasiada excitación. Tenía que tener cuidado. No iba a volverse loco. Primero miró las revistas de moda en el estante de abajo; luego, poco a poco, el gramófono con su bocina verde. Nada podía ser más concreto. Y así, armándose de valor, miró el aparador; la bandeja de plátanos; el grabado de la reina Victoria y el príncipe consorte; en la repisa de la chimenea, con el jarrón de rosas. Ninguna de aquellas cosas se movió. Todo estaba inmóvil: todo era real.

—Es una mujer con la lengua de escorpión —dijo Rezia.

—¿A qué se dedica el señor Peters? —preguntó Septimus.

—Uy —dijo Rezia intentando recordar. Le parecía que la señora Filmer había dicho que era viajante de alguna empresa—. Justo ahora está en Hull —dijo—. ¡Justo ahora! —dijo con su acento italiano.

Lo dijo para sí misma. Él se protegió los ojos con la mano de manera que solo pudiese ver un trocito de la cara de Rezia de una vez, primero la barbilla, luego la nariz, luego la frente, por si estaba deformada o tenía alguna marca terrorífica. Pero no, ahí estaba, perfectamente natural, cosiendo, con los labios fruncidos que ponen las mujeres, la actitud, la expresión de melancolía, cuando cosen. Pero no había nada terrorífico en ello, se tranquilizó, mirando una segunda vez, una tercera la cara de ella, sus manos, pues ¿qué asustaba o asqueaba en ella, sentada allí a plena luz del día, cosiendo? La señora Peters tenía lengua de escorpión. El señor Peters estaba en Hull. ¿Por qué, entonces, la ira y las profecías? ¿Por qué huir hostigado como un paria? ¿Por qué iban a hacerlo temblar y sollozar las nubes? ¿Por qué buscar verdades y entregar mensajes cuando Rezia se prendía los alfileres en la delantera del vestido y el señor Peters estaba en Hull? Milagros, revelaciones, agonías, soledad, caer al abismo del mar, abajo, abajo, a las llamas, todo se extinguió, pues tenía la vaga sensación, al mirar a Rezia ribetear el sombrero de paja para la señora Peters, de una sobrecama de flores.

—Es demasiado pequeño para la señora Peters —dijo Septimus.

¡Por primera vez en días hablaba como antes! Por supuesto que lo era: absurdamente pequeño, dijo Rezia. Pero la señora Peters lo había escogido.

Él se lo quitó de las manos. Dijo que era un sombrerito de mono de organillero.

¡Cómo la alegró eso! Hacía semanas que no se habían reído así juntos, mofándose en privado como una pareja casada. A lo que se refería Rezia era a que, si la señora Filmer hubiese entrado, o la señora Peters o cualquiera, no habría entendido de qué se estaban riendo Septimus y ella.

—¡Ea! —dijo prendiendo una rosa a un lado del sombrero.

Nunca se había sentido tan feliz. ¡Nunca en la vida!

Pero así estaba aún más ridículo, dijo Septimus. Ahora la pobre mujer parecería un cerdo en una feria. (Nunca nadie la había hecho reír como Septimus.)

¿Qué tenía en su costurero? Tenía cintas de lazo y mostacillas, lentejuelas, flores artificiales. Los echó sobre la mesa. Él comenzó a juntar un color y otro, pues, aunque no tenía maña —era incapaz hasta de atar un paquetito—, tenía un ojo fantástico y, a menudo, tenía razón; a veces era absurdo, por supuesto, pero a veces tenía toda la razón.

—¡Le va a quedar un sombrero precioso! —cuchicheó, tomando esto y aquello, Rezia arrodillada a su lado, mirando por encima de su hombro.

Ahora estaba terminado... Es decir, el diseño; tenía que coserlo. Pero tenía que tener mucho mucho cuidado, le dijo Septimus, de mantenerlo como él lo había hecho.

Así que Rezia lo cosió. Cuando cosía, pensó Septimus, hacía un sonido como de hervidor en el fogón; burbujeaba, cuchicheaba, siempre ocupada, sus fuertes dedos puntiagudos pellizcando y hurgando; la aguja brillando decidida. El sol podía entrar y salir, sobre las lentejuelas, sobre el papel pintado, pero él esperaría, pensó, estirando los pies, mirando el calcetín de raya en el extremo del sofá; esperaría en este lugar cálido, esta bolsa de aire tranquilo, que uno encuentra en la linde de un bosque a veces por la noche, cuando, por una caída, o una distribución de los árboles (hay que ser científico, sobre todo científico), la calidez persiste, y el aire abofetea las mejillas como el ala de un pájaro.

—Ahí está —dijo Rezia, volviendo el sombrero de la señora Peters en las puntas de los dedos—. Bastará por el momento. Luego... —su frase burbujeó en el aire, ploc, ploc, ploc, como gotea un grifo satisfecho que se ha dejado abierto.

Era fantástico. Nunca había Septimus hecho algo de lo que se sintiese tan orgulloso. Era tan real, era tan sustancial, el sombrero de la señora Peters.

—¡Míralo! —dijo.

Sí, siempre la haría feliz ver aquel sombrero. Había vuelto a ser él, había reído haciéndolo. Habían estado juntos a solas. Siempre le gustaría aquel sombrero.

Septimus le dijo que se lo probara.

—¡Pero estaré rarísima! —gritó ella, corriendo al espejo y mirándose primero de un lado, luego del otro.

Luego se lo quitó enseguida, pues llamaban a la puerta. ¿Sería sir William Bradshaw? ¿Mandaba ya a buscarlo?

¡No! Solo era la niña con el periódico de la tarde.

Lo que siempre sucedía, sucedió entonces: lo que sucedía todas las noches de su vida. La niña se chupó el pulgar en el umbral; Rezia se arrodilló; Rezia la arrulló y la besó; Rezia sacó una bolsa de caramelos del cajón de la mesa. Pues siempre sucedía aquello. Primero una cosa, luego otra. Así que lo creó, primero una cosa y luego otra. Bailando, saltando, dieron vueltas y vueltas por la habitación. Él tomó el periódico. Surrey eliminado, leyó. Había una ola de calor. Rezia repitió: Surrey eliminado. Había una ola de calor, haciéndolo parte del juego que jugaba con la nieta de la señora Filmer, las dos riendo, charlando al mismo tiempo, inmersas en su juego. Septimus estaba muy cansado. Era muy feliz. Iba a acostarse. Cerró los ojos. Pero, en cuanto dejó de ver, los sonidos del juego se hicieron más débiles y extraños y sonaron como los gritos de gente que busca y no encuentra, y desaparece más y más lejos. ¡Lo habían perdido!

Dio un respingo aterrorizado. ¿Qué veía? La bandeja de plátanos en el aparador. No había nadie (Rezia había ido a llevar a la niña con su madre; era hora de acostarla.) Eso era: estar solo para siempre. Ese era el sino pronunciado en Milán cuando entró en el cuarto y las vio cortar formas de bocací con las tijeras; estar solo para siempre.

Estaba solo con el aparador y los plátanos. Estaba solo, expuesto en este promontorio inhóspito, extendido, pero no en lo alto de una colina; no en un risco; en el sofá de la salita de estar de la señora Filmer. En cuanto a las visiones, las caras, las voces de los muertos, ¿dónde estaban? Había un biombo delante de él, con espadañas negras y golondrinas azules. Donde una vez había visto montañas, donde había visto caras, donde había visto belleza, había un biombo.

—¡Evans! —gritó.

No hubo respuesta. Un ratón había chillado, o una cortina hecho frufrú. Esas eran las voces de los muertos. El biombo, el cubo del carbón, el aparador siguieron ahí para él. Se enfrentaría entonces al biombo, el cubo del carbón y el aparador... Pero Rezia irrumpió en la habitación charlando.

Había llegado una carta. Habían cambiado los planes de todo el mundo. La señora Filmer no podría ir a Brighton, después de todo. No había tiempo de comunicárselo a la señora Williams y la verdad es que Rezia lo encontraba muy muy molesto, cuando sus ojos dieron con el sombrero y pensó... tal vez... podía... hacerlo solo un poco... Su voz se apagó en una melodía satisfecha.

—¡Ah, puñetas! —gritó (era una broma entre ellos, que ella jurase); la aguja se había roto.

El sombrero, la niña, Brighton, la aguja. Lo creó todo; primero una cosa, luego otra, lo creó todo cosiendo.

Rezia quería que Septimus le dijese si moviendo la rosa había mejorado el sombrero. Se sentó en el extremo del sofá.

Qué felices estaban ahora, dijo ella de pronto, dejando el sombrero. Pues ahora podía decírselo todo. Podía decirle lo que se le pasase por la mente. Eso era casi lo primero que había sentido por él, aquella noche en el café cuando él había entrado con sus amigos ingleses. Había entrado, con bastante timidez, mirando a su alrededor, y se le había caído el sombrero cuando fue a colgarlo. Lo recordaba. Supo que era inglés, aunque no uno de aquellos ingleses grandes que su hermana admiraba, pues siempre fue delgado; pero tenía un bonito color lozano; y con su nariz grande, sus ojos brillantes, su forma de sentarse un poco encorvado la hizo pensar, se lo había dicho a él a menudo, en un halcón joven, esa primera noche que lo vio, cuando estaban jugando al dominó y él había entrado... en un halcón joven; pero con ella siempre había sido muy amable. Nunca lo había visto furioso o ebrio, solo sufriendo a veces por la terrible guerra, pero aun así, cuando ella llegaba, él lo dejaba todo de lado. Cualquier cosa, cualquier cosa en el mundo, cualquier molestia por pequeña que fuese que le causara su trabajo, cualquier cosa que se le ocurriese, se la contaba a él, y él la entendía de inmediato. Ni siquiera su familia era así. Siendo mayor que ella y siendo tan listo —qué serio se ponía cuando sugería que Rezia leyese a Shakespeare antes incluso de poder leer un cuento para niños en inglés—, siendo mucho más avezado, la podía ayudar. Y ella, también, podía ayudarlo.

Pero, ahora, este sombrero. Y, luego (se hacía tarde), sir William Bradshaw.

Rezia levantó las manos, esperando que él dijese si le gustaba o no el sombrero, y sentada allí, esperando, mirando al suelo, él pudo sentir la mente de ella, como un pájaro, cayendo de rama en rama y siempre posándose sin fallos; podía seguir su mente, sentada allí en una de aquellas posturas laxas que le eran tan naturales y, si él decía algo, enseguida sonreiría, como un pájaro posándose con sus garras firmes en el ramaje.

Pero Septimus recordó. Bradshaw había dicho: «Las personas que más queremos no son buenas para nosotros cuando estamos enfermos». Bradshaw había dicho que tenían que enseñarle a descansar. Bradshaw había dicho que tenían que estar separados.

«Tenían que», «tenían que», ¿por qué «tenían que»? ¿Qué poder tenía Bradshaw sobre él? ¿Qué derecho tiene Bradshaw a decirme que «tenemos qué»?, preguntó.

—Es porque dijiste que te matarías —dijo Rezia.

(Afortunadamente, ahora podía decirle cualquier cosa a Septimus.)

¡Así que él estaba en su poder! Holmes y Bradshaw lo hostigaban. La bestia con las ventanas de la nariz rojas husmeaba en cada rincón secreto. ¡Que dijese que «tenían que»! ¿Dónde estaban sus papeles?, ¿lo que había escrito?

Ella le trajo sus papeles, lo que él había escrito, lo que ella había escrito para él. Los repartió por el sofá. Los miraron juntos. Diagramas, dibujos, hombrecitos y mujercitas blandiendo palos como armas, con alas —¿las tenían?— en la espalda; círculos trazados alrededor de monedas de chelín y penique: el sol y las estrellas; precipicios en zigzag con montañeros ascendiendo atados en hilera, exactamente como cuchillos y tenedores; pedazos de mar con caritas riéndose de lo que podían quizá ser olas: el mapa del mundo. ¡Quémalos!, gritó Septimus. Ahora, sus textos; cómo los muertos cantan tras los arbustos de rododendros; odas a las Horas; conversaciones con Shakespeare; Evans, Evans, Evans: sus mensajes de los muertos; que no

talen los árboles; comunícale al primer ministro. Amor universal: el significado del mundo. ¡Quémalos!, gritó Septimus.

Pero Rezia los cubrió con las manos. Algunos eran muy hermosos, pensó. Los ataría (pues no tenía un sobre) con una cinta de seda.

Aunque se lo llevasen, dijo, ella iría con él. No podían separarlos contra su voluntad, dijo.

Alineando los bordes, ordenó los papeles y los ató en un paquete casi sin mirar, sentada muy cerca, al lado de él, pensó Septimus, como si estuviese rodeada de pétalos. Era un árbol floreciente; y a través de sus ramas miraba la cara de una legisladora que había alcanzado un santuario en el que no temía ya a nadie; ni a Holmes; ni a Bradshaw; un milagro, un triunfo, el último y el mayor. Tambaleándose, la vio subir la espantosa escalera, cargada con Holmes y Bradshaw, hombres que nunca habían pesado menos de setenta y dos kilos y medio, que presentaban a sus esposas en la corte, hombres que ganaban decenas de miles de libras al año y hablaban de la proporción; que diferían en sus veredictos (pues Holmes decía una cosa, Bradshaw otra) y, sin embargo, eran ambos jueces; que confundían la visión con el aparador; no veían nada claro y, sin embargo, gobernaban, sin embargo, escarmentaban. Sobre ellos, ella triunfaba.

—¡Ea! —dijo.

Los papeles estaban atados. Nadie los vería. Ella se encargaría de guardarlos.

Y, dijo, nada iba a separarlos. Se sentó junto a él y lo llamó por el nombre de ese halcón o cuervo que, siendo malicioso y un gran destructor de cosechas, era exacto a él. Nadie podía separarlos, dijo.

Entonces se levantó y entró en el dormitorio a hacer las maletas, pero, al oír voces abajo y pensar que el doctor Holmes había quizá llegado, bajó aprisa para evitar que subiese.

Septimus pudo oírla hablar con Holmes en la escalera.

—Mi querida señora, he venido como amigo —estaba diciendo Holmes.

—No. No permitiré que vea a mi marido —dijo ella.

Podía verla, como una gallina clueca, con sus alas extendidas para impedirle el paso. Pero Holmes insistía.

—Mi querida señora, permítame... —dijo Holmes, apartándola a un lado (Holmes era un hombre de constitución robusta).

Holmes estaba subiendo las escaleras. Holmes irrumpiría en la habitación. Holmes diría: «Un mal día, ¿eh?». Holmes lo atraparía. Pero no; no Holmes; no Bradshaw. Levantándose con paso bastante vacilante, brincando, de hecho, de un pie a otro, consideró el pulcro cuchillo del pan de la señora Filmer, que tenía «Pan» grabado en el mango. Ah, pero no podía estropearlo. ¿El gas del hornillo? Pero era ya demasiado tarde. Holmes estaba subiendo. Tal vez tenía cuchillas, pero Rezia, que siempre hacía ese tipo de cosas, las habría guardado en la maleta. Allí solo quedaba la ventana, la gran ventana de la pensión de Bloomsbury; el asunto aburrido, latoso y bastante melodramático de abrir la ventana y tirarse por ella. Era la idea que ellos tenían de la tragedia, no la suya o la de Rezia (pues ella estaba con él). A Holmes y a Bradshaw les gustaba ese tipo de cosas. (Se sentó en el alféizar.) Pero esperaría hasta el ultimísimo momento. No quería morir. La vida era buena. El sol calentaba. ¿Solo seres humanos? Un anciano que bajaba la escalera al otro lado de la calle se detuvo y lo observó. Holmes había llegado a la puerta.

—¡Aquí lo tienen! —gritó, y se impulsó con vigor, con violencia hacia la verja que separaba el patio de la señora Filmer.

—¡Será cobarde! —gritó el doctor Holmes, abriendo la puerta de golpe.

Rezia corrió a la ventana, vio; entendió. El doctor Holmes y la señora Filmer chocaron uno contra la otra. La señora Filmer levantó su delantal y la obligó tapándole los ojos a entrar en el dormitorio. Hubo un gran correr escaleras arriba y abajo. El doctor Holmes entró, blanco como una sábana, temblando de pies a cabeza, con un vaso en la mano. Tenía que ser buena y beber algo, dijo (¿Qué era? Algo dulce), pues su marido estaba horriblemente deformado, no recuperaría la conciencia, no debía verlo, debían protegerla lo máximo posible, tendría que responder a las preguntas de la investigación, pobre mujer. ¿Quién podría haberlo predicho? Un impulso repentino, no podía culparse a nadie en lo más mínimo (se lo dijo a la señora Filmer). Y por qué diantres lo había hecho, el doctor Holmes no podía imaginarlo.

Le pareció, mientras bebía el líquido dulce, que estaba abriendo puertas acristaladas, saliendo a un jardín. Pero ¿dónde? El reloj daba la hora: una, dos, tres campanadas: qué sensato era el sonido; comparado con todos estos porrazos y susurros; como Septimus mismo. Se estaba quedando dormida. Pero el reloj seguía dando la hora: cuatro, cinco, seis campanadas y la señora Filmer ondeando su delantal (no irían a traer el cuerpo aquí, ¿verdad?) parecía parte de ese jardín; o una bandera. Una vez había visto una bandera rizándose despacio a media asta cuando estuvo con su tía en Venecia. Saludaban así a los caídos en combate, y Septimus había sobrevivido a la Guerra. De sus recuerdos, la mayoría eran felices.

Se puso el sombrero y corrió a través de maizales —¿dónde podía haber sido?— hasta alguna colina, algún sitio cerca del mar, pues había barcos, gaviotas, mariposas; se sentaron en un acantilado. En Londres, también, se habían sentado y, medio en sueños, le llegó a través de la puerta del dormitorio la lluvia cayendo, susurros, movimiento entre el maíz seco, la caricia del mar, le pareció, ahuecándolos en su caracola abovedada y cuchicheándole a ella que yacía en la orilla, desparramada le parecía, como flores que volaban sobre una tumba.

—Está muerto —dijo sonriendo a la pobre anciana que la cuidaba con sus sinceros ojos celestes fijos en la puerta. (No irían a traerlo aquí, ¿verdad?) Pero la señora Filmer lo desechó. Ay, no. Ay, no. Estaban llevándoselo. ¿No tendrían que habérselo dicho a ella? Las parejas casadas debían estar juntas, pensó la señora Filmer. Pero había que hacer lo que dijese el médico.

—Déjenla dormir —dijo el doctor Holmes tomándole el pulso.

Rezia vio la gran silueta de su cuerpo al contraluz de la ventana. Así que ese era el doctor Holmes.

Uno de los triunfos de la civilización, pensó Peter Walsh. Es uno de los triunfos de la civilización, mientras sonaba leve la aguda campanilla de la ambulancia. Veloz, limpiamente, la ambulancia se dirigía a toda velocidad hacia el hospital, habiendo recogido al instante, con humanidad, a algún pobre diablo; alguien a quien habían golpeado en la cabeza, fulminado por una enfermedad, atropellado tal vez hacía un minuto en uno de estos cruces de calles, como podría pasarle a cualquiera. Eso era la civilización. Se le hizo obvio al volver de Oriente: la eficiencia, la organización, el espíritu comunal de Londres. Todos los carros y carruajes se retiraban, como de común acuerdo, a un lado para dejar pasar la ambulancia. Puede que fuese morboso; o ¿no era más bien conmovedor el respeto que mostraban a esta ambulancia con la víctima en su interior?... hombres ocupados que se apresuraban a volver a casa y, sin embargo, se acordaban al instante, al pasar la ambulancia, de su esposa; o seguramente de lo fácil que sería que fueran ellos mismos los que estuviesen dentro, tirados en una camilla con un médico y una enfermera... Ah, pero pensar se hacía morboso, sentimental, se comenzaba enseguida a conjurar médicos, cadáveres; un débil resplandor de placer, una especie de lujuria, asimismo, en cuanto a la impresión visual lo advertía a uno de no seguir el hilo de esa suerte de cosas: fatales para el arte, fatales para la amistad. Cierto. Y, sin embargo, pensó Peter Walsh, mientras la ambulancia giraba en una esquina, aunque la leve campanilla aguda se oía aún en la calle siguiente y todavía más lejos mientras cruzaba la Tottenham Court Road, repicando constantemente, es el privilegio de la soledad; en privado uno podía hacer lo que quisiera. Uno podía llorar sin ser visto. Había sido su perdición —esta susceptibilidad— en la sociedad angloindia; no llorar en el momento adecuado, ni reír tampoco. Tengo eso en mí, pensó, parado junto a un buzón, que podía ahora disolverse en lágrimas. Por qué, solo el Cielo lo sabía. Belleza de algún tipo, seguramente, y el peso del día que, habiendo comenzado con la visita a Clarissa, lo había agotado con su calor, su intensidad y el ploc, ploc de una impresión tras otra goteando hasta ese sótano en el que se quedarían, profundas, oscuras, sin que nadie llegase a saberlo nunca. En parte por esa razón, con su secreto, completo e inviolable, la vida le había parecido un jardín desconocido, lleno de vueltas y rincones, sorprendente, sí; en realidad le quitaban a uno el hipo, estos momentos; de los que uno le venía al encuentro ahora junto al buzón frente al Museo Británico, un momento en el que las cosas se congregaban; esta ambulancia; y la vida y la muerte. Era como si lo absorbiese a algún tejado muy alto ese torrente de emoción, y el resto de sí mismo, como una playa salpicada de caracolas blancas, quedase desnudo. Había sido su perdición en la sociedad angloindia: esta susceptibilidad.

Clarissa una vez, yendo en lo alto de un ómnibus con él a algún sitio, Clarissa que se conmovía, en la superficie al menos, tan fácilmente, se veía ora desesperada, ora con el más festivo de los humores, toda temblorosa en aquellos días y una compañía excelente, que descubría escenitas peculiares, nombres, gente desde lo alto del ómnibus, pues solían explorar Londres y traer de vuelta bolsas llenas de tesoros del baratillo de la calle Caledonian; Clarissa tenía una teoría en aquellos días, tenían montones de teorías, todo el tiempo teorías, como suelen tener los jóvenes. Era para explicar el sentimiento que tenían de insatisfacción: no conocer a la gente; que no los conociesen. Pues ¿cómo podían conocerse? Uno se veía todos los días; luego no durante seis meses, o años. Era poco satisfactorio, estaban de acuerdo, lo poco que uno conocía a la gente. Pero Clarissa dijo, sentada en el ómnibus de camino a Shaftesbury Avenue, que ella se sentía en todas partes; no «aquí, aquí, aquí»; y golpeaba con un dedo el respaldo del asiento; sino en todas partes. Abarcó con la mano Shaftesbury Avenue, por la que subían. Ella era todo aquello. Así que para conocerla, o a cualquiera, había que buscar a las personas que los completaban; incluso los lugares. Extrañas afinidades tenía ella con gente con la que nunca había hablado, una mujer en la calle, un hombre tras un mostrador; incluso con los árboles, o los graneros. Terminó en una teoría trascendental que, con el horror que tenía a la muerte, le permitía creer, o decir que creía (dado su escepticismo), que dado que nuestras apariciones, la parte de nosotros que aparece, son tan momentáneas en comparación con el resto, la parte de nosotros que no se ve, que se extiende mucho, lo invisible podría sobrevivir, recuperarse de alguna manera vinculada a esta persona o a aquella, o incluso rondando ciertos lugares, tras la muerte... Tal vez; tal vez.

Rememorando aquella larga amistad de casi treinta años, su teoría funcionaba hasta cierto punto. Breves, entrecortados, a menudo dolorosos como habían sido sus encuentros, con las ausencias de él y las interrupciones (esta mañana, por ejemplo, la llegada de Elizabeth, como un potro de largas patas, bonita, sosa, justo cuando él comenzaba por fin a hablar con

Clarissa), habían tenido, en la vida de Peter, un efecto inconmensurable. Había misterio en ello. Te daban un grano afilado, agudo, incómodo: el encuentro en sí; horriblemente doloroso la mitad de las veces; y, sin embargo, en la ausencia, en los más improbables lugares, florecería, se abriría, emitiría su aroma, te dejaría tocarlo, saborearlo, mirar a tu alrededor, obtener su sensación completa y comprender, tras años de yacer perdido. Así se le había presentado ella; a bordo de un barco; en el Himalaya; sugerida por las cosas más extrañas (de la mismísima manera en que Sally Seton, gansa generosa y entusiasta, pensaba en él cuando miraba sus hortensias azules). Ella había influido en él más que cualquier persona que hubiese conocido. Y siempre de esta manera presentándose ante él sin él desearlo, altiva, señorial, crítica; o encantadora, romántica, recordándole algún campo o una cosecha inglesa. La veía mucho más en el campo, no en Londres. Una escena tras otra en Bourton...

Había llegado a su hotel. Cruzó el vestíbulo, con sus bultos de sillas y sofás rojizos, sus plantas pinchudas, de aspecto marchito. Pidió su llave. La joven le entregó algunas cartas. Subió a su habitación: la veía mucho más en Bourton, a finales de verano, cuando se quedaba con ellos una semana, o incluso quince días, como era habitual en aquella época. Primero en lo alto de alguna colina, de pie, con las manos hundidas en el pelo, la capa al viento, señalando, gritándoles: Veía el Severn allí abajo. O en un bosque, hirviendo agua para el té: muy torpe con los dedos; el humo haciendo reverencias, soplándoles en la cara; su carita rosada visible a través de él; pidiendo en una quinta agua a una anciana, que salía a la puerta para verlos pasar. Ellos siempre iban andando; los otros, en coche. A ella le aburría el coche, no le gustaban los animales, salvo su perro. Recorrían millas por los caminos. Ella se paraba a orientarse, lo dirigía de vuelta campo a través; y todo el tiempo regañaban, discutían sobre poesía, discutían sobre la gente, discutían sobre política (ella era radical entonces); sin notar nunca nada salvo cuando ella paraba, lanzaba un grito ante una vista o un árbol, y lo hacía mirar con ella; y, luego, vuelta a andar, a través de campos de rastrojos, ella por delante, con una flor para su tía, nunca cansada de caminar pese a su fragilidad; para llegar a Bourton en el ocaso. Luego, después de cenar, el viejo Breitkopf abriría el piano y cantaría sin voz, y ellos se dejarían caer en butacones, intentando no reírse, pero al final estallando siempre y riendo, riendo... riendo por nada. Se suponía que Breitkopf no debía verlos. Y luego, por la mañana, coquetearían arriba y abajo, como una lavandera frente a la casa...

Ah, ¡era una carta de ella! Este sobre azul; esa era su letra. Y tendría que leerla. He aquí otro de aquellos encuentros, abocado al dolor. Leer su carta requirió un esfuerzo titánico. «Qué delicia había sido verlo. Tenía que decírselo». Eso era todo.

Pero le disgustó. Le enfadó. Ojalá no le hubiese escrito. Añadido a sus pensamientos, aquello era como un codazo en las costillas. ¿Por qué no podía dejarlo en paz? Al fin y al cabo, se había casado con Dalloway, y había vivido con él en perfecta armonía todos aquellos años.

Estos hoteles no eran lugares reconfortantes. Muy al contrario. Un millón de personas había colgado el sombrero en aquellos percheros. Incluso las moscas, si uno lo pensaba, se habían posado en la nariz de otras personas. En cuanto a la limpieza manifiesta, no era limpieza tanto como desnudez, gelidez; algo que tenía que existir. Una matrona árida hacía la ronda al alba olisqueando, mirando, haciendo que las doncellas de nariz azulada fregasen, ni más ni menos como si el siguiente alojado fuese un pedazo de carne que debía servirse en una bandeja impoluta. Para dormir, una cama; para sentarse, un sillón; para limpiarse los dientes y afeitarse el mentón, un vaso, un espejo. Libros, cartas, bata, deslizados sobre la impersonalidad del colchón como impertinencias incongruentes. Y era la carta de Clarissa la que le hacía ver todo esto. «¡Qué delicia verte! Tenía que decirlo». Dobló la cuartilla; la apartó; nada lo convencería de volver a leerla.

Para hacerle llegar aquella carta antes de las seis de la tarde, tenía que haberse sentado a escribirla en cuanto él se marchó; haberle puesto sello; haber enviado a alguien a correos. Era, como suele decirse, muy propio de ella. Su visita la había afectado. Se había emocionado mucho; por un momento, cuando le besó la mano, se había apenado, incluso lo había envidiado, había recordado posiblemente (o eso le pareció leer en su expresión) algo que él había dicho: cómo cambiarían el mundo si se casaba con él, tal vez; y, sin embargo, esto era lo que tenían; la mediana edad; la mediocridad; luego se había forzado con su indomable vitalidad a hacerlo todo a un lado, habiendo en ella un hilo de vida del que, en cuanto a dureza, resistencia, capacidad para superar obstáculos y llevarla triunfante al cabo de las cosas, él nunca había conocido igual. Sí; pero habría habido una reacción en cuanto él salió del saloncito. Lo habría sentido mucho por él; habría pensado qué, por mor del mundo, podría hacer para darle gusto (salvo, por supuesto, lo único que él quería), y podía verla con lágrimas resbalándole por las mejillas sentarse al secreter y garabatear aquellas palabras que él encontraría esperándolo: «¡Qué delicia verte!». Y lo decía de verdad.

Peter Walsh se había desatado las botas.

Pero no habría salido bien, su matrimonio. Lo otro, al fin y al cabo, llegaba con mucha más naturalidad.

Era raro; era verdad; mucha gente lo sentía. Peter Walsh, que se había desenvuelto respetablemente, había ocupado los cargos habituales con corrección, gustaba a la gente, que lo tenía por un pelín excéntrico, se daba aires... era raro que tuviese, especialmente ahora que peinaba canas, un aire satisfecho; un aire de tener posibles. Era esto lo que lo hacía atractivo para las mujeres, a las que gustaba la sensación de que no era del todo viril. Había algo inusual en torno a él, o algo que ocultaba. Podría ser que le gustaban los libros: nunca visitaba a nadie sin tomar el libro de la mesa (ahora estaba leyendo, con los cordones arrastrando por el suelo); o que era un caballero, algo que se mostraba en la forma en que daba golpecitos en la cazuela de la pipa para vaciarla de cenizas, y en sus maneras, por supuesto, con las mujeres. Pues era encantador y bastante ridículo lo fácilmente que algunas muchachas sin una pizca de sentido común podían hacer de él lo que quisieran. Pero a riesgo propio. Es decir, si bien podía ser muy dócil y, de hecho, con su alegría y su buena educación era fascinante estar con él, era solo hasta un punto. Ella decía algo: no, no; él veía lo que pretendía. No lo toleraría: no, no. Luego podía gritar y estremecerse de risa y agarrarse los costados con alguna broma entre hombres. Era el mejor juez de la cocina india. Era un hombre. Pero no la clase de hombre que uno tiene que respetar, lo cual era una bendición; no como el comandante Simmons, por ejemplo;

en absoluto como él, pensaba Daisy, cuando a pesar de sus dos hijos pequeños, los comparaba.

Se quitó las botas. Vació los bolsillos. De ellos salió, con el cortaplumas, un retrato de Daisy en la veranda; Daisy toda vestida de blanco, con un fox-terrier en el regazo; muy linda, muy morena; con el mejor aspecto que le había visto nunca. Había sucedido, al fin y al cabo, muy naturalmente; mucho más naturalmente que con Clarissa. Sin alboroto. Sin fastidio. Sin melindres ni remilgos. Como navegar en la calma chicha. Y la joven morena, adorablemente linda en la veranda exclamó (podía oírla): Claro, ¡claro que se lo daría todo!, gritó (no tenía sentido de la discreción); ¡todo lo que él quisiera!, gritó, apresurándose hacia él, sin importar quién pudiera estar mirando. Y solo tenía veinticuatro años. Y tenía dos hijos. Vaya, vaya.

Vaya, de hecho, se había metido en un buen lío a su edad. Y se le ocurrió, al despertar en medio de la noche, con bastante contundencia. ¿Y si se casaban? Para él no habría problema, pero ¿y para ella? La señora Burgess, buena como ella sola y nada parlanchina, en quien había confiado, creía que esta ausencia suya en Inglaterra, evidentemente a ver abogados, podría servir a Daisy para reconsiderarlo, para pensar lo que significaría. Era cuestión de la posición en que estaba, dijo la señora Burgess; la barrera social; renunciar a sus hijos. Acabaría siendo una viuda con un pasado uno de aquellos días, intentando sobrevivir en los arrabales, o más probablemente una casquivana (ya sabe, dijo, cómo se vuelven esas mujeres, demasiado maquillaje). Pero Peter Walsh desechó todo aquello. No tenía pensado morirse aún. En cualquier caso, tenía que decidirlo ella sola; juzgarlo ella sola, pensó, andando en calcetines por la habitación, alisando su camisa de etiqueta, pues quizá fuese a la fiesta de Clarissa, o quizá fuese a uno de los teatros, o quizá se quedase en la habitación a leer un libro absorbente escrito por un hombre al que había conocido en Oxford. Y, si se retiraba, eso es lo que haría: escribir libros. Iría a Oxford y husmearía en la biblioteca Bodleiana. En vano la joven morena, adorablemente linda, corría hasta el final de la terraza; en vano agitaba la mano; en vano gritaba que no le importaba un bledo lo que la gente dijera. Ahí estaba él, el hombre que valía para ella el mundo, el perfecto caballero, el fascinante, el distinguido (y su edad no significaba nada para ella), andando en calcetines por una habitación de hotel en Bloomsbury, afeitándose, lavándose, sin dejar, mientras levantaba frascos, soltaba cuchillas, de husmear en la Bodleiana hasta llegar a la verdad sobre uno o dos asuntillos que le interesaban. Y estaría charlando con quien fuese y desatendería así cada vez más las horas fijadas para el almuerzo y no se presentaría a sus compromisos; y, cuando Daisy le pidiese, como haría, un beso, una escena, no estaría a la altura (aunque sentía verdadera devoción por ella); en resumen, ella sería más feliz, como decía la señora Burgess, si lo olvidaba o lo recordaba solo como era en agosto de 1922,[45] como una figura de pie en el cruce de carreteras en el ocaso, que se hace cada vez más remota a medida que el sulqui rueda y rueda, llevándola bien atada al asiento de atrás, aunque sus brazos están extendidos y, a medida que ve la figura menguar y desaparecer, aún grita que haría cualquier cosa en el mundo, cualquier cosa, cualquier cosa, cualquier cosa...

Peter no sabía nunca lo que la gente pensaba. Se le hacía cada vez más difícil concentrarse. Andaba pasmado; absorto en sus pensamientos; ora hosco, ora alegre; dependiente de las mujeres, distraído, temperamental, cada vez menos capaz (eso pensaba mientras se afeitaba) de entender por qué Clarissa no podía sencillamente encontrarles un alojamiento y ser amable con Daisy; presentarle a gente. Y entonces él podría... ¿podría qué?, rondar y revolotear (en ese momento estaba, en realidad, ocupado clasificando varias llaves, papeles), posarse y andar probando, estar solo, en breve, bastarse a sí mismo; y, sin embargo, nadie, por supuesto, era más dependiente que él de los demás (se abotonó el chaleco); había sido su perdición. No podía mantenerse alejado de los salones de fumar, le gustaban los coroneles, le gustaba el golf, le gustaba el *bridge* y, sobre todo, la sociedad femenina, y las finezas de su compañía, y su lealtad y su audacia y la grandeza de amar lo que, aunque tenía sus desventajas, le parecía (y veía la carita morena, adorablemente linda, encima de los sobres) tan completamente admirable, una flor tan espléndida que crecía en la cresta de la vida humana y, sin embargo, él no estaba a la altura, pues tendía siempre

45 Estos son el mes y el año en que Woolf comenzó a redactar seriamente *La señora Dalloway*. [N. de la T.]

a ver más allá de las cosas (Clarissa había minado algo en él para siempre) y a cansarse con facilidad de la devoción muda y a querer variedad en el amor, aunque lo pondría furibundo que Daisy quisiera a nadie más, ¡furibundo!, pues era celoso, incontrolablemente celoso por carácter. ¡Lo torturaba! Pero ¿dónde estaban su navaja; su reloj; sus sellos, su billetera y la carta de Clarissa que no volvería a leer, pero en la que le gustaba pensar, y la fotografía de Daisy? Y, ahora, a cenar.

Estaban comiendo.

Sentados en mesitas alrededor de jarrones, vestidos de etiqueta o no, con sus chales y bolsos al lado, con su aire de falsa compostura, pues no estaban acostumbrados a tantos platos para cenar; y de confianza, pues podían pagarlos; y de esfuerzo, pues habían estado todo el día recorriendo Londres, de compras, viendo los monumentos; y de curiosidad natural, pues miraron cuando el apuesto caballero de anteojos de carey entró; y de bondad, pues habría sido un placer para ellos hacerle cualquier mínimo favor, como prestarle un horario o darle información útil; y de deseo, latiendo en ellos, tironeando de ellos soterradamente, de establecer de alguna manera conexiones, aunque fuese nada más que un lugar de nacimiento (Liverpool, por ejemplo) en común o amigos con el mismo nombre; con sus miradas furtivas, sus silencios extraños y sus retraimientos repentinos en la jocosidad de la familia y el aislamiento; allí estaban cenando cuando el señor Walsh entró y se sentó en una mesita junto a la cortina.

No fue que dijese nada, pues estando solo, no podía dirigirse más que al camarero; fue su forma de mirar el menú, de señalar con el índice un vino en concreto, de apoyarse en la mesa, de comportarse sobriamente, sin glotonería, a la hora de cenar, lo que le ganó su respeto; el cual, habiendo quedado sin expresión durante la mayor parte de la comida, estalló en la mesa de los Morris cuando oyeron al señor Walsh decir al final de la comida: «Peras Bartlett».[46] ¿Por qué había hablado tan bajito, pero tan firmemente, con el aire de un ser autoritario con todo el derecho fundado en la justicia?, ni Charles Morris hijo ni el padre, ni tampoco la señorita Elaine

46 Bartlett para los americanos, en Europa se conocen como peras Williams. [N. de la T.]

ni la señora Morris lo sabían. Pero, cuando dijo «peras Bartlett», sentado solo a la mesa, sintieron que contaba con su apoyo en tan legítima petición; era adalid de una causa que de inmediato fue la de ellos, de manera que sus ojos se encontraron con los de él con comprensión y, cuando todos se dirigieron al salón de fumar, se hizo inevitable una charlita entre ellos.

No fue muy profunda: solo en cuanto a que Londres estaba abarrotada; había cambiado en treinta años; a que el señor Morris prefería Liverpool; a que la señora Morris había estado en la exposición floral de Westminster y a que todos habían visto al príncipe de Gales. Sin embargo, pensó Peter Walsh, ninguna familia en el mundo puede compararse con los Morris; ninguna en absoluto; y sus relaciones entre ellos son perfectas y no les importan un comino las clases superiores y les gusta lo que les gusta y Elaine se está formando para llevar el negocio familiar y el muchacho ha conseguido una beca en la universidad de Leeds y la señora (que tiene más o menos la edad de él) tiene otros tres hijos en casa; y tienen dos automóviles, pero el señor Morris aún se arregla las botas el domingo: es soberbio, es absolutamente soberbio, pensó Peter Walsh, meciéndose un poco adelante y atrás con el vaso de licor en la mano, entre las sillas de terciopelo rojo y los ceniceros, sintiéndose muy satisfecho consigo mismo, pues gustaba a los Morris. Sí, les gustaba un hombre que decía «peras Bartlett». Les gustaba, se daba cuenta.

Iría a la fiesta de Clarissa. (Los Morris se habían retirado; pero volverían a encontrarse.) Iría a la fiesta de Clarissa porque quería preguntarle a Richard qué estaban haciendo en la India, aquellos zoquetes conservadores. ¿Y qué andaban legislando? Y por la música... Ay, sí, y por los puros chismes.

Pues esta es la verdad sobre el alma, pensó, nuestro ser, que habita como los peces el fondo de los mares, y va y viene en la oscuridad abriéndose paso entre los troncos de algas gigantescas, sobre espacios manchados de sol, y adelante adelante hacia la penumbra fría, abismal, inescrutable; de pronto se dispara hacia la superficie y se regocija en las olas arrugadas por el viento; es decir, tiene una necesidad concreta de cepillar, arañar, encenderse, chismear. ¿Qué pretendía el Gobierno —Richard Dalloway lo sabría— hacer con la India?

Puesto que era una noche muy calurosa y los chicos de los periódicos pasaban con sus carteles, que proclamaban en grandes letras rojas que había una ola de calor, se habían colocado sillones de mimbre en los escalones del hotel y allí, bebiendo, fumando, se sentaban indiferentes caballeros. Allí se sentó Peter Walsh. Sería posible imaginar que aquel día, el día de Londres, no había hecho más que comenzar. Como una mujer que se desprende de su traje de casa, con su delantal blanco, para ataviarse de oro y azul, el día cambiaba, posponía cosas, se cubría de gasa, se cambiaba para la noche y, con el mismo suspiro de regocijo que da una mujer al dejar caer las enaguas al suelo, también se despojó de polvo, calor, color; el tráfico se diluyó; los automóviles, tintineando, sucedieron como flechas al movimiento pesado de los furgones; y aquí y allá, entre el grueso follaje de las plazas, colgó una intensa luz. Renuncio, parecía decir la noche, mientras palidecía y se disolvía sobre los merlones y las prominencias, moldeados, puntiagudos, del hotel, los edificios de casas y las manzanas de tiendas, me disuelvo, comenzaba a decir, desaparezco, pero Londres no lo aceptaría, y alzó sus bayonetas al cielo, le cortó las alas, la obligó a acompañarlo en su jarana.

Pues la gran revolución de la hora de verano del señor Willett[47] se había producido tras la última visita de Peter Walsh a Inglaterra. Esta tarde más larga era nueva para él. Era vivificante, bastante. Pues, mientras los jóvenes pasaban con sus valijas, terriblemente felices de ser libres, orgullosos también, sin decirlo, de estar pisando esta famosa acera, cierta alegría barata, de relumbrón si se quería, pero igualmente éxtasis, les iluminaba el rostro. Iban, además, bien vestidos: ellas con medias rosas; bonitos zapatos. Ahora pasarían dos horas en el cine. Los agudizaba, los refinaba, la luz azul amarillento de la noche; y en las hojas de la plaza brillaba luminoso, lívido —parecían húmedas de agua de mar—, el follaje de una ciudad sumergida. Lo sorprendía la belleza; era alentador también, pues, mientras los angloindios retornados se sentaban por derecho (conocía a multitud de ellos) en el

47 William Willett (1856-1915) fue el inventor del horario de verano aún en vigor, que se aplicó por primera vez en el año 1916 en Gran Bretaña. [N. de la T.]

Club Oriental[48] evaluando biliosamente la ruina del mundo, aquí estaba él, nunca tan joven; envidiando a los jóvenes su verano y todo lo demás, y más que sospechando por las palabras de una muchacha, por la carcajada de una criada —cosas intangibles que no se podían asir—, aquel cambio en toda la acumulación piramidal que en su juventud había parecido inamovible. Había presionado por encima de ellos; los había aplastado, a las mujeres especialmente, como a aquellas flores que la tía de Clarissa, Helena, solía prensar entre hojas de papel secante gris, con el diccionario de Littré encima, sentada a la luz de la lámpara después de cenar. Ahora estaba muerta. Había sabido, por Clarissa, que había perdido la visión de un ojo. Parecía muy apropiado —una de las obras maestras de la naturaleza— que la anciana señorita Parry se convirtiese en cristal. Moriría como un pájaro en una helada, aferrada a su percha. Pertenecía a una época distinta, pero siendo tan entera, tan completa, siempre se alzaría en el horizonte, blanco mármol, eminente, como un faro marcando alguna etapa pasada de este aventurado viaje larguísimo, esta interminable —(buscó a tientas una moneda para comprar el periódico y leer sobre Surrey y Yorkshire; había tendido aquella moneda millones de veces: Surrey eliminado una vez más)— esta interminable vida. Pero el críquet no era solo un juego. El críquet era importante. Nunca se resistía a leer sobre críquet. Leyó primero la clasificación de última hora, luego el calor que había hecho; luego sobre un caso de asesinato. Haber hecho cosas millones de veces las enriquecía, aunque podría decirse que gastaba la superficie. El pasado enriquecía, y la experiencia, y haber querido a una o dos personas, y haber adquirido así la capacidad de la que los jóvenes carecen de tirar por la calle de en medio, hacer lo que uno quiere, no importarle un comino lo que dice la gente e ir y venir sin grandes expectativas (dejó el periódico en la mesa y fue a marcharse), lo que, no obstante (recogió su sombrero y su abrigo), no era del todo cierto para él, no esta noche, pues ahí estaba, preparándose para ir a una fiesta, a su edad, con la creencia de que estaba a punto de vivir una experiencia. Pero ¿cuál?

48 No se admitía a los directivos de la Compañía Británica de las Indias Orientales en los clubs de caballeros londinenses, por lo que decidieron fundar uno propio, que pasaría a ser el lugar de reunión de los hombres de rango ocupados en asuntos angloindios. [N. de la T.]

La belleza en cualquier caso. No la belleza cruda del ojo. No era la belleza pura y simple: Bedford Place de camino a Russell Square. Era la rectitud y el vacío, por supuesto; la simetría de un corredor; pero era también las ventanas iluminadas, un piano, un gramófono sonando; una placentera sensación oculta, pero que emergía de vez en vez cuando, a través de la ventana sin cortinas, de la ventana abierta, se veía un grupo sentado a la mesa, jóvenes circulando despacio, conversaciones entre hombres y mujeres, criadas mirando fuera distraídamente (extraño comentario el suyo, cuando había trabajo), medias secándose en los alféizares más altos, una cacatúa, algunas plantas. Absorbente, misteriosa, de riqueza infinita esta vida. Y, en la gran plaza, en la que los taxis salían disparados y viraban bruscamente, se rezagaban parejas, coqueteando, abrazándose, encogidas bajo la sombra de un árbol; eso era conmovedor; tan silencioso, tan ensimismado, que uno pasaba discreta, tímidamente, como si estuviese en presencia de alguna ceremonia sagrada, que habría resultado impío interrumpir. Eso era interesante. Y así siguió hacia las luces de la noche.

El ligero abrigo se le abrió al aire, caminaba con una idiosincrasia indescriptible, algo inclinado hacia delante, caminaba a buen paso, con las manos a la espalda y los ojos aún un poco como de halcón; caminaba a buen paso por Londres, hacia Westminster, observando.

¿Así que todo el mundo salía a cenar? Los lacayos abrían aquí puertas para dar paso a una anciana dama pizpireta, con zapatos de hebilla, tres plumas de avestruz moradas en el pelo. Se abrían puertas para señoras envueltas como momias en chales de flores de vivos colores, señoras sin sombrero. Y en los barrios respetables, con pilares de estuco, a través de jardincitos delanteros, ligeramente abrigadas, con peinetas en el pelo (habiendo subido un momento a ver a los niños), salían mujeres; los hombres las esperaban, los abrigos abriéndose al aire, y los motores arrancaban. Todo el mundo salía. Lo que, con estas puertas abriéndose, y el descenso y el arranque, parecía como si todo Londres estuviese subiendo a barquichuelos amarrados en la ribera, que ondeaban en las aguas, como si todo el lugar avanzase flotando en un festival. Y en Whitehall patinaban, plata batida como era, patinaban las arañas, y había como mosquitos del vino

pululando en torno a las lámparas de arco; hacía tanto calor que la gente se paraba a hablar. Y aquí, en Westminster, había uno, seguro que era juez retirado, repanchingado a la puerta de su casa, vestido todo de blanco. Seguro que era angloindio.

Y aquí un escándalo de mujeres peleando, mujeres ebrias; allí solo un policía y grandes edificios, edificios altos, edificios cupulados, iglesias, parlamentos, y la sirena de un vapor en el río, un grito neblinoso y hueco. Pero era su calle, esta, la de Clarissa; había taxis volviendo a toda velocidad la esquina, como agua alrededor de los pilares de un puente, reunidos, le parecía, porque llevaban a gente a su fiesta, a la fiesta de Clarissa.

La corriente fría de impresiones visuales le falló ahora como si el ojo fuese una taza que rebosaba y dejaba correr el resto, con descuido, por sus paredes de porcelana. El cerebro ha de despertar ahora. El cuerpo ha de contraerse ahora, al entrar en la casa, la casa iluminada, donde la puerta estaba abierta, donde los automóviles se acumulaban y mujeres resplandecientes bajaban de ellos: el alma debe arrostrarse para aguantar. Abrió la hoja grande de su cortaplumas.

Lucy bajó a toda velocidad las escaleras, había entrado en el saloncito solo un instante para alisar un tapete, enderezar una silla, detenerse un momento y sentir que cualquiera que entrase pensaría lo limpio, resplandeciente, cuidado que estaba todo al ver la hermosa plata, los atizadores de latón, las nuevas cubiertas de las sillas y las cortinas de cretona amarilla: lo apreció todo; oyó un fragor de voces; la gente ya subía de la cena; ¡tenía que darse prisa!

El primer ministro iba a venir, dijo Agnes: eso había oído decir en el comedor, dijo mientras entraba con una bandeja llena de vasos. ¿Importaba, importaba en lo más mínimo, un primer ministro más o menos? Era irrelevante a estas alturas de la noche para la señora Walker, entre los platos, las ollas, los coladores, las sartenes, el pollo en gelatina, las heladoras, los mendrugos de pan, los limones, las soperas y los cuencos de postre que, por mucho que lavasen en la trascocina, parecían superarla sobre la mesa, sobre las sillas, mientras el fuego tronaba y rugía, las luces eléctricas deslumbraban y la recena estaba aún por servir. Toda la sensación que tenía era que un primer ministro más o menos era del todo irrelevante para la señora Walker.

Las señoras subían ya las escaleras, dijo Lucy; las señoras subían, una por una, la señora Dalloway la última y casi siempre enviando de vuelta algún mensaje a la cocina: «Dígale a la señora Walker que la adoro», eso fue todo una noche. A la mañana siguiente repasarían los platos: la sopa, el salmón; el salmón, la señora Walker lo sabía, poco hecho como de costumbre, pues siempre se ponía nerviosa por el postre y se lo dejaba a Jenny; y así pasaba que el salmón estaba siempre poco hecho. Pero una señora de pelo rubio y adornos de plata había preguntado, dijo Lucy, sobre el plato fuerte, ¿de verdad que era casero? Pero era el salmón lo que preocupaba a la señora Walker, mientras daba vueltas y vueltas a los platos, y empujaba el regulador de los fogones y sacaba el regulador de los fogones; y ahí llegaba un estallido de carcajadas desde el comedor; una voz; luego otro estallido de carcajadas: los señores divirtiéndose a solas, una vez que las señoras habían salido. El tokaji, dijo Lucy entrando a la carrera. El señor Dalloway había pedido el tokaji de las bodegas del emperador, el tokaji imperial.

Lo trajeron cruzando la cocina. Por encima del hombro, Lucy informó de lo adorable que se veía la señorita Elizabeth; no podía apartar los ojos de ella; con su vestido rosa y el collar que el señor Dalloway le había regalado. Jenny debía acordarse del perro, el foxterrier de la señorita Elizabeth que, como mordía, había que encerrar y quizá, le parecía a Elizabeth, podía necesitar algo. Jenny debía acordarse del perro. Pero Jenny no iba a subir al piso de arriba con toda aquella gente allí. Se oyó un motor a la puerta. Se oyó el timbre... ¡y los señores aún estaban en el comedor bebiendo tokaji!

Ea, ya subían al piso de arriba; era el primero en llegar y, ahora, llegarían cada vez más rápido, así que la señora Parkinson (a la que contrataban para las fiestas) dejaría la puerta del recibidor entornada, y el recibidor se llenaría de caballeros esperando (esperaban de pie, atusándose el pelo) mientras las señoras se quitaban la capa en el cuarto al final del pasillo; donde la señora Barnet las ayudaba, la vieja Ellen Barnet, que llevaba cuarenta años en la familia y venía cada verano a ayudar a las señoras y recordaba a las madres cuando eran niñas y, aunque sin pretensiones, les estrechaba la mano; decía «mileidi» con mucho respeto, pero tenía una manera burlona al mirar a las jóvenes y al ayudar, sin dejar el tacto de lado, a lady Lovejoy, que tenía un problema con la combinación. Y no podían evitar sentir, lady Lovejoy y la señorita Alice, que cierto privilegio minúsculo en el asunto de cepillar y peinar se les concedía por conocer a la señora Barnet: «Treinta años, mileidi», aportó la señora Barnet. Las jóvenes no se pintaban los labios entonces, dijo lady Lovejoy, cuando se quedaban en Bourton en aquella época. Y la señorita Alice no necesitaba carmín, dijo la señora Barnet, mirándola con cariño. Allí se sentaba la señora Barnet, en el guardarropa, alisando las pieles, estirando los mantones de Manila, ordenando el tocador y sabiendo a la perfección, a pesar de las pieles y los bordados, qué señoras eran amables y cuáles no. Qué adorable viejecita, dijo lady Lovejoy, subiendo las escaleras, la antigua niñera de Clarissa.

Y, a continuación, lady Lovejoy hinchó el pecho. «Lady Lovejoy y su hija», le dijo al señor Wilkins (al que contrataban para las fiestas). Un señor de maneras admirables, al inclinarse y enderezarse, inclinarse y enderezarse, y anunciar con perfecta imparcialidad: «Lady Lovejoy e hija... Sir John Needham y señora... La señorita Weld... El señor Walsh». Sus maneras eran admirables; su vida familiar debía de ser irreprochable, excepto que parecía imposible que tal ser de labios verdosos y mejillas rasuradas pudiese haber caído en el incordio de los hijos.

—¡Qué delicia verte! —dijo Clarissa.

Se lo decía a todo el mundo. ¡Qué delicia verte! Mostraba su peor lado: efusivo, insincero. Qué gran error haber venido. Tendría que haberse quedado en casa leyendo su libro, pensó Peter Walsh; tendría que haber ido a un cabaret; tendría que haberse quedado en casa, pues no conocía a nadie.

Ay, madre mía, iba a ser un fracaso; un completo fracaso, Clarissa tuvo la corazonada cuando el querido y anciano lord Lexham disculpó a su esposa, que se había enfriado en la fiesta del jardín del palacio de Buckingham. Podía ver a Peter por el rabillo del ojo, criticándola allí, en aquel rincón. ¿Por qué, al fin y al cabo, se prestaba ella a estas cosas? ¿Por qué aspirar a cimas y encontrarse envuelta en fuego? ¡Así la consumiese! ¡La redujese a cenizas!

Mejor cualquier cosa, mejor blandir la propia antorcha y arrojarla al suelo que menguar y consumirse como una Ellie Henderson. Era extraordinario cómo la ponía Peter en este estado solo con venir y quedarse en un rincón. La hacía verse; exagerar. Era ridículo. Pero ¿por qué venía, entonces, solo para criticar? ¿Por qué siempre tomar y nunca dar? ¿Por qué no arriesgar el propio puntito de vista? Se alejaba, y ella tenía que hablar con él. Pero no tendría oportunidad. La vida era eso: humillación, renuncia. ¿Lo que estaba diciendo lord Lexham era que su esposa no había querido ponerse las pieles en la fiesta en el jardín porque «Querida, las mujeres son ustedes todas iguales»? ¡Pero si lady Lexham tenía al menos setenta y cinco años! Era delicioso cómo se mimaban el uno al otro, aquellos dos ancianos. Le gustaba de verdad el viejo lord Lexham. Clarissa creía de verdad que su fiesta importaba, y sintió náuseas al saber que iba a salir todo mal, que iba a naufragar. Cualquier cosa, cualquier explosión, cualquier horror era mejor que la gente deambulando, retirándose encogida a un rincón como Ellie Henderson, no importándole siquiera mantenerse erguida.

Suavemente, la cortina amarilla con todas sus aves del Paraíso voló al aire y dio la sensación de un revoloteo de alas en la habitación, hacia fuera, luego absorbidas de vuelta. (Pues las ventanas estaban abiertas.) ¿Había corriente?, se preguntó Ellie Henderson. Tenía escalofríos. Pero no le importaba si mañana andaba con estornudos; era en las muchachas con los hombros al desnudo en las que pensaba, adiestrada como estaba para pensar en los demás por un padre anciano, inválido, antiguo vicario de Bourton, aunque había fallecido ya; y sus escalofríos nunca le bajaban al pecho, nunca. Era en las muchachas en las que pensaba, las jóvenes con los hombros al aire, ella misma habiendo sido siempre una criatura enclenque, con el pelo fino y el perfil exiguo; aunque ahora, pasados los cincuenta, comenzaba a brillar a su través un haz templado, algo purificado hasta la dignidad por años de abnegación, aunque oscurecido de nuevo, perpetuamente, por su amabilidad acuciante, su miedo pánico, que surgía de trescientas libras de ingresos, y su estado inerme (no lograba ganar ni un penique), y eso la hacía apocada y era cada año que pasaba menos adecuada para juntarse con gente bien vestida que hacía este tipo de cosas todas las noches de la temporada, que no tenían más que decirles a las doncellas: «Me pondré esto y lo otro», mientras que Ellie Henderson se apresuraba nerviosa a comprar media docena de flores rosas baratas y, luego, se echaba un chal sobre el viejo vestido negro. Pues su invitación a la fiesta de Clarissa había llegado en el último momento. No es que se alegrase del todo. Tenía la sensación de que Clarissa no había querido invitarla este año.

¿Por qué iba a querer? No había razón alguna, en realidad, excepto que se conocían de toda la vida. De hecho, eran primas. Pero, claro está, se habían alejado la una de la otra, estando Clarissa tan solicitada. Era un acontecimiento para ella ir a una fiesta. Era todo un premio solo ver aquella ropa tan bonita. ¿No era esa Elizabeth, tan mayor, con el pelo peinado a la última, la del vestido rosa? Aunque no podía tener más de diecisiete años. Era muy muy atractiva. Pero parecía que las muchachas ya no vestían de blanco cuando las presentaban. (Tenía que acordarse de todo para contárselo a Edith.) Las muchachas llevaban vestidos rectos, muy ajustados, con faldas muy por encima de los tobillos. Decente no es, pensó.

Así que, con su mala vista, Ellie Henderson estiró el cuello todo lo que pudo, y no era ella a la que le importaba demasiado no tener con quien hablar (apenas conocía allí a nadie), pues le parecía interesantísimo observar a toda aquella gente; políticos casi seguro; los amigos de Richard Dalloway; pero era el propio Richard quien sentía que no podía dejar que aquella pobre criatura siguiera allí toda la noche sola.

—Bien, Ellie, y ¿cómo te trata el mundo? —dijo a su manera afable, y Ellie Henderson, poniéndose nerviosa y sonrojándose y sintiendo que era extraordinariamente amable por su parte acercarse a hablar con ella, dijo que a mucha gente la afectaba de verdad más el calor que el frío.

—Sí, es cierto —dijo Richard Dalloway—. Sí.

Pero ¿qué más decir?

—Hola, Richard —dijo alguien, tomándolo del codo y, por Dios bendito, si era el viejo Peter, el viejo Peter Walsh.

Estaba encantado de verlo, ¡qué gusto verlo! No había cambiado ni lo más mínimo. Y allá que fueron, cruzando juntos la sala, dándose palmaditas el uno al otro, como si no se hubiesen visto hacía mucho, pensó Ellie Henderson, mirando cómo se iban, segura de haber visto antes a aquel hombre. Un hombre alto, de mediana edad, ojos bastante bonitos, oscuros, con anteojos, con un aire a lo John Burrows.[49] Seguro que Edith sabía quién era.

La cortina con su revoloteo de aves del Paraíso se agitó de nuevo. Y Clarissa vio... vio a Ralph Lyon apartarla, y seguir hablando. Así que, a la postre, no sería un fracaso, iba a ir bien su fiesta. Había arrancado. Había dado comienzo. Pero no las tenía aún todas consigo. No podía moverse de allí por el momento. La gente parecía llegar a raudales.

—El coronel Garrod y señora... El señor Hugh Whitbread... El señor Bowley... La señora Hilbery... Lady Mary Maddox... El señor Quin... —entonó Wilkins.

Clarissa intercambió unas palabras con cada uno, y luego ellos continuaron, continuaron hacia las salas; hacia algo ahora, no la nada, desde que Ralph Lyon había apartado la cortina.

Y, sin embargo, por su parte, era demasiado esfuerzo. No se estaba divirtiendo. Era demasiado parecido a ser... cualquiera, allí parada; cualquiera podría hacerlo; sin embargo, por este cualquiera ella sentía cierta admiración, no podía evitar tener la sensación de que, en cierto modo, había hecho que esto sucediera, que marcara una etapa, este puesto que le parecía ocupar, pues por extraño que fuese había olvidado el aspecto que tenía y se sentía como una estaca clavada en lo alto de las escaleras. Cada vez que daba una fiesta tenía esta sensación de ser algo que no era ella, y de que todo el mundo era irreal en cierta manera; mucho más real en otra. Era, pensó, en parte por la ropa, en parte por salir de lo cotidiano, en parte por el escenario; era posible decir cosas que no se podían decir de ningún otro modo, cosas que requerían un esfuerzo; en las que era posible profundizar mucho más. Pero no para ella; no de momento al menos.

—¡Qué delicia verle! —dijo.

¡El bueno de sir Harry! Él conocería a todo el mundo.

---

49 Un asesino de ficción, cuyo caso se juzga en la novela *El vicario de Bullhampton,* de Anthony Trollope.

Y lo que era tan extraño en torno a esto era la sensación que tenía mientras subían las escaleras uno tras otro, la señora Mount y Celia, Herbert Ainsty, la señora Dakers... Ah, ¡y lady Bruton!

—¡Qué amabilidad tan grande por su parte haber venido! —dijo Clarissa, y lo decía de verdad; era extraño cómo quieta allí de pie los sentía continuar, continuar, algunos bastante viejos, algunos...

¿Cuál había sido el nombre? ¿Lady Rosseter? Pero ¿quién en nombre del Cielo era lady Rosseter?

—¡Clarissa!

¡Esa voz! ¡Era Sally Seton! ¡Sally Seton!, después de todos aquellos años. Apareció a través de cierta neblina. Pues no había tenido aquel aspecto, Sally Seton, cuando Clarissa agarró el calientapiés. Pensar que estaba bajo este techo. ¡Bajo este techo! ¡No así!

Amontonadas, avergonzadas, entre risas, las palabras borbotaron: pasaba por Londres; se lo dijo Clara Haydon; qué oportunidad de verte. Así que me atreví a venir... sin invitación.

Una podía dejar el calientapiés con tranquilidad. Sally ya no resplandecía. Y, sin embargo, era extraordinario verla de nuevo, mayor, más feliz, menos encantadora. Se besaron, primero esta mejilla, luego la otra, junto a la puerta del saloncito, y Clarissa se volvió, con la mano de Sally en las suyas, y vio sus salas llenas, oyó el tronar de las voces, vio los candelabros, las cortinas en la brisa y las rosas que Richard le había regalado.

—Tengo cinco muchachos crecidísimos —dijo Sally.

Tenía el más simple de los egotismos, el más abierto deseo de que se pensase siempre primero en ella, y Clarissa la adoraba por seguir siendo así.

—¡No me lo puedo creer! —gritó, iluminada toda ella por el placer que le daba pensar en el pasado.

Pero, ay, Wilkins; Wilkins la reclamaba; Wilkins estaba pronunciando con una voz de autoridad y mando, como si toda la compañía hubiese de ser reprendida y la anfitriona regañada por su frivolidad, un nombre:

—El primer ministro —dijo Peter Walsh.

¿El primer ministro? ¿De verdad? Ellie Henderson se maravilló. ¡Cuando se lo contase a Edith!

No podía una reírse de él. Tenía un aspecto tan pedestre... Se lo podría poner tras un mostrador a vender galletas... ¡pobre tipo!, todo emperejilado de encaje dorado. Y, para ser justos, cuando hizo su ronda, primero con Clarissa, luego con Richard acompañándolo, lo hizo muy bien. Intentó parecer alguien. Era divertido observarlo. Nadie lo miró. Siguieron hablando sin más, pero era del todo obvio que todos sabían, sentían hasta la médula, que la majestad pasaba; este símbolo de lo que todos eran, la sociedad inglesa. La anciana lady Bruton, y ella estaba también muy elegante, muy firme, con su encaje, se acercó y se retiraron a una salita que, de inmediato, fue espiada, vigilada, y una especie de revuelo en susurros atravesó ondeando a todos: ¡el primer ministro!

¡Ay, Señor, Señor!, el esnobismo de los ingleses, pensó Peter Walsh, de pie en el rincón. ¡Cómo les gustaba vestirse de encaje dorado y rendir homenaje! ¡Mira! Ese debía de ser —por Júpiter que lo era— Hugh Whitbread, husmeando la zona de los grandes; había engordado bastante, estaba bastante más pálido, ¡el admirable Hugh!

Tenía siempre el aspecto de estar de servicio, pensó Peter, un ser privilegiado pero discreto, que atesoraba secretos que moriría por defender, aunque no fuese más que un chisme sin importancia que se le hubiese escapado a un lacayo de la corte y podría estar en todos los periódicos mañana. Esos eran sus sonajeros, sus fruslerías, jugando con las cuales se había hecho más pálido, se había acercado al borde de la vejez, disfrutando del respeto y el afecto de todos los que habían tenido el privilegio de conocer a este tipo de alumno de internado privado inglés. Era inevitable que uno se imaginase cosas como esas sobre Hugh; ese era su estilo; el estilo de aquellas cartas admirables que Peter había leído cientos de millas allende el mar en el *Times,* y había dado gracias a Dios por estar lejos de aquella barahúnda dañina aunque solo fuese para oír a los babuinos charlar y a los culis pegar a sus mujeres. Un universitario de piel aceitunada se mantenía sumisamente aparte. A él lo acogería bajo su ala, lo iniciaría, lo enseñaría a desenvolverse. Pues lo que más le gustaba en el mundo era hacer favores, hacer los corazones de las ancianas latir con la alegría de que pensaran en ellas a su edad, en su aflicción, cuando se creían ya olvidadas, pero aquí estaba el bueno de Hugh acercándose a pasar con ellas una hora hablando del pasado, recordando nimiedades, alabando el pastel casero, aunque Hugh podría comer pastel con una duquesa cualquier día de su vida y, por su aspecto, seguramente pasaba una buena cantidad de su tiempo en esa agradable ocupación. Que lo perdonase el Omnisciente, el Misericordioso. Peter Walsh no tenía misericordia. Tenía que haber bribones y, Dios lo sabía, los granujas a los que cuelgan por abrir la cabeza a una muchacha en un tren hacen menos daño en conjunto que Hugh Whitbread y su amabilidad. Míralo ahora, como pisando huevos, desviviéndose, haciendo reverencias y pasando entre la gente, haciendo ver a todo el mundo, cuando volvieron el primer ministro y lady Bruton, que él tenía el privilegio de decir algo, algo privado, a lady Bruton cuando pasaba. Ella se detuvo. Asintió con su elegante cabeza anciana. Estaba seguramente dándole las gracias por algún pequeño servicio. Tenía sus aduladores, funcionarios de segunda en las oficinas del Gobierno, que corrían de acá para allá despachando trabajillos para ella, a cambio de lo cual ella los invitaba a almorzar. Pero ella era fruto del siglo XVIII. No se le podía reprochar nada.

Y ahora Clarissa acompañaba a su primer ministro por la sala, pavoneándose, resplandeciendo, con la solemnidad de su pelo cano. Llevaba zarcillos y un vestido de sirena verde plata. Daba la impresión de moverse con las olas, mientras se trenzaba el cabello, aún tenía ese don; ser; existir; resumirlo todo en el instante en que ella pasaba; se volvió, su fular se enganchó en el vestido de otra señora, lo desenganchó, se rio, todo con la más perfecta soltura y el aire de una criatura flotando en su elemento. Pero la edad la había tocado; aun cuando, como sirena, podría contemplar en su espejo la puesta de sol en una tarde muy clara sobre las olas. Había un aliento de ternura; su gravedad, su mojigatería, su acartonamiento estaban ahora atravesados por la calidez, y tenía en torno a ella, cuando dijo adiós al grueso hombre de encajes dorados que hacía todo lo que podía, y buena suerte, por parecer importante, una dignidad inefable; una cordialidad exquisita; como si le desease lo mejor a todo el mundo, y tuviese ahora, estando al mismísimo borde de las cosas, que irse. En eso lo hizo pensar. (Pero no estaba enamorado.)

Qué bueno ha sido, pensó Clarissa, el primer ministro al venir. Y, paseando por la sala con él, con Sally allí y Peter allí y Richard muy satisfecho, con toda aquella gente bastante inclinada, tal vez, a envidiarla, había sentido la ebriedad del momento, la dilatación de los nervios del corazón mismo hasta que pareció temblar, rampante, erguido; sí, pero, al fin y al cabo, eso era lo que los demás sentían; pues, aunque ella lo adoraba y lo sentía titilar y escocer, estas apariencias, estos triunfos (el bueno de Peter, por ejemplo, pensando que ella era tan brillante), tenían aún cierta oquedad; estaban al alcance de la mano, pero no en el corazón; y podría ser que se estuviese haciendo vieja, pero ya no la satisfacían como antes; y, de pronto, cuando vio al primer ministro bajar las escaleras, el marco dorado del cuadro de sir Joshua de la niña con un manguito trajo de vuelta a Kilman como un torrente; a Kilman, su enemiga. Eso era satisfactorio; eso era real. Ah, cómo la odiaba: acalorada, hipócrita, corrupta; con todo aquel poder; la seductora de Elizabeth; la mujer que había entrado a hurtadillas para robar y deshonrar (¡Qué disparate!, diría Richard.) La odiaba: la quería. Era enemigos lo que una necesitaba, no amigos: no la señora Durrant y Clara,[50] sir William y lady Bradshaw, la señorita Truelock y Eleanor Gibson (a la que vio subir las escaleras). Que la buscasen si querían. ¡Ella se debía a la fiesta!

Ahí estaba su viejo amigo sir Harry.

—¡Querido sir Harry! —dijo mientras se acercaba al elegante anciano que había producido más cuadros malos que cualquier otro académico de St John's Wood (siempre pintaba ganado, absorbiendo humedad en charcas al ocaso, o indicando, pues tenía cierto surtido de gestos, mediante el alzamiento de una pata delantera y la sacudida de la cornamenta, «un Extraño se acerca»; todas sus actividades, salir a cenar, las carreras, se encontraban en su ganado, absorbiendo humedad en charcas al ocaso)—. ¿De qué se ríe? —le preguntó.

Pues Willie Titcomb y sir Harry y Herbert Ainsty se estaban riendo. Pero no. Sir Harry no podía contarle a Clarissa Dalloway (por mucho que ella le gustase; pensaba que era perfecta en su clase y amenazaba con

50 Como el señor Bowley, la señora Durrant y Clara aparecen también en *El cuarto de Jacob* (1922). [N. de la T.]

pintarla) sus historias de cabaret. Le tomó el pelo con la fiesta. Echaba de menos un jerez. Estos círculos, dijo, estaban por encima de su nivel. Pero ella le gustaba; la respetaba a pesar de su detestable y difícil refinamiento de clase alta, que hacía imposible pedirle a Clarissa Dalloway que se sentase en su regazo. Y ahí venía aquel fuego fatuo andante, aquella fosforescencia errante, la anciana señora Hilbery, tendiendo las manos al calor de la risa de sir Harry (sobre el duque y su señora) que, al oírla desde el otro lado de la habitación, pareció tranquilizarla sobre un punto que a veces la preocupaba si se despertaba temprano por la mañana y no quería llamar a su doncella para pedirle una taza de té: la seguridad de que iba a morir.

—No quieren contarnos sus historias —dijo Clarissa.

—¡Mi querida Clarissa! —exclamó la señora Hilbery.

Era esta noche igualita a su madre, dijo, a su madre cuando la vio por primera vez paseando por un jardín con su sombrero gris.

Y la verdad es que los ojos de Clarissa se llenaron de lágrimas. Su madre, ¡paseando por un jardín! Pero, ay, tenía que irse.

Pues ahí estaba el catedrático Brierly, que daba clases sobre Milton, hablando con el joven Jim Hutton (que era incapaz incluso para una fiesta como esta de componer el corbatín y el chaleco, o de atusarse el pelo), e incluso a esta distancia podía verlos discutir. Pues el catedrático Brierly era un pez muy fuera del agua en ese ambiente. Con todos aquellos grados, honores, conferencias entre él y los escritorzuelos, sospechaba al instante un ambiente no favorable al suyo; su erudición y su apocamiento prodigiosos; su encanto invernal sin cordialidad; su inocencia mezclada de esnobismo; se estremecía si el peinado desaliñado de una señora, las botas de un joven, le hacían notar la existencia de un inframundo, sin duda encomiable, de rebeldes, de jóvenes ardientes; de futuros genios, e intimaba con una pequeña sacudida de la cabeza, con un sorberse la nariz —¡bah!— el valor de la moderación; de cierta formación ligera en los clásicos para apreciar a Milton. El catedrático Brierly (Clarissa lo veía) no se avenía con el joven Jim Hutton (que llevaba calcetines rojos, pues había echado los negros a lavar) en cuanto a Milton. Los interrumpió.

Dijo que le encantaba Bach. También a Hutton. Ese era el vínculo entre ellos, y Hutton (un poeta muy malo) siempre sentía que la señora Dalloway era con mucho la mejor de las grandes damas que se interesaban por las artes. Era extraño lo estricta que era. En cuanto a la música era puramente impersonal. Era más bien mojigata. Pero ¡un deleite para la vista! Habría hecho de su casa un lugar de verdad agradable, si no fuese por sus catedráticos. Clarissa estaba tentada de llevárselo y sentarlo al piano de la habitación de atrás. Porque tocaba divinamente.

—¡Pero qué ruido! —dijo—. ¡Qué ruido!

—Señal de una buena fiesta. —Asintiendo cortés, el catedrático se alejó discreto.

—Sabe todo lo que hay que saber sobre Milton —dijo Clarissa.

—¿De verdad? —dijo Hutton, que imitaría al catedrático por todo Hampstead:[51] al catedrático hablando de Milton; al catedrático hablando de moderación; al catedrático alejándose discreto.

Pero tenía que ir a hablar con aquella pareja, se disculpó Clarissa, lord Gayton y Nancy Blow.

No es que ellos contribuyesen de forma perceptible al ruido de la fiesta. No estaban hablando (de forma perceptible), pese a que estaban juntos al lado de las cortinas amarillas. Pronto se irían a otro lugar, juntos; y nunca tenían mucho que decir en ninguna circunstancia. Estaban ahí: eso era todo. Eso era suficiente. Estaban ahí tan limpios, tan serenos, ella con una flor de damasco de polvo y maquillaje, pero él a cara lavada, con ojos de pájaro, de manera que no se perdería una pelota, ni un golpe lo tomaría por sorpresa. Golpeaba, saltaba, con precisión absoluta. Bocas equinas temblaban al extremo de sus riendas. Tenía sus honores, monumentos ancestrales, banderolas colgadas en la capilla de su casa. Tenía sus deberes; sus arrendatarios; una madre y hermanas; había estado todo el día en Lord's, y eso era de lo que estaban hablando —críquet, primos, películas— cuando la señora Dalloway se acercó. A lord Gayton, la señora Dalloway le gustaba terriblemente. También a la señorita Blow. Era absolutamente encantadora.

51 Un barrio bohemio del que Woolf solía mofarse. [N. de la T.]

—Es divino... ¡Qué delicia que hayan venido! —dijo.

Adoraba Lord's; adoraba la juventud, y Nancy, vestida a un coste enorme por los mejores artistas de París, tenía el aspecto de que su cuerpo hubiese florecido, como por sí mismo, en volantes verdes.

—Me habría gustado que hubiera baile —dijo Clarissa.

Pues los jóvenes no hablaban. ¿Y por qué iban a hacerlo? Gritar, abrazarse, bailar *swing,* esperar despiertos el amanecer; llevar azúcar a los caballos; besar y acariciar los hocicos de los adorables chow-chows; y luego, todo hormigueo y corriente, saltar al agua y nadar. Pero los enormes recursos de la lengua inglesa, la capacidad que confiere, al fin y al cabo, para comunicar los sentimientos (a su edad, ella y Peter se habrían pasado la velada discutiendo), no eran para ellos. Se solidificarían jóvenes. Serían inconmensurablemente buenos con la gente de sus propiedades, pero a solas, tal vez, aburridos.

—¡Qué lástima! —dijo—. Me habría gustado que hubiera baile.

Era extraordinariamente amable por su parte haber venido. Pero ¡cómo iba a haber baile! Las salas estaban a rebosar.

Ahí estaba la anciana tía Helena con su chal. Y, tenía que dejarlos... a lord Gayton y Nancy Blow. Ahí estaba la anciana señorita Parry, su tía.

Pues la señorita Helena Parry no había muerto: la señorita Parry aún vivía. Tenía más de ochenta años. Subió las escaleras despacio, apoyada en su bastón. Le acercaron una silla (Richard se había encargado.) Siempre dirigían hacia ella a quienes habían conocido Birmania en los setenta. ¿Dónde estaba Peter? Solían hacer muy buenas migas. Pues, al mencionar la India, o incluso Ceilán, los ojos de la señorita (solo uno era de cristal) se hacían poco a poco más profundos, azules, contemplativos, no seres humanos —no guardaba buenos recuerdos, ni orgullosas impresiones, de virreyes, generales, motines—, eran orquídeas lo que veía, y pasos de montaña, y cómo la llevaban a cuestas los culis en los sesenta por colinas solitarias; o bajaban para arrancar orquídeas (flores llamativas, nunca antes vistas) que ella pintaba a la acuarela; una británica indomable, a la que fastidiaba que la guerra, digamos, dejando caer una bomba en su misma puerta, la sacase de su profunda meditación sobre las orquídeas y su propia figura viajando en los sesenta por la India... Pero aquí estaba Peter.

—Ven a hablar con la tía Helena sobre Birmania —dijo Clarissa.

Y, sin embargo, con ella no había hablado en toda la noche.

—Hablaremos más tarde —dijo Clarissa llevándolo hasta la tía Helena, con su chal blanco, con su bastón.

—Peter Walsh —dijo Clarissa.

Eso no le dijo nada.

Clarissa la había invitado. Era agotador; era ruidoso; pero Clarissa la había invitado. Así que había venido. Era una lástima que viviesen en Londres, Richard y Clarissa. Aunque fuese por la salud de Clarissa, habría sido mejor que viviesen en el campo. Pero a Clarissa siempre le había gustado la vida social.

—Ha estado en Birmania —dijo Clarissa.

¡Ah! No pudo resistirse a mencionar lo que Charles Darwin había dicho de su librito sobre las orquídeas de Birmania.

(Clarissa tenía que ir a hablar con lady Bruton.)

Sin duda ya estaba olvidado, su libro sobre las orquídeas de Birmania, pero había tenido tres ediciones antes de 1870, le contó a Peter. Ahora lo recordaba. Había estado en Bourton (y la había dejado, se acordó Peter Walsh, sin una palabra, en el saloncito aquella noche cuando Clarissa le había pedido que fuese con ella a navegar).

—Richard ha disfrutado mucho de su almuerzo —le dijo Clarissa a lady Bruton.

—Richard ha sido de la mayor ayuda —contestó lady Bruton—. Me ayudó a escribir una carta. Y ¿cómo está usted?

—Ay, ¡de maravilla! —dijo Clarissa. (Lady Bruton odiaba la enfermedad en las esposas de los políticos.)

—¡Y aquí tenemos a Peter Walsh! —dijo lady Bruton (pues nunca se le ocurría nada que decirle a Clarissa; aunque le gustaba. Tenía un montón de cualidades fantásticas; pero no tenían nada en común, Clarissa y ella. Habría sido tal vez mejor que Richard se hubiese casado con una mujer con menos encanto, que le hubiese ayudado más en su trabajo. Había perdido su oportunidad de formar parte del Gabinete)—. ¡Aquí tenemos a Peter Walsh! —dijo estrechándole la mano a aquel simpático pecador, aquel tipo tan capaz que tendría que haber llegado a ser famoso pero no lo había hecho (siempre en líos de mujeres) y, por supuesto, a la anciana señorita Parry. ¡Qué maravillosa anciana!

Lady Bruton se paró junto a la silla de la señorita Parry, granadero espectral, envuelta en pliegues de negro, invitando a Peter Walsh a almorzar; cordial; pero sin conversación, pues no recordaba nada en absoluto sobre la flora o la fauna de la India. Había estado allí, claro; había visitado a tres virreyes; tenía a algunos de los funcionarios civiles indios por individuos extraordinarios; pero qué tragedia era... el estado de la India. El primer ministro acababa de contarle (a la anciana señorita Parry, arrebujada en su chal, no le importaba lo que el primer ministro acababa de contarle), y a lady Bruton le gustaría conocer la opinión de Peter Walsh, recién llegado del centro de las cosas, y se encargaría de presentarle a sir Sampson, pues la verdad es que le quitaba el sueño por las noches la chifladura que aquello suponía, la perversidad podría decir, siendo como era hija de militar. Era una mujer mayor ya, que no servía ya de mucho. Pero su casa, sus criados, su buena amiga Milly Brush —¿se acordaba Peter de ella?—, estaban todos allí esperando a ser utilizados si... si podían ser de ayuda, para abreviar. Pues ella nunca hablaba de Inglaterra, pero llevaba esta isla de hombres, esta querida, querida tierra, en la sangre (y no es que hubiese leído a Shakespeare)[52] y, si alguna vez una mujer hubiese podido llevar casco y disparar flechas, hubiese podido dirigir tropas al ataque, gobernar con indomable justicia hordas bárbaras y ser enterrada desnarigada bajo un escudo en una iglesia, o se le hubiese podido dedicar un túmulo de verde hierba en alguna colina primitiva, esa mujer era Millicent Bruton. Excluida por su sexo, y alguna ausencia, también, de la facultad lógica (era incapaz de escribir una carta al *Times*), tenía el concepto de Imperio siempre a mano y había adquirido, de su asociación con la armada Diosa, su porte envarado, la robustez de su conducta, de manera que no se la podía imaginar separada, ni muerta, de la tierra, ni vagando por territorios sobre los que, en cierto sentido espiritual, hubiese dejado

52 «Esta tierra de almas queridas, esta querida querida tierra» es un verso de *Ricardo II*. [N. de la T.]

de ondear la bandera del Imperio. No ser inglesa, aun entre los muertos... ¡no, no! ¡Imposible!

Pero ¿era esa lady Bruton (a quien había conocido)? ¿Era Peter Walsh el señor canoso? Se preguntó lady Rosseter (que había sido Sally Seton). Esa era, desde luego, la señorita Parry, la anciana tía que solía enfadarse tanto cuando ella estuvo en Bourton. Nunca podría olvidar haber corrido por el pasillo desnuda, y que luego la había mandado llamar la señorita Parry. ¡Y Clarissa! ¡Ah, Clarissa! Sally la agarró del brazo.

Clarissa se paró junto a ellos.

—Pero no puedo quedarme —dijo—. Vendré más tarde. Esperad —dijo mirando a Peter y a Sally. Tenían que esperar, quería decir, hasta que toda aquella gente se hubiese ido—. Volveré —dijo mirando a sus viejos amigos, Sally y Peter, que se estrechaban la mano, y Sally, sin duda acordándose del pasado, se reía.

Pero de su voz se había escurrido su antigua riqueza arrobadora; sus ojos no brillaban como solían, cuando fumaba cigarros puros, cuando corría por el pasillo para buscar su esponja sin absolutamente nada puesto, y Ellen Atkins preguntaba: ¿Y si uno de los señores la hubiese visto? Pero todo el mundo la perdonaba. Robaba un pollo de la despensa porque tenía hambre por la noche; fumaba cigarros puros en su dormitorio; una vez dejó un libro valiosísimo en la batea. Pero todo el mundo la adoraba (excepto, puede ser, papá). Era su calidez; su vitalidad... pintaba, escribía. Las ancianas del pueblo nunca hasta hoy habían olvidado preguntar por «su amiga, la de la capa roja, que parecía tan brillante». Acusó a Hugh Whitbread, de entre todas las personas (y ahí estaba, su viejo amigo Hugh, hablando con el embajador portugués), de besarla en el fumador para castigarla por decir que las mujeres tenían derecho al voto. Los hombres de a pie lo tenían, decía. Y Clarissa recordó tener que convencerla de que no lo contase cuando la familia se juntara a rezar, algo que era capaz de hacer con su atrevido, imprudente, melodramático amor a ser el centro de todo y a montar escenas, y seguro que aquello terminaba, solía pensar Clarissa, en una horrible tragedia; su muerte; su martirio; y, en cambio, se había casado, bastante inesperadamente, con un hombre calvo que llevaba flores demasiado grandes en la solapa, dueño, se decía, de molinos de algodón en Mánchester. ¡Y tenía cinco hijos!

Peter y ella se habían acomodado juntos. Estaban hablando; parecía tan familiar que estuviesen hablando... Estarían recordando el pasado. Con ellos dos (más incluso que con Richard) compartía el pasado; el jardín; los árboles; el viejo Joseph Breitkopf cantando a Brahms sin voz; el papel pintado del saloncito; el olor de las alfombras. Sally sería siempre parte de aquello; Peter lo sería siempre. Pero tenía que dejarlos. Habían llegado los Bradshaw, a los que no aguantaba.

Tenía que ir a saludar a lady Bradshaw (de gris y plata, contoneándose como un león de mar al borde de su piscina, ladrando en busca de invitaciones, de duquesas, la típica esposa de un hombre de éxito), tenía que ir a saludar a lady Bradshaw y decirle...

Pero lady Bradshaw se le adelantó.

—Llegamos escandalosamente tarde, querida señora Dalloway; por poco no nos atrevemos a venir —dijo.

Y sir William, con un aspecto muy distinguido, con su pelo gris y sus ojos azules, dijo que sí: no habían podido resistirse a la tentación. Estaba hablando con Richard sobre aquella ley, seguramente, que querían que la Cámara de los Comunes aprobase. ¿Por qué verlo hablando con Richard la hacía encogerse? Parecía lo que era: un gran médico. Un hombre a la vanguardia absoluta de su profesión, muy poderoso, bastante consumido. Había que imaginar los casos que se le presentarían, personas en los más profundos abismos de la desgracia; personas al borde de la locura; maridos y mujeres. Tenía que decidir cuestiones de atroz dificultad. Y, sin embargo, lo que ella sentía era que una no querría que sir William la viese infeliz. No; no aquel hombre.

—¿Cómo le va a su hijo en Eton? —le preguntó a lady Bradshaw.

No había entrado en el equipo de críquet, dijo lady Bradshaw, por las paperas. Su padre estaba más disgustado que él, le parecía, «pues no era —dijo— más que un niño grande».

Clarissa miró a sir William, que hablaba con Richard. No parecía un niño, ni por asomo.

Una vez había acompañado a alguien a verlo. Él había sido muy razonable; sensato en extremo. Pero, Cielos, ¡qué alivio había sido volver a la calle! Había un pobre desgraciado gimiendo, recordaba, en la sala de espera. Pero ella no sabía qué era lo que le pasaba con sir William; qué la disgustaba exactamente. Solo Richard estaba de acuerdo con ella: «No le gustaba su gusto, no le gustaba su olfato». Pero era extraordinariamente capaz. Estaban hablando sobre esa ley. Sir William estaba mencionando algún caso, bajó la voz. Tenía que ver con lo que decía sobre los efectos retardados del trauma de guerra. Debían incluir cierta disposición en la ley.

Susurrando, atrayendo a la señora Dalloway al cobijo de una feminidad común, un orgullo común en cuanto a las cualidades ilustres de sus esposos y su triste tendencia a trabajar en exceso, lady Bradshaw (pavisosa; no es que no le gustase) murmuró cómo «justo cuando salíamos, han llamado a mi marido por teléfono: un caso muy triste. Un joven (eso es lo que le está contando sir William al señor Dalloway) se había matado. Había estado en el ejército». ¡Ah!, pensó Clarissa, en medio de mi fiesta: aquí está la muerte, pensó.

Siguió avanzando, hasta la salita en la que el primer ministro había entrado con lady Bruton. Tal vez había alguien allí. Pero no había nadie. Las sillas aún mantenían la huella del primer ministro y de lady Bruton, ella vuelta hacia él con respeto, él repanchingado, todo autoridad. Habían estado hablando de la India. No había nadie. El esplendor de la fiesta se desplomó, así de extraño fue entrar sola, toda engalanada.

¿Con qué derecho hablaban los Bradshaw de la muerte en su fiesta? Un joven se había matado. Y ellos hablaban de ello en su fiesta: los Bradshaw hablaban de la muerte. Se había matado, pero ¿cómo? Su cuerpo parecía sufrirlo siempre cuando le contaban, de pronto, un accidente; su vestido se prendía fuego, su cuerpo ardía. El joven se había tirado por una ventana. El suelo se había precipitado hacia él; a través de él se había introducido, magullándolo, hiriéndolo, la verja oxidada. Allí quedó con un bum, bum, bum en el cerebro, antes de ahogarse en la negrura. Así lo veía. Pero ¿por qué lo había hecho? ¡Y los Bradshaw hablaban de ello en su fiesta!

Una vez había lanzado un chelín al estanque Serpentine, nunca nada más. Pero él había abandonado. Ellos seguían viviendo (tendría que volver;

las salas estaban aún a rebosar; no dejaba de llegar gente). Ellos (llevaba todo el día pensando en Bourton, en Peter, en Sally), ellos envejecerían. Una cosa había que importase; una sola cosa, coronada de parloteo, sin rostro, oscurecida en su propia vida, la dejaba caer cada día en la corrupción, las mentiras, el parloteo. Esto es lo que él había conservado. La muerte era un reto. La muerte era un intento de comunicarse cuando la gente sentía la imposibilidad de alcanzar el centro que, místicamente, se le escapaba; la cercanía separaba; el éxtasis se desvanecía; una se quedaba sola. Había un abrazo en la muerte.

Pero el joven que se había matado: ¿se había lanzado sosteniendo su tesoro?

—Si hubiese de morir ahora, mi felicidad sería extrema —se había dicho una vez, bajando a cenar, vestida de blanco.

O ahí estaban los poetas y los pensadores. Supongamos que él hubiese tenido esa pasión y hubiese acudido a sir William Bradshaw, un gran médico, aunque para ella oscuramente malvado, sin sexo ni lujuria, muy educado con las mujeres, pero capaz de un escándalo inefable —forzar tu alma, eso era—, si el joven hubiese acudido a él, y sir William lo hubiese marcado, así, con su poder, ¿no habría dicho quizá (de hecho, es lo que ella sentía ahora): La vida es insufrible; hacen la vida insufrible, los hombres así?

Luego (ella misma lo había sentido esta mañana) estaba el terror; la abrumadora incapacidad, que los padres nos ponían en las manos esta vida para vivirla hasta el final, para caminar por ella con serenidad; había en las profundidades de su corazón un miedo terrible. Incluso ahora, bastante a menudo si Richard no hubiese estado allí leyendo el *Times,* de manera que ella podía acurrucarse como un pajarito y revivir poco a poco, emitir con un rugido ese inmensurable deleite, frotando un palito con otro, una cosa con otra, ella habría perecido. ¡Había escapado! Pero aquel joven se había matado.

En cierta manera era su desastre, su deshonra. Era su castigo ver hundirse y desaparecer aquí a un hombre, allí a una mujer, en esta profunda oscuridad, y se forzó a seguir allí con su vestido de noche. Ella había intrigado; había sisado. Nunca fue del todo admirable. Había querido el éxito, lady Bexborough y todo lo demás. Y antaño había paseado por la terraza de Bourton.

Extraño, increíble; nunca había sido tan feliz. Nada podía ser lo bastante lento; nada durar lo bastante. Ningún placer podía igualar, pensó, enderezando las sillas, empujando un libro en el estante, este haber terminado con los triunfos de la juventud, haberse perdido en el proceso de vivir, para encontrarlo, con un estremecimiento de deleite al alzarse el sol, al irse el día. Había ido muchas veces, en Bourton, cuando los demás hablaban, a contemplar el cielo; o lo había visto entre los hombros de los otros durante la cena; lo había visto en Londres cuando no podía dormir. Se acercó a la ventana.

Guardaba, por tonta que fuese la idea, algo de ella en sí, este cielo de campo, este cielo sobre Westminster. Separó las cortinas; miró. Ah, pero ¡qué sorpresa!: en el cuarto de enfrente la viejecita la estaba mirando. Se iba a la cama. Y el cielo. Será un cielo solemne, había pensado, será un cielo nublado, apartando la mejilla con belleza. Pero ahí estaba: de palidez cenicienta, recorrido apresuradamente por grandes nubes ahusadas. Eso era nuevo para ella. Debía de haberse levantado viento. Se iba a la cama, en el cuarto de enfrente. Era fascinante mirar cómo se movía por la habitación, aquella viejecita, cruzándola, acercándose a la ventana. ¿La vería a ella? Era fascinante, con la gente aún riéndose y gritando en el saloncito, observar cómo aquella viejecita se iba a la cama tan tranquilamente sola. Bajó la persiana. El reloj comenzó a dar la hora. El joven se había matado; pero ella no le tenía lástima; con el reloj sonando una, dos, tres veces, no le tenía lástima, con todo esto pasando. ¡Ea! La viejecita había apagado la luz, toda la casa estaba a oscuras ahora con esto pasando, repitió, y las palabras le vinieron a la mente: No temas ya el calor del sol. Tenía que volver con ellos. Pero ¡qué noche extraordinaria! En cierta manera se sentía como él, como el joven que se había matado. Se sentía feliz de que lo hubiese hecho; de que hubiese abandonado mientras los demás seguían viviendo. El reloj daba la hora. Los círculos de plomo se disolvieron en el aire.[53] Pero tenía que volver.

53 En la edición estadounidense, Woolf incluyó aquí una frase que no estaba en la británica: «El joven le hizo sentir la belleza; le hizo sentir la diversión». [N. de la T.]

Tenía que recomponerse. Tenía que encontrar a Sally y a Peter. Y salió hacia el saloncito.

—Pero ¿dónde está Clarissa? —dijo Peter. Estaba sentado en el canapé con Sally. (Después de todos estos años, no era capaz de llamarla «lady Rosseter»)—. ¿Dónde se habrá metido esta mujer? —preguntó—. ¿Dónde está Clarissa?

Sally supuso, igual que Peter, para el caso, que había gente importante, políticos, que ninguno de los dos conocía más que de verlos en los ilustrados, con los que Clarissa tendría que ser amable, tendría que hablar. Estaba con ellos. Y, a pesar de todo, Richard Dalloway no estaba en el Gabinete. ¿Sería que no había triunfado?, supuso Sally. Pues ella apenas leía los periódicos. A veces lo veía mencionado. Pero es que... En fin, ella vivía una vida muy solitaria, en medio de la nada, diría Clarissa, entre grandes comerciantes, grandes fabricantes, hombres, al fin y al cabo, que hacían cosas. ¡Ella también había hecho cosas!

—¡Tengo cinco hijos! —le dijo.

¡Señor, Señor, cómo había cambiado! La dulzura de la maternidad; su egotismo también. La última vez que se habían visto, recordó Peter, había sido entre las coliflores a la luz de la luna, las hojas «como tosco bronce», había dicho ella, con su toque literario; y había arrancado una rosa. Lo había hecho pasear arriba y abajo aquella horrible noche, tras la escena junto a la fuente; Peter se iría en el tren de media noche. Cielos, ¡hasta había llorado!

Ahí estaba su antiguo tic, abrir un cortaplumas, pensó Sally, siempre abriendo y cerrando una navaja cuando se ponía nervioso. Habían sido muy muy íntimos, Peter Walsh y ella, cuando estaba enamorado de Clarissa, y estaba aquella escena ridícula, penosa, con Richard Dalloway durante un almuerzo. Ella había llamado a Richard «Wickham».[54] ¿Por qué no llamar a Richard «Wickham»? ¡Clarissa se había puesto furiosa! Y, de hecho, nunca habían vuelto a verse, Clarissa y ella, no más de media docena de veces

54 Antes se cuenta que fue Clarissa la que se equivocó y lo llamó Wickham al presentarlo. [N. de la T.]

quizás en los últimos diez años. Y Peter Walsh se había marchado a la India, y ella había oído vagamente que había tenido un matrimonio desgraciado, y no sabía si tenía hijos, y no podía preguntarle porque ya no era el mismo. Se veía más bien marchito, pero más amable, le parecía, y le tenía verdadero afecto, pues estaba vinculado con su juventud, y aún conservaba un librito de Emily Brontë que él le había regalado, y él quería ser escritor, ¿no? En aquellos días quería ser escritor.

—¿Has escrito algo? —le preguntó, estirando la mano, su mano firme y bien formada, sobre la rodilla de aquella manera que él recordaba.

—¡Ni una palabra! —dijo Peter Walsh, y ella se rio.

Aún era atractiva, aún era un personaje, Sally Seton. Pero ¿quién era el tal Rosseter? Llevaba dos camelias el día de su boda... eso era todo lo que Peter sabía de él. «Tienen miríadas de criados, millas de invernadero», había escrito Clarissa; algo así. Sally lo reconoció con una sonora carcajada.

—Sí, mis ingresos son de diez mil libras al año.

No recordaba si era antes o después de impuestos, pues su esposo —«a quien tienes que conocer», dijo; «te gustará», dijo— lo hacía todo por ella.

Sally, que nunca tuvo nada. Había empeñado el anillo de su bisabuelo, el que le había dado María Antonieta —¿no era eso?—, para ir a Bourton.

Ah, sí. Sally se acordaba; aún lo tenía: un anillo de rubíes que María Antonieta le había dado a su bisabuelo. Nunca tenía un penique que poder llamar suyo en aquellos días, e ir a Bourton siempre suponía un gasto terrible. Pero ir a Bourton había significado mucho para ella: la había mantenido cuerda, creía, así de infeliz era en casa. Pero eso era todo cosa del pasado, todo pasado, dijo. Y el señor Parry había muerto; y la señorita Parry aún vivía. ¡La mayor sorpresa de su vida!, dijo Peter. Había estado seguro de que habría muerto. Y el matrimonio, supuso Sally, ¿había funcionado? Y esa jovencita tan atractiva, muy dueña de sí misma, era Elizabeth, allí, junto a las cortinas, de rosa.

(Era como un chopo, era como un río, era como un jacinto, estaba pensando Willie Titcomb. Y ella: Ah, ¡cuánto más le gustaría estar a su aire en el campo! Oía a su pobre perrito aullar, Elizabeth estaba segura.) No se parecía en nada a Clarissa, dijo Peter Walsh.

—Ah, Clarissa —dijo Sally.

Lo que sentía Sally era sencillamente esto. Le debía muchísimo a Clarissa. Habían sido amigas, no simples conocidas, amigas, y aún podía ver a Clarissa toda de blanco recorriendo la casa con las manos llenas de flores; hasta hoy mismo las plantas de tabaco le recordaban a Bourton. Pero —¿lo veía Peter?— a Clarissa le faltaba algo. Le faltaba ¿qué? Tenía encanto; tenía un encanto extraordinario. Pero, para ser sinceros (y sentía que Peter era un viejo amigo, un amigo de verdad: ¿importaba la ausencia?, ¿importaba la distancia? A menudo había querido escribirle, pero había hecho pedazos la carta y, aun así, sentía que él entendía, pues la gente entiende aunque no se digan las cosas, es lo que una descubre al hacerse mayor, y ella era mayor, había estado esa tarde visitando a sus hijos en Eton, donde estaban pasando las paperas), para ser sinceros, entonces, ¿cómo podía Clarissa haber hecho aquello?, haberse casado con Richard Dalloway, un deportista, un hombre al que solo le interesaban los perros. Cuando entraba en una habitación, olía literalmente a cuadra. Y, luego, ¿todo esto? Hizo un gesto con la mano.

Ahí estaba Hugh Whitbread, pasando por su lado con su chaleco blanco, parecía tenue, gordo, ciego, de vuelta de todo, excepto de la estima de sí mismo y la comodidad.

—No va a reconocernos —dijo Sally y, en realidad, es que ella no había tenido el valor; así que ese era Hugh, ¡el admirable Hugh!—. ¿A qué se dedica? —le preguntó a Peter.

Embetunaba las botas del rey o contaba botellas en Windsor, le dijo Peter. ¡Peter aún mantenía su afilada lengua! Pero Sally tenía que decirle la verdad, dijo Peter. Aquel beso, entonces, el de Hugh...

En los labios, le aseguró ella, en el fumador una noche. Furiosísima, fue directa a Clarissa. ¡Hugh no hacía esas cosas!, dijo ella, ¡el admirable Hugh! Los calcetines de Hugh eran, sin excepción, los más bonitos que había visto nunca... Y, en fin, su traje de gala. ¡Perfecto! ¿Y tenía hijos?

—Todo el mundo en esta habitación tiene seis hijos en Eton —le dijo Peter, excepto él.

Él, gracias a Dios, no tenía ninguno. Ni hijos ni hijas ni esposa. Tampoco parecía importarle, dijo Sally. Tenía un aspecto más joven, pensó, que cualquiera de ellos.

Pero había sido estúpido en muchos sentidos, dijo Peter, casarse así; «era una auténtica gansa», dijo, pero, dijo, «lo pasábamos extraordinariamente bien juntos». Pero ¿cómo podía ser?, se preguntó Sally; ¿qué quería decir? Y qué raro era conocerlo y, sin embargo, no saber nada de su vida. Y ¿lo decía por orgullo? Muy probablemente, pues, al fin y al cabo, tenía que ser mortificante para él (aunque era un hombre raro, una suerte de duende, en absoluto un hombre normal), tenía que ser solitario a su edad no tener un hogar, ningún lugar al que volver. Pero tenía que ir a pasar con ellos unas semanas. Claro que lo haría; le encantaría quedarse con ellos, y así es como salió. En todos aquellos años, los Dalloway no habían ido ni una sola vez. Se lo había pedido en repetidas ocasiones. Clarissa (porque, claro, había sido Clarissa) no quería ir. Pues, dijo Sally, Clarissa era en el fondo una *snob,* había que reconocerlo, una *snob.* Y era eso lo que se interponía entre ellas, estaba convencida. Clarissa creía que se había casado por debajo de su clase, pues su marido era —y a ella eso la enorgullecía— hijo de minero. Se había ganado cada penique que tenían. De niño (le tembló la voz) había cargado a cuestas grandes sacos.

(Y así podría continuar, sintió Peter, durante horas; el hijo del minero; la gente pensaba que se había casado por debajo de su clase; sus cinco hijos; y ¿qué era lo otro?: plantas, hortensias, lilas, hibiscos muy muy raros, que nunca crecían más al norte del canal de Suez, pero ella, con un jardinero a las afueras de Mánchester, había logrado parterres enteros, ¡enteros! Y, todo eso, Clarissa se lo había perdido, poco maternal como era.)

¿Era una *snob*? Sí, en muchos sentidos. ¿Dónde andaba todo este tiempo? Se estaba haciendo tarde.

—No obstante —dijo Sally—, cuando supe que Clarissa daba una fiesta, sentí que no podía no venir... Tenía que verla de nuevo (y me alojo en Victoria Street, prácticamente aquí al lado). Así que vine sin invitación. Pero —susurró—, dime, dime. ¿Quién es esta?

Era la señora Hilbery, que buscaba la puerta. Pues ¡qué tarde se estaba haciendo! Y, masculló, a medida que avanzaba la noche, a medida que la gente se iba, una encontraba viejos amigos; rincones y recovecos tranquilos; y las vistas más fantásticas. ¿Sabían, preguntó, que estaban rodeados por un jardín cautivador? Luces y árboles y maravillosos lagos relucientes y el cielo. Solo unos pocos fanalillos, había dicho Clarissa Dalloway, en el jardín de atrás. Pero era una maga. Era un parque... Y no sabía cómo se llamaban, pero sabía que eran amigos, amigos sin nombre, canciones sin letra, siempre los mejores. Pero había tantas puertas, lugares tan inesperados, no encontraba el camino.

—La vieja señora Hilbery —dijo Peter; pero ¿quién era esa?, ¿esa mujer que llevaba toda la noche de pie junto a la cortina, sin hablar? Le sonaba su cara; la relacionaba con Bourton. ¿No solía cortar ropa blanca en la mesa grande junto a la ventana? Davidson, ¿se llamaba así?

—Ah, esa es Ellie Henderson —dijo Sally.

Clarissa era realmente muy dura con ella. Era su prima, muy pobre. Clarissa siempre fue muy dura con la gente.

Sí que lo era, dijo Peter. Sin embargo, dijo Sally, a su manera emotiva, con un impulso de ese entusiasmo por el que Peter solía adorarla, aunque también la temía un poco, pues podía ponerse muy efusiva, ¡qué generosa era Clarissa con sus amigos! Y qué cualidad tan rara era, y cómo a veces por la noche o el día de Navidad, cuando contaba sus bendiciones, ponía la amistad con ella en primer lugar. Eran jóvenes; eso era. Clarissa tenía un corazón puro; eso era. Peter iba a pensar que era una sentimental. Y lo era. Pues había llegado a intuir que era la única cosa que merecía la pena decir: lo que una sentía. La inteligencia era una bobada. Había que decir sencillamente lo que uno sentía.

—Pero yo no sé —dijo Peter— lo que siento.

Pobre Peter, pensó Sally. ¿Por qué no venía Clarissa a hablar con ellos? Eso era lo que él ansiaba. Ella lo sabía. Todo el tiempo había estado pensando nada más que en Clarissa, y jugueteando con su navaja.

La vida no le había resultado fácil, dijo Peter. Su relación con Clarissa no había sido fácil. Le había arruinado la vida, dijo. (Habían sido tan íntimos, él y Sally Seton, era absurdo no decírselo.) Uno no podía enamorarse dos veces, dijo. Y ¿qué podía decirle ella? Aun así, es mejor haber amado (pero él iba a pensar que era una sentimental; solía ser tan mordaz...). Tenía que ir a pasar con ellos una temporada en Mánchester. Muy cierto, dijo él. Muy cierto. Le encantaría ir a pasar con ellos una temporada, en cuanto hubiese hecho lo que había venido a hacer a Londres.

Y Clarissa lo había querido más de lo que había querido nunca a Richard, a Sally no le cabía duda de ello.

—¡No, no, no! —dijo Peter (Sally no debía decir eso: se propasaba).

Ese buen hombre... Ahí estaba, al otro extremo de la habitación, perorando como siempre hacía, el bueno de Richard. ¿Con quién estaba hablando?, preguntó Sally, ¿ese hombre tan distinguido? Viviendo en medio de la nada como vivía, tenía una curiosidad insaciable por saber quién era quién. Pero Peter no lo sabía. No le gustaba su aspecto, dijo, seguramente era algún ministro. De todos ellos, Richard le parecía el mejor, dijo: el más desinteresado.

—Pero ¿a qué se dedica? —preguntó Sally.

Labor pública, suponía. Y ¿eran felices juntos?, preguntó Sally (ella, por su parte, era muy feliz); pues, reconoció, no sabía nada de ellos, solo sacaba conclusiones, como se suele hacer, pues ¿qué se sabe de verdad incluso de la gente con la que una vive a diario?, preguntó. ¿No somos todos prisioneros? Había leído una obra de teatro maravillosa sobre un hombre que arañaba la pared de su celda y había tenido la sensación de que esa era la verdad de la vida: arañamos una pared. Desesperando de las relaciones humanas (la gente era muy difícil), a menudo salía a su jardín y obtenía de sus flores una paz que los hombres y las mujeres nunca le daban. Pero no; a él no le gustaban los repollos; prefería a los seres humanos, dijo Peter. De hecho, los jóvenes son hermosos, dijo Sally, mirando a Elizabeth que cruzaba la sala. ¡Qué poco se parecía a Clarissa a su edad! ¿Sabía él algo de ella? No despegaba los labios. No mucho, aún no, reconoció Peter. Era como una azucena, dijo Sally, una azucena junto a un estanque. Pero Peter no estaba de acuerdo en que no sabemos nada. Lo sabemos todo, dijo; al menos, él lo sabía.

Pero estos dos, susurró Sally, estos dos que se acercan (y, de verdad, tendría que irse si Clarissa no venía pronto), este hombre de aspecto distinguido y su mujer de aspecto bastante pedestre que habían estado hablando con Richard, ¿qué podían ellos saber de gente así?

—Que son unos farsantes detestables —dijo Peter mirándolos de pasada.

Hizo reír a Sally.

Pero sir William Bradshaw se detuvo en la puerta a mirar un cuadro. Miró la esquina en busca del nombre del autor. Su mujer también miró. Sir William Bradshaw estaba muy interesado en las artes.

Cuando éramos jóvenes, dijo Peter, estábamos demasiado exaltados para conocer a la gente. Ahora que somos viejos, cincuenta y dos años tengo, para ser precisos[55] (Sally tenía cincuenta y cinco en cuerpo, dijo, pero el alma de una jovencita de veinte); ahora que somos maduros, entonces, dijo Peter, podemos observar, podemos entender sin perder la capacidad de sentir, dijo. No, eso es cierto, dijo Sally. Sus sentimientos eran más profundos, más apasionados, con los años. De hecho, igual aumentaba, dijo él, pero había que alegrarse de ello... En su experiencia, seguía aumentando. Había una persona en la India. Le gustaría hablarle a Sally de ella. Le gustaría que Sally la conociese. Estaba casada, dijo. Tenía dos hijos pequeños. Tienen que venir todos a Mánchester, dijo Sally: Peter debía prometerlo antes de que se despidiesen.

—Ahí está Elizabeth —dijo él—. Ella no siente ni la mitad que nosotros, aún no.

—Pero —dijo Sally, observando cómo Elizabeth se acercaba a su padre—, es posible ver lo mucho que se quieren. —Podía sentirlo por la forma en que Elizabeth se acercaba a su padre.

Pues su padre la había estado mirando, mientras hablaba con los Bradshaw, y había pensado para sí: ¿Quién es esa encantadora joven? Y de pronto se había dado cuenta de que era su Elizabeth y no la había reconocido, ¡estaba tan bonita con su vestido rosa! Elizabeth había sentido cómo la miraba mientras ella hablaba con Willie Titcomb. Así que se acercó a él y se

---

55 En realidad, la edad de Peter es todo menos precisa a lo largo del libro: ha dicho antes que tiene cincuenta y tres años y que es dos años mayor que Hugh, que tiene cincuenta y uno, lo que coincide. Pero Clarissa, que acaba de cumplir cincuenta y uno, cree que Peter es seis meses mayor que ella. [N. de la T.]

quedaron juntos, ahora que la fiesta casi había terminado, mirando cómo se iba la gente y las salas quedaban cada vez más vacías, con el suelo desperdigado de cosas. Incluso Ellie Henderson se iba, casi la última aunque nadie había hablado con ella, pero ella había querido verlo todo para contárselo a Edith. Y Richard y Elizabeth se alegraban bastante de que hubiese terminado, aunque Richard estaba orgulloso de su hija. Y no había querido decírselo, pero no pudo evitarlo. La había estado mirando, le dijo, y se había preguntado: ¿Quién es esa encantadora joven?, y ¡era su hija! Eso la hizo feliz de verdad. Pero su pobre perrito estaba aullando.

—Richard ha mejorado. Tienes razón —dijo Sally—. Iré a hablar con él. Le daré las buenas noches. ¿Qué importancia tiene el cerebro —dijo lady Rosseter, poniéndose en pie— si se lo compara con el corazón?

—Iré contigo —dijo Peter, pero siguió sentado aún un instante.

¿Qué es este terror?, ¿qué es este éxtasis?, pensó para sí. ¿Qué es lo que me llena de esta extraordinaria emoción?

Es Clarissa, dijo.

Pues allí estaba ella.

FIN

OTROS TÍTULOS DE LA AUTORA
EN ESTA COLECCIÓN:

VIRGINIA
WOOLF
AL FARO
ALMA CLÁSICOS ILUSTRADOS

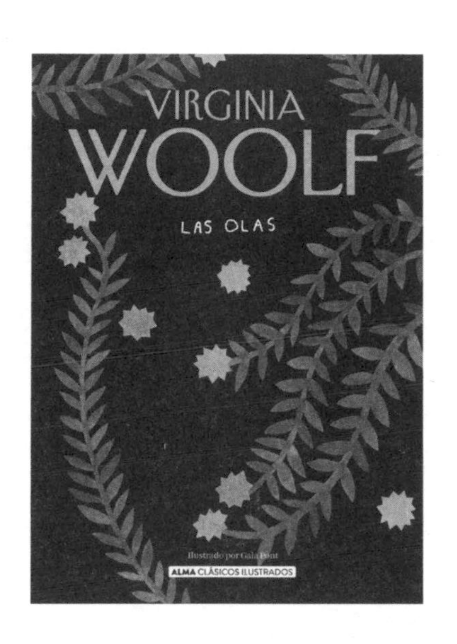
VIRGINIA
WOOLF
LAS OLAS
Ilustrado por Gala Pont
ALMA CLÁSICOS ILUSTRADOS